中公文庫

江戸川乱歩座談

江戸川乱歩

JN149365

中央公論新社

目次

I 座談

II　対談・鼎談

江戸川乱歩座談

I

座談

探偵小説座談会

大下宇陀児　甲賀三郎　浜尾四郎　森下雨村
（編集部）加藤武雄　佐々木俊郎

探偵小説の流行と時代的意義

加藤　探偵小説の漫談というようなことをお願いしたいと思います。近頃非常に探偵小説が流行するようですけれども、その流行には何か必然的な理由があると思いますが、まず、それについての御考察――というようなところからはじめて頂きたいと思います。つまり探偵小説の流行と時代的意義というような問題ですが。

大下　これはむしろ加藤さんに伺いたいような問題です。この頃僕思ったことですが、英国の世紀末文学ですね、あれの発生した時代と今の状態とちょっと似ていやしないでしょうか。今は一般読者が非常に刺戟《しげき》の強いものを好むようになって来ている。無論因《よ》って来《きた》る所は違うかも知れませんが、状態は僕は非常に似ていると思う。

加藤　とにかく「刺戟的」という点が近代主義《モダーニズム》の一つの特徴なんですね。

大下　そうでございましょう。

甲賀　この間、森下君が日日新聞か何かに書いておりましたが、その時にイギリスだったかの作家の言葉を藉《か》りて、それを言っていました。ちょっと読んだだけでよくは覚えていないのですが、非常に同感なんです。私もある所で話したのですが、つまりこの世の中、非常に物質文明が発達して来て、機械的文明が完成の域に達して、人間の生活が非常に平凡になった。我々は一生ただ温和《おとな》しく、何ら波瀾曲折のない生活をそのまますうっと過してしまう。人間というものはそうなると、何かで自分の存在を示したり、何かちょっと変ったものに遭ってみたいというような考えが反動的に起るだろうと思う。それを行動に現す、例えば電車の内で美しい娘を見たからすぐつけるというように、アクションに現すことはちょっと普通の人にはできない。従ってそういう考えを、小説のようなものを読んで満足させるという風に向うだろうと思う。

つまり普通の平凡に暮していただけでは到底味わうことのできないような生活を、探偵小説を読んで満足させる。そういったような気分が働いていやしないかと思うのですがね。切に考えている……人を殺してみたい、という考えはないかもしれないが、人を殺したらどんな気持だろうとか……ちょっと変態性かもしれぬけれども、何か殺人というようなことに対して、興味を持っている部分があるとする。しかしそれをアクションに現す、殺人の経験、というのはなかなかできる事じゃない。それでそういう経験を書いた——探偵小説の作者も又、一々殺人を経験して書いたのではなく、空想に過ぎないのですけれども——やはりそういうものを読んで、殺人というような興味に対する満足を与えよう、という考えが大分あるだろうと思うのですね。要するにこの人生が非常に平凡になって来たということが、かえってそういう刺戟的なものが流行する原因じゃないのですかね。

大下　平凡になったかね？

甲賀　非常に平凡になった。それはもう個人というようなものは殆んど認められない時代が来た。昔は政治界だって、一人の雄弁家があって大声叱咤すると皆従《つ》いて行くというのであったけれども、今は頭数《あたまかず》の政治で、一人の個人が特別な大きな働きをするということはできない。極端にいえば個人なんていうものは認められない時代じゃないかと思う。そしてそういう傾向が将来ますますひどくなってくるだろうと思う。この間も話したのですが、例えば演劇のようなものでも、未だに昔の遺物である歌舞伎劇などは、名優が一人あって、その名優に特別の役をさして、それを生かして芝居をする。全て一人のための芝居でありますけれども、今進んだ演劇では特別なものはなくなって、個々の俳優がただ動いて、それを総合的に一つの芸術に纏《まと》め上げる。俳優の個々の演技などは認められない。

　演劇においても尚そういうのだから、個人なんていうものはすべてが段々認められない時代が来て、生活も個々の生活なんていうものは、今の日本はかなり相違があるようですが、近き将来においては、大臣の生活も月給取の生活も労働者の生活も内容的にそう違わないようになって来る。だんだんそうなって来る傾向がありはしないかと思う。これは私の考えですが、そうなるといよいよ人生そのものは平凡になってしまって、小説で満足しようということになるのじゃないかと思う。

大下　それ〔平凡な人生〕に反抗しようというのですかね？

甲賀　反抗というよりも、自分の個性があまり認められなくなって来たから、何かで自分の個人的存在を主張したい、そういう為に何かしらん変った生活を営みたい、けれども、それをアクションに現すことは、やはりこういう風に秩序だって来た世の中ではできない。例えば幕末時代だったら、人を殺すことを経験してみようと思えば、案外容易《たやす》くできたかもしれない。けれども今、人を殺してみたいと思っても簡単にいかない。やはりそういうことを経験してみたいと思えば、そういう経験を題材に取ったものを読んでみる。そうなりはしないかね。

加藤　生活が平凡化して来たから、それに対する反動として――。

甲賀　反動的に読み物の上において、そういう刺戟的のものを求めるのじゃないか、と私は考える。

大下　加藤さんの方ではどんな風にお考えです？

加藤　同感ですがね。そして一体が今、神経時代と言いますか、理智時代と言いますか、そういう方面にも探偵小説流行に積極的な理由があると思うのです。しかし、江戸川さんのものなどを拝見すると、「新しい戦慄を創り出した」という風な感じがしますね。

江戸川　私はこういうことを考えているのですがね。今、探偵小説が流行しておりますが、一体探偵小説というものは、私どもが以前愛読した時分には、本当に理解する人は非常に少なかったようだ。現在でも、探偵物を読んでいる人と話をしてみると、本当に探偵小説の、さあなんと言うか、真髄を摑んで面白がっている人は少ない。

甲賀　少ない、非常に少ない。それは僕も同感だ。

江戸川　だから表面的な、人を殺すと刑事が出て来てただ追い駈ける、そういう物を読むが、しかし本当の探偵小説の骨というものを読んでいる人は非常に少ない。

加藤　探偵小説の真髄――といいますと？

大下　ちょっと言い難いのでありますが、ドイルのホームズ物語とか、純粋探偵小説の方は、ただ凄いとか恐いとかいう方面でない。そういう本格的な、高級なものがあるかどうかと思う。

甲賀　ないな。

加藤　ほんとうに高級な探偵小説とおっしゃるのは、どんな性質のものですか？

江戸川　一番良い例はルルウの『黄色い部屋』ではないかと思う。

大下　僕もそれを言おうと思った。

加藤　それはどんな小説ですか？

大下　筋は非常に言い難いのですけれども、要するに密閉した室内の犯罪です。

江戸川　筋を話しただけでは、本当のよさは分らないが。……とにかく非常に理智的なものだ。

浜尾　今の読者は、高級なものを非常に喜んでるようです。

甲賀　ですけれども少ない。

大下　書く方でもなかなか難しい。……非常に論理的のところが出て来るのだから……。

甲賀　それでいて文芸的作品……論理的にいっているけれども、幾何学の証明みたいなものではない。

浜尾　あまり秩序整然としていては面白くないようだ。

江戸川　理智的といっても、何かそこに普通の人間の頭でなく、多少違っている頭の人が好《す》く、という感じのあるものではないかと思う。理智の使い方が学問とも違って、一種独特のものじゃないか。その所が、皆話してみてもどうも好いていないように思う。非常に少数の人とは話が合うのだが……。

浜尾　今の読者が将来高級になるでしょうか？　どうでしょうか？

大下　ならんですね。

浜尾　作者にとっては重大な問題ですね。

大下　やはりそういう高級なものを好くのは非常に少ない。
江戸川　本当に私どもの好きな探偵小説は、非常に少ない読者を以て満足すべきじゃないかと思うが。
加藤　というと、本当の本格の探偵小説には、大衆性がないということになりますか？
江戸川　そういう風になると思う。しかしそういうことを言うのは損だろうと思うが……。
浜尾　先程のお話ですね。どうして流行するのかという意義は、やはり甲賀さんのおっしゃった通りですが、この間僕もちょっと法律家の会で探偵小説の話をしたことがある。……相手が法律家だから法律に関係している点を調べてみたのですが、たしか〔E・M・〕ロングという人が、いわゆる探偵小説らしきものは、まず第一に旧約聖書にあるとか色々言っているのですがね。
　ところでギリシャ時代には、探偵小説の形をしたものがとにかくあったのが、ローマの時代に入ると、探偵小説がない。御承知の通り、ローマの時代は法律の非常に発達した時代で、法律はまずローマから出ているといってもいい。そういう非常に繁栄した、システムの非常に完成した時において、何故に、犯罪従って法律に関係ある探偵小説が流行りそうで少しも流行らなかったかということは、十分考えて良い問題だというのです。
　それを法律家としてどう思うか、ということをいったことがあります。そういうことは何か一つの参考になるのじゃないかと思う。……非常に読者が理智的になっても、理智的でありそうな探偵小説がその時代に出ない。ギリシャには出ているけれどもローマには少しも出ていない。そこに何か、やはり考えるべき意義があるのだろうと思う。

甲賀　それは少しこじつけかもしれぬが、先刻お話したような、自分とは全く対蹠《たいしょ》的のものを求めるという……。

浜尾　僕もそうだろうと思う。

甲賀　理智の非常に発達した人にとっては、それは面白くない。学問として研究するのには非常に面白いけれども、娯楽として求めるにはかえって面白くないと思う。森下君のよく気にして言うことですが、我々の書く探偵小説が専門家……法律をやった人とか、実際に携わっている警察官の人とかには馬鹿にされるということをよく気にするが、浜尾君は前にそういう方面にいて、今度作家になって考えが変っているだろうから、それを一つ訊きたいと思う。つまり私どもの理論で言うと、殺人するということに縁の遠い人は殺人を題材に使ったものを喜んで読むけれども、警察官とか司法官とかいう犯人を直接検挙したり、裁判したり、直接その事件を見たり聞いたり取り扱ったり、毎日のようにそういうことに接している人は、かえってそういうものは読みたがらないのだろうと思う。

ですから、探偵小説が警察官や検事に読まれなくても、ちっとも私は構わぬ。そういう人達が、たまたま法律的に少々間違っているとか、実際に反しているとか、なんとか言うが、重大な問題じゃないと思っているのですね。非常に重大な間違いじゃ困りますけれども、そういう人達を喜ばすために決して書かれたものじゃないので、かえってそういうものに縁の遠い人が、きっと喜んで読んでいるのだろうと思う。少し傍道《わきみち》にそれましたが、要するに、そういう人達があまり探偵小説を面白がらないのは、小説によって与えられる前にそういう経験を持っているからじゃないかと思う。

浜尾　理論はとにかく事実はそうですね。私が検事をしている時に、検事や判事で探偵小説を読んでいる人はあまりなかった。どういうわけで読まないかという事は、甲賀さんのおっしゃる通りかどうかは議論の余地があるかもしれませんけれども、とにかく読まない。それから法律家の愛読者の側からいえば、今おっしゃる通り僕は重大な法律的ノンセンスが書かれていなければ構わないと思いますね。僕は検事の時分から江戸川さんのものや何か読んでいたけれども、別段法律的に矛盾している点は気になりません。ただしかし、法律関係そのものがエレメントになるような場合、たとえば小酒井さんの『見得ぬ顔』というようなのは刑事訴訟法がトリックそのものになっているのだから、法律の解釈が間違っているということは作自体に影響することになると思う。だから気になるけれども、そうでなければ甲賀さんの言われる通りで宜しいのじゃないかな。これは作者にならぬ前から思っておりました。

森下　（着席）遅くなりました。さ、どうか続けて下さい。

甲賀　加藤さんの御経験でどうでしょうか？　恋愛小説の読者は恋愛というものを非常に

経験してみたいという考えはあるけれども、それを実際に移すことはなかなか容易なことじゃない。だから小説を読んで楽しむという傾向はありませんか？

加藤　そういう傾向が大分あるようですね。実際生活にできないものを補う……補足作用ですね。一体しかし探偵小説の流行は日本ばかりじゃないのでしょうね？

甲賀　外国のほうが早いようですね。

加藤　今一番どこが盛んですか？

大下　それは森下さん……。

加藤　やはりアメリカが一番盛んなのじゃないのですか？

森下　盛んのようですね。

浜尾　ドイツには出そうで出ないね。

甲賀　ドイツ人は理智的だから、理智的な人間に読ませるにはより理智的なものを書かなければならない。それは難しいことじゃないかと思う。もっともその点では日本人も、どっちかと言ったら理智的なものの中に入りはしないかね？

アメリカニズムと探偵小説

加藤　アメリカニズムと探偵小説の関係という事は考えられませんか？　アメリカニズムと特別な関係はないのでしょうか？

甲賀　そういう点は私はそう思っておりませんがね……アメリカニズムとはそんな深い関係をもってないと思う。しかし一般の雑誌社などの方はどうも、アメリカニズムといつでも結びつけて考えておられるようですね。ですから書くにしても短いピリッとしたモダンなものを書くようにとすぐお考えになるのですが、書いている上から言うと、どっちかと言うと、イギリスの方ですね。イギリスの気質なり国風なりが探偵小説に適していやしないかと思う。

森下　イギリスにいいものが多いことは事実ですね。アメリカにだっていい作家はある筈だが、そこがアメリカニズムというか、ほんとうにしっかりしたいい作品よりも、むしろテンポの早い、刺戟の強いものを喜ぶ傾向があって、どっちかというと活動写真式の作品が多いようだ。だからたまたまヴァン・ダインのような作家が現れると反動的に洛陽の紙価を高めるというようなことになるんだ。

江戸川　日本の一般読者も存外、アメリカのようなものを好んでいるかもしれないと思う。

森下　そうかもしれん。まだ一般の読者は外国のほんとうのいい作品を沢山読んでいないんだから。

浜尾　日本の読者はどういう人達です？　学生ですか？

森下　無論若い人が多いでしょうね。もっとも、年とった探偵小説ファンも少くはないが。

浜尾　そういう人に座談会をやってもらったらいいと思う。たとえば僕の知っている法学博士の松本烝治氏。あの人は探偵小説を非常によく読んでいる……西洋のでも日本のでも、ああいう人の要求するのは本格探偵小説らしいですね。それでなくてはつまらんと言っております。

江戸川　最近僕が聞いたのでは、大鳥圭介の息子さん、と言っても大分の年、もう五十以上でしょうが、貴族院議員で遊んでいて色々な探偵小説を見ている。大分探偵小説が好きだということです。

森下　大分ありますね。京城〔帝国〕大学総長の松浦鎮次郎《しげじろう》氏、それから福田徳三博士なども好きだという話です。そういえば牧野伸顕《のぶあき》伯も好きだということを聞いていたので、ある会でお目にかかったのを機縁に、ヴァン・ダインの『カナリヤ事件』を差し上げたら、英国のものはかなり読んでいるが、アメリカ物は初めてで大変面白かったという丁重な御返事をいただいたことでした。

浜尾　知識階級の読者はやはり本格のものを要求しているでしょうね？

森下　そうでしょう。相当年配の人には、その方が面白いんだね。

探偵の実際と探偵小説

加藤　今浜尾さんのお話では司法官の人達はあまり読んでおられぬという事ですが、探偵の実際と探偵小説というものの関係ですね、実際の探偵に探偵小説が役に立つということはありませんか？

浜尾　さあ、どうですかね。

加藤　大岡政談などというものは、あれは嘘かもしれませんけれども、非常に司法官の参考になったとかいう話をきいた事がありますが。――

大下　心理的のものは案外参考になるのじゃないか？　しかし凶器を探すとかいう事は参考にならん。

浜尾　ロングですかが小さい本の序文に、探偵小説の中のロジックは何ら意味がないものだ、という事を言っております。例えばシャーロック・ホームズは、犯人は三人入ったに違いない。何故ならばコップが三つ汚れているから、という。けれども怜悧な犯人ならば、二人で入って来て五つぐらい汚して相手を逆にごまかすかもしれない。というような理屈を言っておりまして、それから言うと、参考にならんと思う。とにかく名探偵らしき者が一つのロジカルに見えることを一言いい、読者がそれを判定するひまもなく次へ筋を運んで行ってしまえば、一つの立派なロジックに聞えるらしい。ヴァン・ダインなんていう人は色々勝手な理屈を言っておりますが、あれが一つの作者の腕だろうと思う。例えばシャーロック・ホームズは偉い、と考えさせることが腕なんですね。

甲賀　と同時に、そういうことについてちょっと考えたことがありますけれども、作中で一生懸命に取り扱っているロジックを、なんだ馬鹿々々しいと思われたらもうだめですね。

その作品はもう読まれない。結局学問的に調べたらずいぶん馬鹿々々しいことがある。けれども、今浜尾君の言ったように、読んでいるうちには読者に隙を与えない、終いまで引っ張ってしまう、それが手なんだろうと思う。あれを論理学の教材かなにかに使われてやられたらたまらない。

大下　緻密に調べたらあらゆる探偵小説に嘘がありましょう。最前も話しましたけれども作者はこれを意識しながらやむを得ずやることもありますからね。

江戸川　欺瞞を全然なくして探偵小説はできん。欺瞞があるから面白い。

大下　しかし江戸川さんの「心理試験」などはどうです。欺瞞がどこにもない。

甲賀　完全なようですね。

江戸川　見方によっては色々ありますがね。

加藤　心理的の方面から見ると参考になるものがありますね。

甲賀　つまりウィットですね。ロジックでなしに思いつきが参考になる。

加藤　心理のプロセスについての観察――というような点で参考になりはしないかと思う。

大下　『罪と罰』に出て来るものなどは多少の参考になると思います。

甲賀　ただそれは自然主義文学で、実際に殺人を経験した人の、司法官の前に出た心理状態を書けば参考になる。探偵小説は空想で書いているのだから、空想で書いたものがはたしてほんとうに司法官の役に立つかどうかは疑問ですね。

浜尾　犯罪心理学者がそういう事について沢山論文を書いていますがね、その人達の結論を見ると「非常な芸術家の作でなければ参考にならぬ、例えばシェイクスピアの物は参考になる。書かれているのが時代などに拘束されない真の人間であるから、オセロでもマクベスでも参考になる。（ところが、ちょっと意外ですが）例えばヴィヨンとかヴィドックとかいうような、ああいう人達の告白談というものは役に立たぬ」ということを言っています。勿論その中には、ある特別の個人の犯罪心理というものは、とかく誇張するか小さく言いたがるものである、という理由もあるのです。それで役に立たぬ、と書いているのを見たことがあります。そういう人達から見れば、探偵小説は人間が動いておらん、人間性がない、と馬鹿にされているようです。これからしかしどうなるか分りませんがね。それからある西洋の批評家はこういっている。作者が作中の探偵を読者に親しませるために、何か一つの術として一種の妙な性格を与える。例えばシャーロック・ホームズは無暗に煙草を喫ったり、独身であったり、恋をしなかったり、とにかく一種の性格がありますね。あれは作者の一つの手だな。

甲賀　どうも探偵小説が犯罪捜査の材料になるとは考えられない。捜査の方は全然別だ。

大下　心理的の問題においても、ある事実物語の中にあるものを我々が材料にするのであって、こちらで書いたものをあちらで参考にする、ということはないのでしょうね。

森下　無論逆だ。犯罪捜査の実例が探偵小説の材料にはなっても、探偵小説が参考になるということは殆どあるまい。しかしこんな話がある。今神奈川県の内務部長をしている南波杢《もく》三郎氏が長野県かどこかの警察部長をしていた時、管下の中学校に放火事件があった。その時、自分で出かけていって半焼の校舎の天井裏に上り、放火現場に落ちていた紙片を拾ったところが、「四年生毛利」という字があったので、全校生徒を集め、手の検査をしたところ、顫《ふる》えているのが数人ある。その中に毛利という生徒がいたというのだが、これなどは大岡政談からヒントを得たものと思われる。

甲賀　それは相手が中学生のような比較的幼稚な者だから利いたのだ。少し複雑な者では駄目だな。

大下　探偵小説を読んで実際家に役に立つとすれば、これは空想ということではないか。実際家はなかなか空想を働かせないけれども、探偵小説の方は空想の方が主なのだから、この空想の中に何か役に立つものがありはしないか。

森下　つまり探偵作家は実際の犯罪よりも、もっと奇抜なことを考えるからだろう。ありふれた犯罪を書いたのでは面白くないからね。

浜尾　空想から生れた事でもかえって実際にあるものですね。昨日某法学博士から聞いた話ですが、事件のことらしいので内容には触れなかったけれども、田舎で百何十万円の資産家が、銀行が怖いというので紙幣で全財産を取って置いて、十七の年から五十幾歳三十何年というもの、紙幣の完全な番人をして暮していた。……昼は寝て夜、倉の中に入って火熨斗《ひのし》をかけたりなにかして楽しんでいた、というような話を聞いた。仮にそういう人間があることを書いたって、読者はそんな馬鹿な奴はいないと思うね。

大下　それを上手に書けば、例えば江戸川さんが書けばいいが、我々が書けば変なものを書くだろうと思う。

江戸川　実際は空想よりも、もっと酷いことがあるらしい。

甲賀　我々が空想して、こんなことはまず実際においてない、突飛なことだと空想して書いたことが、後に案外実際にあるということがよくあります。

森下　米国のアーサー・リーヴの科学探偵小説などがそれだろう。リーヴが小説の中に用いている機械は、おそらく全然空想の産物だろうが、それが今日では殆ど実現しているといったようなもので、小説に書かれた突飛な犯罪方法だって、人智が進めば珍しくなくなってくるにきまっている。

浜尾　実際に犯罪の方が先へ行っているですね。つまり、犯罪そのものは実際の方が進んでいるのじゃないかと思う。

甲賀　小説の方は犯罪の方法と捜査の方法を同時に考えているのだからいいけれども、実際の方は、犯罪の方法は全然不明で捜査を考えるのだから、それは難しいでしょうね。

科学の進歩と犯罪の変遷

加藤　とにかく今の探偵小説には犯罪心理学なんかの最新のものが取り入れてあるでしょうね？　つまりそういう学問的根拠が深く入っているでしょうね？

甲賀　それほどでもないと思いますね。

佐々木　心理学の方ばかりでなく、科学の進歩に伴《つ》れて犯罪の方法も変って来れば、探偵の方法も変って来ると思いますが。

甲賀　手段の方はできるだけ科学的になりましょうが、けれども、犯罪の手段が科学的だからと言って、その作が科学的だとは言えない。探偵小説そのものが科学的だというのは少し即断だろうと思う。――他の小説よりも科学的なことが多いと言えば言えるかもしれませんけれども、探偵小説を以てただちに科学的の小説であるということはちょっと言えぬかと思います。しかし世間一般の人は、非常に科学的のものだと思っているのです。

大下　組み立てにおいては非常に科学的ですね。

甲賀　少なくとも論理的になっているでしょう。

佐々木　要するに科学の上で新しい発見がされて、もしくはされようとすると、探偵小説作家の知識なり空想なりが、そこまで游《およ》いで行って色々な新しいものを取り入れることができるんじゃないでしょうか？

大下　新しい発明などを入れるのは案外面白くない。
佐々木　アメリカの一番新しい探偵方法はラジオで探偵するということを見ました。犯人がどこかにいると、そこからすぐ放送局に電話がかかる、放送局では犯人がどっちの方に逃げたらしいということを放送する。そうすると探偵の方では自動車に受ける物が着いていて、到るところでどっちに逃げたかということを聞きながら追いかけて行くから、すぐ捕まるということですが……。
浜尾　そうなったら探偵小説にはならない。
佐々木　小説にはならないでしょうが、科学の進歩に伴って変ってきた探偵方法の一例です。
加藤　心理学など必要はないのですか？
甲賀　純粋の学問などは〔作中に〕必要はないと思いますけれど、そういう事を基礎として知っていることは大変にいいことと思います。しかしそれを生のまま作中に現すということはあまりない。もっとも近頃大下君は、何か美術の方を研究していると見えまして、最近の作に二つほどそれが出て来ているので、大下君なにかを読んでいるなと思いましたが、そういう風なことが作中に出て来るというのはなかなか面白いことです。
浜尾　僕はその人の学問よりも、むしろ実生活の経験が出て来るし役に立つと思う。例えばドイルは印度へ行ったので、その経験が出て来る。学問は必要だと思いますけれど、必ずしもなければならぬものとは思いませんね。

佐々木　心理試験にもまた、いろいろ科学的な進歩が応用されているようですから、心理試験の方法も、科学の進歩に伴れて変ってくるのではないでしょうか？

江戸川　大岡政談なんかに出ている心理試験と、今の探偵小説に出て来る心理試験とは大分違っている。

佐々木　最近の小酒井さんのものに「網膜現像」というのがありますが、あれなんかは、たしかに一つの心理試験ですね。ただ科学の力をかりて心理試験をしたまでで。

江戸川　心理試験じゃない。「網膜現像」ということをトリックに使っている。

甲賀　どんなのかしら？

佐々木　犯人の顔が、その被害者の——被害者は死んでいるのですが——網膜に写っているから、嘘をついても駄目だというのです。

浜尾　それはトリックだね。科学そのものを取り扱ってはいない。

佐々木　勿論、科学そのものではありません。科学的なものを応用したというのです。

甲賀　小酒井さんのものは読んでいないから知らないけれども、前に誰かもそんなことを書いている。

大下　小酒井さんのは「キング」に出たものでしょう。小酒井さんは網膜現像を種に使ってトリックにしたので、前に誰かもというのは、現像そのものについてなんでしょう。

江戸川　あのトリックは佐々木さんのいわれる、新しい科学の応用とはいえない。

佐々木　心理試験としては新しいと思いませんが、しかし科学的な知識がなければ使えないトリックだと思います。

大下　古いですね。大岡政談的のトリックだと思う。

江戸川　科学的の書物を読んでいるということは非常にいいことだと思う。必要でなくても、読んでいますとハッと種が浮ぶ。非常にそういう種を浮ばせるのにいい。心理的なものでも、政治学とかいうものでも、そういうものを読んでいると、その言い方なんかにヒントがある。

探偵小説作家の用意

加藤　そういう点を話していただけませんか。この「文学時代」の読者の中にはずいぶん探偵小説を書きたい希望の者があって、どういう風にしたらいいかというようなことを尋ねてくるのです。

甲賀　それには組立ということが肝腎だろうと思う。

大下　それについて僕は、チェスタートンの書いた物を読んだことがあるのです。それには、探偵小説の書き方という本がない、なぜそういう本を出さぬかということなどから始めて、いろいろ面白いことが書いてある。まず探偵小説には他の小説と違って困難なことがある。それは探偵小説は事件の一番結末から始まることだと言うのですが、これは私も至極同感で、例えば、普通の小説はカタストロフィに行くなら、そのカタストロフィに行くまでの経過を書く。ところが、探偵小説は結末から始まるから、必然的に経過が縮まって行く。すなわち最初からコンヴァージョンする。そうしてこれは読者には面白くないことなので、作者の方では、それを途中で無理に拡げなければならない。そこに非常に困難があると思います。

それから同じくチェスタートンの言っていることに、探偵小説に出てくる人物は皆仮面を被っているという言葉があるのですが、実際その為にも又非常に骨を折ります。作中の人物を正直に現せない。したがってそこにどうしても人間らしくないところが出て来やすい。それを避ける為に、途中で本当の人間を書いてしまっては小説の種が割れてしまうし、やむを得ず仮面を被せないと困ることがある。そこを上手くやればいいのですが、なかなか困難なところです。

加藤　性格なら性格が素直に出せない。歪められた性格になるのでしょうね。

大下　例えば喋る言葉でも白い物を白と言わない。黒でもない。赤でもない。青でもないと、こう言わなければならないのです。ところが実際の人間は、そうそう歪んだものの言い方をしないのだから、こうした作中の人物に向き合っている読者にとっては、これがどうも嘘つきな人間のような気がしてくる。そこをうまく妥協させて、なるべく本当の人間に見えるように仕向けて行くということが困難なのだろうと思う。それから今話の出た組立ですね。これはポーの言ったことで、「ザ・フィロソフィー・オブ・コムポジション〔詩作の哲学〕」というものの中にあったのではないかと思いますが、その中に書いていることとは、自分は小説を書く時に、一番初めにまず作中のどこがその主眼であるかということを考える。それについてその主眼にエフェクトを与える為には、どういう要素が必要であるかということをまず考える。それから配列を考える。そうしてやっていくので非常に数学的に作る、ということをポーが言っているのですが、探偵小説がやはりそうだと思う。まず一番最初に考えることは、最後の所です。作の最後になるべき所……そうしてそこへ行くまでの過程に非常に骨を折る。実際に作る面には他の小説家よりは頭を使うだろうと思う。

加藤　探偵小説では結末が先にできる場合が多いのですか？

大下　そうです。チェスタートンが言っている通りです。

江戸川　だから探偵小説家の一番苦しむことは、できるだけ不自然なことを、いかにして自然に見えるように書くかということです。

大下　そうです。そうしてそれはあなたが一番上手い……（笑声）。

江戸川　それが不自然であればあるほど面白い。そうして不自然なほど、むずかしい。

甲賀　あの「パノラマ島奇談」はずいぶん苦心したと思う。

大下　割合に取っつきやすいのは、犯人を主にして書いていくという行き方ではないかと思う。ある犯人のやっている犯罪を真正面から書いて行く。そうして終いに犯人の錯誤からして犯罪が暴露してしまうというような書き方が、非常に入りやすいだろうと思う。一番むずかしいのは、いわゆる本当の、本格探偵小説ですね。犯人の書いている探偵小説……。

甲賀　犯人の書いているものは僕は本格ではないと思う。

大下　僕はやはり本格だと思うね。もっとも、ちょっと格を外したものもないじゃないが……。しかし実際、本格探偵小説はむずかしいです。

探偵小説とモデル——題名と思いつき

加藤　やはりあれでしょうね。探偵小説にもモデルというものがあるでしょうね？

大下　そのモデルが使えません。一体普通の人間では面白くない。なるべく異常の人間を持って来なければならんから……。

甲賀　我々はそういう異常の人間を知らんので、したがってモデルは使えませんな。

加藤　例えば実際にあった珍しい事件などを種にすることはないのですか？

甲賀　それはごく僅かしかないのですね。

浜尾　もしそういうことができれば、僕は筆さえ立てばいくらでもできる訳ですが、そうはいかんのです。

加藤　どうしてですか？

浜尾　どういうのですか、実際上の事件は面白くないのだと思う。

大下　探偵小説と事実小説とは全く違うもので、事実の物語を探偵小説にするということは、むずかしいだろうと思う。

加藤　ヒントはそういう物から得ることがあるでしょうな？

甲賀　それはありますね。

浜尾　ここにいる方で、事実問題を扱った方があるかどうか知らぬが、僕は「新青年」なんかの愛読者ですから、読者の立場からいえば、あれを読んでみても、これは事実を組んだらしいと思う探偵小説は、読者としてはあまり面白くない。つまり空想がないですからね。どうも面白くない。

森下　小酒井君なんかの短い物には、空想もずいぶん入っているだろうが、専門方面の文献とか事実から材料を得た物がかなりあるように思う。

江戸川　事実を扱うとしても、その扱い方に独創的な思いつきがあった。その独創的な部分が面白いんだね。

加藤　江戸川さんの「陰獣」ですが、あの楽屋話でも伺いたいですな。どうしてああいうことを思いついたのですか。

江戸川　やア、どうも頭の中でごねごねとこね廻している内に出来上がったのでして。
甲賀　あの一人三役ということは初めから考えたのでしょう？
江戸川　そうでない。初めは単純にある犯人がヒステリーの女に脅迫状を出すということを考えた。それから段々伸ばした。
甲賀　あなたも頭を先に考えて、それから伸ばすかね。作家のやり方には二通りあると思うがね。頭を初めに考えて伸して行くのと、又一番初めに中心の核を作って、それに金平糖みたいに周囲をつけて行くのと、組立を考えるのに、作者の癖として二つある。大下君なんかもやはり頭を先に考える方だね。それから後を付ける……。
大下　そうでない時もあるよ。尻を考えて、それから頭を作ることが多い。そうして頭を作っている内に最初思いついた尻がどっかへ行ってしまって、尻は又他の小説にする（笑声）。
浜尾　なかなか狡いね。
江戸川　人によると題名を初めに考えるそうですね。題名の魅力によって作意が動くというのですね。
森下　僕らも題を付けるのに一番苦しむが、田中貢《こう》太《た》郎《ろう》君などは、題を先に付けて、それから書いて行くそうだ。
大下　そんなことはできませんね、題と言えば良い題を殆ど二年越しに持っている。「ガラス娘」というのですが、どうにも書きようがない。とても面白そうだと思っているのだが……。

甲賀　登録したね。題名の登録などは困るよ。

大下　江戸川さんに売ろうと思う。

甲賀　江戸川さんは「押絵と旅する男」という題は長い間登録していましたね。あれはとうとう書いたが。

大下　江戸川さん、「空気男」を書いたら、その次に「ガラス娘」をお書きなさいよ。

江戸川　何々娘とか、何々嬢とか何々男とかいうのは少し鼻についてきた。横溝正史が「幽霊嬢《ミス・ゆうれい》」というのを書いたですね。

大下　「幽霊嬢」と「ガラス娘」とでは、ちょっと味が違うでしょう。

江戸川　その方が新鮮だね。

大下　新鮮ですよ。

浜尾　江戸川さんの、遠眼鏡で見ているうちにすうっと小さくなって消えて行くというところ、ああいう思いつきはいいな。僕なんかには思いつかない。ああいうことはふっと思いつくのですか？

江戸川　偶然に思いつくのですね。

大下　ああいうことは、いくらか狂気じみたところがない人は駄目なんですよ（笑声）。

浜尾　ああいう思いつきはいいね。

大下　僕もあれで感心したところがある。眼鏡で見ている。初めは、生きている人間だろうと思ったのですね。

浜尾　僕は何よりも、すうっと望遠鏡から小さくなって消えるということが、とにかくいいと思った。

江戸川　僕は眼鏡なんかが好きですから……眼鏡を反対に覗いて見ると面白い。

森下　江戸川君ほど突飛なことを始終考えている人も珍しいでしょうね。あり得べからざることを、あり得ることにしようと苦心してるんだ。

加藤　ちょっと詩を作るというような気持が先に出て、それをあとから頭で整理して行ったのですね。

浜尾　ああいうことは僕には考えられそうもない。

加藤　実際「陰獣」などはどういう頭で考えたか不思議だと思う。

江戸川　ねちねちとあくまでも拘泥《こだわ》って考えていると、ああなるだろうと思う。他の人はねちねちと拘泥らないのでしょう。

加藤　あれは理智的でなしに、心理的になっているし、色々変態的のところも混っていれば、実に複雑な味わいを持っている。

江戸川　私は考える時に長く考えている。他の人は長く考えないから、そういう混み入った物にならないのじゃないかと思う。

トリックとテーマ――探偵小説的興味

加藤　探偵小説の色々道具立てがありますね。例えば指紋とか、現場不在証明《アリバイ》とか、あるいは薬物とか、そういう風な物ですね。今一番よく使われる道具はどんなものですか？

森下　色々あるけれども、大概用い古されていますね。

甲賀　私は指紋とか、現場不在証明とかいうものを主題にしたものはありませんが。拵《こしら》えた現場不在証明というものは案外役に立たない。

江戸川　指紋なんか、古いから使い途はないが、現場不在証明はまだ使い途がありそうに思う。非常に突飛な現場不在証明は……。

森下　そうだね。現場不在証明は探偵小説につきものだが、ただそれをどういう風にうまく使うかということが問題だね。

甲賀　最近、現場不在証明を使った外国の物を読んだが、どうも面白くない。

江戸川　何かそれに他のものが付け加わらなければ……現場不在証明だけではいけない。

大下　一体、トリックだけでは駄目ですね。現場不在証明というのはそのトリックの代表的のものだが、それだけではいけない。探偵小説を書く時には今はあらゆるものを、幾つも幾つも使うということになる。

加藤　一つだけではいけないでしょうね？

甲賀　外国の小説家は平気で一つだけでやっている。

浜尾　よく読者が飽きないね。

甲賀　日本では読者が少いのだろうと思う。

大下　読者が飽きないばかりでなく、よく作者が飽きないと思う。

甲賀　それは日本のように、作者が職業意識を離れて書くということがないから、ポッポッ書いて原稿料を取って行こうという風に、外国の作者は考えているのじゃないかと思う。日本の作者はワッと言わそうという考えがある。外国の作者はワッと言わすというようなことは、どうでもいい。書いた物を金に換えて行ければいい。我々の中では、読者ばかりでなしに、作者仲間までも一つ唸らしてやろうという風な考えがあるから……そこにまた進歩の見込みもあるし、同時にますます複雑になって行って、いよいよ読者が迷惑するということにもなる。

江戸川　案外一般の読者は単純なものでいいのだね。

甲賀　僕もそう思う。

加藤　短篇ではいい物がありますね。

甲賀　日本の方が短篇では進んでおりはしないかと思いますね。

浜尾　僕は愛読者であった時分に感じたが、今は少し自分も書き始めたからこういうことを言うのは具合が悪いが、読者として言うと、日本の物の方が面白い。というのは外国の物はある種のずばぬけた作以外は愚作が多い。ずいぶん読むが面白くないよ。

加藤　日本では警察なんかもちゃんとしているし、家屋の構造が開放的だし、探偵小説が発達しにくいように思われていたようですね。

甲賀　それだけ作者が骨が折れるのじゃないかと思う。

浜尾　これは使っている人があるけれども、実際的に考えると、日本では宝石の窃盗事件が書けない。大した宝石がないから……。それから日本ではダイヤモンドならダイヤモンドを盗んで、僕がここに持っておってもしょうがない。西洋ならアムステルダムかどこかへ行って他の形に変えますが、日本ではどうにもならない。そういうものが用いられないから、そこにやりにくいところがある。

大下　日本人は宝石に対する趣味が無いのじゃないでしょうか。

浜尾　第一、金が無いから……「文藝春秋」の座談会だったかである人が「そんなものは日本には無いよ」と一言に言っているが、実際無いらしい。そういう点は日本の作家は損だね。

甲賀　それから西洋人は遺産というものを重大に見て、それを譲るにも非常に苦心して譲っているが、日本では遺産の譲り方は無造作にやってしまう。

浜尾　日本では明らかに相続法によって遺産の行方を定めてあるから、勝手に他の人にやるということはできない。例えば甲賀さんが遺産を全部僕にくれると遺言を書いても僕のところには来ない。

甲賀　外国では遺産の問題がかなり大きなテーマになっている。

浜尾　ちょっと日本では、それができないから困る。

加藤　逃げる場合でも、日本では外国へ逃げるということができない。

浜尾　旅券が下がらないし、むずかしいですよ。

森下　初めに戻るが、日本にはまだ長篇にそう良いのがない。これは日本の探偵小説がまだ若いからで、その代り短篇は確かに勝れているでしょうね。というのは作家諸君が非常に真剣だったからで、それも「新青年」を中心にして、外国の良い作品が先に提供されたので、自然いい加減な作品では打って出ることができなくなった。

それと今一つが作家が筆で飯を食わなければならぬという人々でなく、皆が本当の趣味から筆を執ったというようなことも、重大な関係があるでしょう。とにかく、短篇は確かに外国より日本の方が進んでいますね。

甲賀　長篇も初めから終いまで書き下ろして出せたら、相当の物ができやしないかと思うが、雑誌の連載などではどうも良い物が書けないということもある。

大下　道具が古いという話ですね。指紋を使ったもので、マーク・トウェインに『抜けウィルソン』というのがある。あれが指紋を使っていてなかなか面白い。指紋という物に対する知識がまるっきり無い頃の人を相手にして書いているのですね。なかなか読んでいても面白い探偵小説です。だからやはり古い道具を使っても、まだまだ行《ゆ》き途《みち》はないことはないのですね。

佐々木　凶器というか薬物というか、こういう話があります。ある女が変な死に方をしたので、どういう原因で死んだか、色々試験をしてみたけれどもどうしてもわからなかった。ところがまた同じような症状で死んだ者がある。それは、初め腸が悪いような徴候がある。そうして三月《みつき》か四月《よつき》経つうちにだんだん衰弱して行ってとうとう死んでしまった。ところがどうしてもわからなかったので解剖して、腐った腸を顕微鏡で見たら、小さな硝子の粉が沢山ある。これは普通の薬物で殺すと、すぐ発見される恐れがあるので硝子を細かく砕いて、粉にした物をおみおつけやご飯なんかに入れて食わしたので、それが腸の襞《ひだ》に食い入って、そこから炎症を起して、だんだん腸が爛《ただ》れていったのだということです。――そういうような話を聞いたのですが、そういうことはもう書かれているのですか？

甲賀　何かで読んだように思いますね。

大下　それは、保険金詐取でアメリカでやったという事実の物語ではないかね。

浜尾　日本にあったよ。

江戸川　日本に実際あったと思う。今のお話は日本のことですね。

佐々木　そうです。

甲賀　そういう場合に、硝子の粉を毒物として法律的に取り扱うことができますか？　浜尾さん！　どうですか？

浜尾　おっしゃる意味は、硝子の粉がいわゆる一種の凶器になるかどうかということですかね？　犯罪に供したる物ですから、そういう意味からいえば凶器でしょうね。ともかく犯罪行為に供したることは明らかだ。

甲賀　けれども、硝子の粉を飲んで死ぬということが従来の文献には無かったら、どうです。

浜尾　従来の文献に無いということは、法律的には問題でないですよ。

甲賀　しかしそれを医学的に証明できなかったらどうですか。

浜尾　それが為に死んだかどうか、因果関係が認められなければむずかしい。

甲賀　けれども、従来それで人が死ぬものかどうかわかっていないでやる……。

浜尾　お訊ねの意味は、犯人がある薬物の効果を的確に知らないで、他人に嚥《の》ませたような場合ですね。殺人の意志があって、その薬を嚥ませて、それが為に相手が死ねば無論殺人事件ですよ。犯人が薬の効果を確実に知ってる必要はない。しかし殺人の意志あることと因果関係のあることは必要です。犯人がその薬物の効果をはっきり知らないで、しかもいたずらに嚥ませたというような場合は別問題です。

江戸川　そういう凶器ということでは面白い見方ができる。チェスタートンのブラウン探偵が、ある被害者が非常に大きな凶器でやられたという。大きすぎて見えないというのです。それは墜落して大地に頭をうちつけて死んだ。大地が凶器だというのです。それに対して今の話は、それの反対に極微な凶器だ。

大下　チェスタートンの言いそうな言葉だね。

浜尾　法律的興味と探偵小説的興味というものが一致すれば、僕なんかずいぶんありがたいのだが、どうもそれは全然違いはしないかと思う。

江戸川　浜尾さんのお書きになるものを実際見ても、あまり法律的でないですものね。

浜尾　ほんとは法律的なものが書きたいのですが、おそらくそれは面白くないのじゃないかと思う。だから全然これは法律的興味とは違うのだと思う。しかしいずれ書くつもりでいます。

甲賀　浜尾君がいつもいっている通り、現在の探偵小説は検挙に終っているというが、今度は検挙からスタートして、裁判になって自白を翻す。そうしてまたやり直したなんていうことは、面白くはないかと思う。

浜尾　それをうまく書ければいいのだが。

森下　それから浜尾さんに註文することは、いわゆる法律的でなくって、犯罪の方法とか、手順とかいうものを実際的に取り扱ってみてくれませんか。そうすれば我々は面白いと思う。例えば英国のジルノーやクロフツのように、警視庁の連中の捜査法をそのまま行なったというようなものも、別途の意味で面白いと思う。
加藤　「週刊朝日」ですか、本当にあった面白いことというものを書いている。あれが本になって出た。あの中で『小笛事件』というのが面白いと思った。
浜尾　ああいう風に長くなると面白くないと思う。
森下　相当面白いよ。
浜尾　僕はあれは中途までは全部読んだが、止めてしまった。
加藤　僕は面白かったです。少し長いと思ったけれど、ああいう事件はたくさんあるでしょうね。
浜尾　ずいぶん聞いてはいますね。

私の好きな探偵小説と作家

加藤　今どこの国の物が探偵小説で面白いのですか？
森下　やはり英国に多いでしょうね。
加藤　どういう作家のものですか。
森下　たくさんありますね。やはり物によって、どういう方面で、ということになってこなくちゃ、言えぬけれど……。
加藤　つまり一番愛読している作家について、お一人ずつ何かお話を願いたい。

浜尾　僕はドイルですね。ドイルは何度読んでも面白い。
加藤　どういうところをお好きですか？
浜尾　本格探偵小説として一番良い。それからシャーロック・ホームズの出て来ない短い小説の中に良い物があると思う。僕がドイルを読むのは短篇が多い。僕は一体、探偵小説は短篇が良いと思う。これは読者として読んで……長いとどうも途中で飽きる。例のヴァン・ダインの物を読んでみましたが、途中を飛ばしたくなる。僕の悪い癖ですが……。
森下　しかし一般の読者はやはり、短篇より長篇でなければいかんでしょうね。
浜尾　僕はどうも長い物は飽きる——大下さんはどんな作家ですか？
大下　僕の一番好きなのはチェスタートンではないかと思いますね。そうたくさんも読んでおりませんけれども、なんということなしに好きですね。幻想的なところなどが出て来ると堪らなくなる。ちょっとした風景なんか書いても普通の人の書き方と違いますね。芸術的のようですね。
加藤　あの主人公は面白いじゃないですか。
甲賀　ブラウンですか。
加藤　どれにもあれが出て来るのですか？
大下　いえ、この頃ブラウンの出て来る物はあまり書かない。ブラウンの出て来るのは二、三冊で、後は……。

浜尾　あれは僕にはどうもむずかしいのですね。僕は夜寝る時に読むが、チェスタートンはだいたい筋はあるのだが実にむずかしくって眠くなる。
大下　それで、わからないで、そういうところはますます夢幻的に引き入れられる。
浜尾　甲賀さんはどうですか？
甲賀　長篇ではウォーレスですね。それから短篇ではやはりドイルとか、チェスタートンとか好きです。私などはだいたいドイルに師事してスタートしたようなものですから、ドイルはやはり好きです。
浜尾　作家になる目的があったら、ドイルはぜひ読まなければならんと思う。あれは手引でしょうね。
江戸川　ルブランとドイルとどっちが好きだね？
甲賀　ルブランもいいね、実にいいね。
加藤　ルパンですか、あれは人間が好きですね。
甲賀　人間は保篠《ほしの》〔龍緒〕君が拵えた点がありはしないかと思う。
森下　そういう評があるね。本当のルパンは紳士六分に怪盗四分というところだろうが、それが逆になっているらしい。しかし、それにしても保篠君の訳は面白く読ませるね。
加藤　あのルパンはすっきりした性格にできている。『813』などは面白いですね。
大下　興味、面白さということにおいては随一ではないかと思う。

浜尾　僕は探偵小説を読む時は中学生のような気持になる。例えばシャーロック・ホームズがルブランの中に出て来てアルセーヌ・ルパンと争っていると、理屈なしにホームズを勝たせたいね。もしホームズを負かしたら、もうルブランの物を決して読まないと思っていると、巧みに両方に花を持たすように、上手く取り扱ってあるので安心する。とにかく僕はホームズが非常に好きだよ。妙な男で……。

甲賀　それからさっきちょっと話の出たガストン・ルルーの『黄色の部屋』……本当は『黄色の部屋の秘密』だが、これはいい作ですね。ルルーという人はだいぶ書いているようですが、いいのはその他にないようです。

浜尾　江戸川さんは本格物として何が好きですか？

江戸川　僕は本格物としては、今のルルーの『黄色の部屋』は図抜けていると思う。探偵小説としてルブランの良いところもあるし、ドイルの良いところもある。本格物として良いところは皆あるような気がする。あれが現在においては最高のものではないかと思う。

甲賀　僕も非常に良いと思う。そして人間が描かれている。それぐらい、いいと思うね。

江戸川　昔ドイルとか、チェスタートンとか、そういう人の物を読んだ時と同じぐらいの魅力を覚えるような作品は、現在ではないのじゃないか。現在のものにはあのくらいの魅力のあるものはないと思う。

甲賀　けれども我々が読者として読んだ時代と、作者として今読むのとだいぶ違うからね。

江戸川　そういうことはあるかもしれないが、現在の探偵小説の作家で、ドイル、チェスタートン以後に出た人で、ドイルやチェスタートンのような魅力を持っている者はないように思う。最近ヴァン・ダインの物が非常に評判だから三冊とも読んでみたが、ドイルの系統のもので、なかなか面白いが、新しいものではないね。

甲賀　ドイルよりもドゥーゼだね。

浜尾　作者としてはバロネス・オルツィはちょっと面白い。ああいう風に書いたら書きやすいだろうね。

甲賀　『隅の老人』は非常に捏《こ》ね上げた、ねちねちしたところがある。

大下　僕は嫌いだ。

江戸川　『隅の老人』より伝奇小説の方が良いだろう。

森下　最近ではヴァン・ダインの物が面白いと思ったね。無論欠点はあるが、とにかく筋も相当にいいし、作全体に新味があって筆も悪くはない。

甲賀　平林〔初之輔〕君の訳で読んだが、とにかく出て来る人間が面白い。

江戸川　そうして最後において失望させないのがいいと思う。近頃のたいていの探偵小説は偶然犯人が見つかるようなものが多いが、ヴァン・ダインの物は最初からちゃんと組立ができていて、そうして非常に奇抜なトリックがある。その点が好きだ。したがって、古いけれども。

浜尾　探偵小説愛読術、探偵小説犯人看破術というものを僕はこのごろ考えている。同時にいかに本格の探偵小説というものがむずかしいかという事を感じたのですが、それはヴァン・ダインの『ベンスン殺人事件』というものを初めて読んで、八十頁ばかり読んできた時に、とにかく犯人が小説の書き方でわかってしまった。中を飛ばして終いの方を見たところが、果してそうだ。もっとも、ヴァン・ダインは犯人がわかっても読ませるところがある。ともかくわからせずにおくということはむずかしい。

江戸川　あの程度にわからせるのは、かえっていいかもしれない。

甲賀　わからせないというのは訳はないが、それを発表した時に読者に腹を立てさせないようにするのがむずかしい。

加藤　しかし全然それがわからないではいけないでしょう。

甲賀　そうなのです。これかしらん、これかしらん、ということをちらちらと読者に感じさせながら、最後にそれが現れても、読者がああやはりあれだったかという程度でないといけない。

浜尾　僕はこの作家がこう書いているからこれが犯人だろう、とあてると大抵あたる。要するにこの頃の作家のものは、作者が何気なしに澄ましている者がその犯人だね。

江戸川　書く方で今度はその裏を行くか。

加藤　ポーの物は今でもいいですね。
江戸川　そうですね。偉いですね。ああいう書き方はない。
甲賀　けれども大衆的ではない。
江戸川　ポーは案外大衆的な要素があると思う。ポーには皆素晴らしい思いつきがある。全体を読んでむずかしくっても、その思いつきを引き出してみると大衆的だと思うね。
甲賀　大衆はそういう見方をしないだろう。
浜尾　あの行き方で、ルブランの『水晶の栓』というのは面白いね。
甲賀　途中で捕ったかという感じを抱かせて、それが皆駄目で、ああいうところは面白い。『水晶の栓』は良いものだね。
大下　ルルーの物は『娘ナターシャ』なんかも良い。僕は翻訳で読んだが……。
浜尾　森下さんは何がお好きですか。
森下　皆さん僕の好きな作家はいってしまったが、残ってるところでは、大概フレッチャーとモリスンなどが好きですね。ともにいわゆる本格派ですが、筋の構成が非常にうまいのです。殊にフレッチャーの『ミドル・テンプル事件』の如きは傑作でしょうね。
加藤　ルヴェルという作家はどうです。
大下　探偵小説家とは言えないかもしれませんが、初期の短篇は探偵的興味をもった良いものです。

加藤　非常にピリッと摑んだものがある。

江戸川　ルヴェルの「集金人」は良いね。それと自転車で軽業をする……〔「或る精神異常者」〕。

佐々木　「乞食」なんかも良いですね。

江戸川　あれはまた別の意味で良い。

大下　良い思いつきをしているね。

江戸川　あれは日本の作家で似たような脚本を書いた人があった。関口次郎氏だったか、乞食が旦那になりたい気持。

大下　真似とは言えぬけれども、殆ど同じだね。

探偵小説の将来——大衆的と本格的・明るいものへ

加藤　探偵小説はこれからどうなって行くものでしょうか？　大変漠とした問題ですけれども……。ますます芸術的に進んで行く傾向と、ますます大衆的になる傾向とあるようですね。

森下　無論、二道《ふたみち》に分れて行くでしょうね。元来が大衆性の文学だから、その方へ進んでゆくのは勿論、一方では江戸川君みたいな探偵的興味というよりも、むしろ純文芸的傾向をもったものも出て来るでしょう。

加藤　江戸川さんは全然大衆を相手にしないのですか？
江戸川　そんなことはない。
甲賀　あなたは大衆性があるじゃないか。
江戸川　僕には幼稚なところがあるから、大衆的だと思うね。
浜尾　大衆にも二色《ふたいろ》ある。高級的大衆とそうでないのと……。
甲賀　著書を買って読んだりする大衆は高級な方ですから、江戸川君なんか高級的の大衆性がある。今の探偵小説の将来とか何とかいうことになると、それは外国の傾向や、読書界などの、外界の事情に支配されることもあるが、第一は作家の問題ではないかと思う。作家に江戸川君のような人がどんどん現れてくれれば、盛んになるでしょうし、江戸川君のような後継者が無いと、そういうものを書く人が無くなる。将来どうなるかということは非常に作家そのものによる問題だと思う。
江戸川　現在いる作家でも、皆がだんだん個性を出すだろうと思う。今は皆一緒みたいなものだが。
加藤　持ち味が出て来るでしょうね。
江戸川　僕はこういうことを考えている。ここにいる人達の書くものではないのですが、例えば横溝君の山名耕作物などは本格的なものではないが、しかしトリックはある。ああいうものは新しい、日本だけのものではないかと思う。ああいったものがもっと出て来れば、それも一つの新型になると思う。

浜尾　このごろは探偵小説でもユーモアの多いものが受けますね。一般にそうですか。

甲賀　イギリスのウォーレスなんか、非常にユーモラスのものがありますよ。

浜尾　けれども、特に近頃そういうものが迎えられているでしょう。

加藤　それは非常に要求されているですな。よく雑誌社などで、ユーモラスなものを書く人が無くて困ると言っておる。

大下　明るいものを好くのでしょうね。

江戸川　僕なんかの書くものは、一時代前の化物でちっとも新しくなくなって、だから「新青年」に書く時なんか気が負《ひ》けて困る。

大下　江戸川さんの書くものは暗くはありませんよ。

江戸川　暗くないか知らんが、ごつ臭い〔野暮ったい〕よ。

加藤　それはアメリカあたりの軽快なものを対照にするから、非常に暗いように思うのでしょう。……どうもありがとうございました。

（「文学時代」一九二九・七）

明日の探偵小説を語る

海野十三　小栗虫太郎　木々高太郎
（本社側）末広浩二

異とすべき顔振れ・この四作家・探偵小説の四重奏か・まどらかなる冬の夜の・無軌道的いいたい放題の座談・「青い鷺」を語り、芸術性を論じ、大衆化の問題、科学とは何ぞや・対手《あいて》の急所を衝き、一本参る者、参らす者、哄笑の渦湧く・更に作家なで語り得ぬ・さまざまな話・ドイル、ルブラン、ポオ、外国作家総ざらいの巻。――新春号明朗の放談会だ！〔編集部〕

「青い鷺」と「文学少女」

末広　（海野氏に向って）どうぞ宜しう願います。こちらで司会者になる筈ですけれど失礼いたします。

海野　どうも……この司会者何も考えて来なかったので、どうも……。

末広　題は（予め「ぷろふいる」編集部より話題が提出されていたことを意味す）そのまとして言いたいことをそのまま言うて戴く方がいいでしょう。
海野　柔い話にしましょうね。
小栗　柔かい話⁉。海十斎、それ自身《ヒムセルフ》。
末広　では、猥談でもいいでしょう。
海野　一つ江戸前の猥談を致しますか（笑声）。何か御注文は明日の探偵小説についてとかいう難しい題が出ているのですが、まあそれでなくてもいいと思いますが、猥談で思い出したけれども小栗さんの今度の「青い鷺」というのは面白いですね。
小栗　あれはね。良い悪いはともかく、「ぷろふいる」の読者に向かないものが多いんじゃないかと思う。今までにあまりなかったもんだし。
海野　昨夜《ゆうべ》読んだけれども非常に感心したよ。あれ四十枚位ですか？
小栗　最初の一回は、四十二、三枚位でしょう。
海野　そうすると二百三十枚位？
小栗　ええ、二百枚ちょっと超えましょうね。
海野　とにかく初めの方を読むと怖いですね。
小栗　それで、あの自由工人結社《フリー・メースンリー》というやつですね。最初僕は、真偽を疑わしく思っていた。ところが、茂田井《もたい》武とかいう、例の画描の人ね。あの人、巴里《パリ》に永くいたんで、聴いてみると実際その通りだそうなんです。とにかく、Franc-maçonnerie《フラン・マッソヌリー》というのが語源の通りで、自由工人結社《フリー・メースンリー》の発祥地は、どうにも仏蘭西らしいのです。独逸語の Freimaurerei《フライマウレライ》や英語の Free-masonry《フリー・メースンリー》よりも、この方が三十年近く早く現われている。それで、集会をやる。それがまた、凄い姿《なり》をしているそうです。雑輩《ざっぱい》などは、牛屋が着るような革の前掛をしている。そいつが、頭にシルクハットなんかを被っている。

海野　政治集会？

小栗　勿論、多分にそれでしょう。

海野　大分伏字がありましたね。

小栗　あれはね、×××・×××××にね。それから×院××委員長の×××、それから、欧洲戦争の凱旋将軍××××××。だから、嘘とも本当とも思えるし……。それにね。今の自由工人結社の紋ですが、尺脚《コンパス》と、三角定木の底辺を打《ぶ》っこ抜いたものとを逆に組み合わせている。ところが、それに水平線を二つ引くと、猶太《ユダヤ》の紋になる。サア、大変な事であるというのです。そこまではまだいいんですが、それを割ると、二つの三角形になる。御存知の通り、Y・M・C・Aの紋は、三角形でしょう。とにかく、自由工人結社の詮索は、そんなところにまで及んでいます。

三角形は、悉《ことごと》く怪しい。それは、ラファイエット将軍ね。アメリカの独立戦争を援けて、仏蘭西に帰るとき、フィフデルフィアの自由工人結社から綱領を授けられた。それが、自由《リベルテ》、平等《エガリテ》、博愛《フラテルニテ》の有名なあれなんで、別に三角形じゃないですが、並べると三角になる。つまりそれが、いまの紋の基本になっている、三角形の出所だというんです。ここまで附会《こじつけ》が過ぎると甚だ滑稽ですが、あらゆる国の右翼方面では現にそう信じている。もっとも、自由工人結社の米国機関雑誌に「新時代《ニュー・エージ》」というのがあり、それには駁論が載っていたとかいいます。

海野　いやそういう話を聴いたら満更ね……。あれは落語だっていう話があったけれども、あまり落語じゃないじゃないですか。

小栗　いや。第二回目から多分にそういう調子になるんですが。

海野　幇間《たいこもち》が出て来たけれども……。

小栗　幇間より、二回目から変な男を出しちゃってね。余計、そういう味が濃いんです。とにかく、落語というよりも、人物の戯画化《カリカチュリゼーション》でしょうか。それに、時代そのものの戯画《カリカチュア》。僕は最初諷刺小説を目論んだんですが、そこまでの胆力もないし、結局いい加減、中途半端なものになってしまいました。

海野　括弧で活字を落してあるところがあるんですね、あれも「ぷろふいる」でなければできないものですね。

木々　あれは自分で活字の交渉をするんですか？

小栗　いや、あれは六号と、指定して置くんです。

海野　しかし探偵小説ですね？

小栗　そうなりますかねえ。

海野　今までに書いたものより非常にあれは分り易い。

小栗　ところがね、私の小説が分り易くなって来た代りに、段々魅力が乏しくなる。そういう意味の手紙を度々貰いますが。

海野　魅力があって簡単に書いて貰った方がいいと思いますが、江戸川さんどうでしょう。

江戸川　僕はまだ読んでいません。

海野　これはどうも……。昨夕《ゆうべ》雑誌は来たでしょう？

江戸川　作品評ならば予め言ってくれないと困る、私はこの頃探偵小説をあまり読まないんですよ。

海野　読んだものと思って……、私は昨夜読んで今日言っているんですからどうも……。しかし小栗さんのは性慾描写でいいものがあると思いますが、僕はあれを性慾派と名付けたいと思う。乱歩さん今度は木々さんの「文学少女」を非常に褒めておいでになりましたが……。

江戸川　あれはあそこ（「探偵春秋」十一月号）に言った通りですね、あの通りに考えています。

海野　あれは僕も同感ですね。

江戸川　今までの探偵小説というものは、日本のでも外国のでも探偵小説家の作品は遊戯を出ないのです。僕等でもそうですが、大体遊戯を出ていない。ところがあれは遊戯を出ていると思うのです。その点に僕は注目したのですがね。遊戯を出るという意味は、人間と人間、人間と神様が取っ組み合う真剣な文学精神が、あれにはあると思うのです。そういうことは今までの探偵作家は意図しなかったし、又将来も意図しない人が多いだろうと思うんです。その中にああいうのを発見したので、ちょっと一言したのです。そういう意味では大変新しい。探偵文壇では初めてのものじゃないかと思うんです。

海野　あれは純粋の探偵小説とはいえないけれども、まあしかし……。

江戸川　探偵小説じゃない。ああいうものを無理に探偵小説だというのはいけないと思う。

木々さん、あれは探偵小説だと思うのですか。

木々　私はやはり探偵小説を書こうというつもりで書いたんですよ。ただ探偵小説でなくなっちゃったのです。しかし探偵小説作家でなければ書けないもの、探偵小説家でなければ書け得ないものという信念があるのです。私はそう思うんです。

江戸川　しかし探偵小説的なものは非常に小部分ですね、あれを探偵小説と強弁することはないいね。あれはあれでいいものなんだから。

海野　木々さんの探偵小説の一つの捨石ですか。

木々　私は、ああいう方向から探偵小説に近付くものも書いて行きたいと思うんです。

江戸川　その気持は『人世の阿呆』に充分現れていますね。しかしいつも言うようにあの小説は、探偵小説的なものと文学的なものとがよく融合していない。

木々　それをどっちから攻めてもいいから、遂には融合して探偵小説になり切ったものを非常に書きたいのです。それには探偵小説の方から行く途もあると思います。「文学少女」の如く向うの方から入ってゆき、遂に探偵小説になり切ることもできる。私は両方とも可能だと思うんですがね。

海野　初めのお父さん殺しのことが後になって出て来て、その点はちょっと疑問に感じましたが……。

木々　作者の意図は、父親殺しを、あの終いに解決することを初めのテーマにしたのです。だからわざと結婚生活九年としたのは、十年過ぎると時効になりはしませぬか、それを避ける為に九年としたんですがね。

江戸川　そういう探偵小説的な意味はよく出ていないね。

小栗　なるほど十年の時効か……。そういうことを考えたことはないな、なかなか貴方は細かく考えていますね。海野さんもないでしょう。

海野　ないなあ。

木々　それが主な点だったんです。

小栗　それをテーマにしないからこそよかったんじゃないですか。

海野　なるほど。

木々　書いているうちにしかし、作品というものは自分でどんどん成長してしまうんですね。親の作者の手に負えなくなる。そういう風で出来てしまったんです。

海野　あれでは少し文学の方がリードした訳ですね。探偵味よりも……。しかし何か木々さんの進まれようという方向は、あれによって非常にはっきり分ったようですね。ああいう探偵小説の将来の行き方というのは、乱歩さんにとってはどうお考えでしょうか。

面白いという問題

江戸川　僕は色々考えるが、探偵作家が真面目になれば木々高太郎式の考え方をしなければやり切れないと思う。七分三分戯作者気質《げさくしゃかたぎ》で通せばいいけれども、そうでないような気持になると、木々君のような考え方をしなければ救われないと思う。しかし、一般にいって、探偵小説がすべてそういう風になるということは問題だと思う、やはり面白いということがまあ第一じゃないですかね。

海野　しかし私は思うに、やはり面白いという問題をまず片付ける前に、探偵小説があらゆる伸びる所まで伸び切ってしまわないと、本当の面白さという所に立ち返って来ないんじゃないかと思いますね。

江戸川　探偵作家の総てが一つの同じ方向に進もうとするのはいけない。各人各々好む方向に進むべきだと思う。その中に、最も優秀な作家の作風が指導者の立場を取るでしょう。そして、それが探偵小説壇の流行を作って行くのだと思う。それで将来の探偵小説ということを考えれば、それは色々あると思う。まず心理的の探偵小説が欲しいね。心理的な手法をよく取入れた探偵小説というものが一つ。それからドイル、ヴァン・ダイン風の従来の英米の論理的なものもまだまだ出るでしょうし、それが一つ。それから木々高太郎式の純文学と探偵小説と結婚させる方向が一つ、その他にも色々あると思う。

もう一ついっておきたいのは、長篇でなければ探偵小説でないが如き説もあるけれども、短篇の探偵小説も短篇としての立場をちゃんと持っている。短篇は短篇として発達する余他がまだまだあると思うのですが、日本ではこれまで殆んど長篇が無かったから、日本の探偵小説ではこれから長篇が最も翹望《ぎょうぼう》さるべきでしょう。そのうち長篇の好いものが出るのではないかと期待しますね。

海野　これに対して小栗さん、もっと色々異説を持っているんじゃないですか。

小栗　それが、大してないんですが、とにかく短篇としての変種はいろいろ現われるでしょう。しかし、進歩発達という点で、本質的なものは到底望まれまいと思います。それに僕自身、来年は少し本格的なものも書きたいと思っています。

海野　ずっと？　皆本格のを？

小栗　いや、三つに一つ位の割合で。

木々　私は長篇が日本の探偵小説に出来の悪いのは、やはり雑誌に連載ということが、探偵小説に実に不向じゃないかという気がしますね。それで、私は工夫があるのです。それは「新青年」なぞが五百枚位の長篇を二回で載せてしまうという手をどうして採らないか。この前「新青年」が百枚のものを分けて二回にしたのは非常に成功して、誰でもあれは面白いと思っていますけれども、それと同じ意味で五百枚位のものが二回なら読めると思う。それが五回六回に分けられると、読む人は実に辛くはないかと思う。書く人はいいが……。

江戸川　二回分載にしても作者の方はおしまいまで最初から書いてしまわなければいけない。そうすれば好いものが出来ると思うんです。

木々　ええ。

海野　あんなに分けて書くのはたまらんですね。しかし雑誌としてはああいうように続けたいんですね。

木々　連載の方が果して売れるのか知らん。

江戸川　どうだか分らんね。頻りに連載をやっているけれど。

海野　とにかくあれで発行部数が増したということは聴いたんだけれども。

江戸川　それは何か優れた作が載った時に増したんじゃないですか。連載そのものがいいというよりも、長篇のどれか好い作がのった時に売れ出したんじゃないか？

海野　ああいうものを出そうというので、あの……。

木々　掛声で？

海野　ええ、掛声で売れる。案外明けて見たら死罪になる奴が出て来るというようなことになるかも知れませぬがね（笑声）。

木々　死罪は誤植だと承っていますよ。

海野　あれはどうも……分らぬですね。

木々　しかし私は非常に不思議に思うのは、子供と女は連載は平気らしいですね。我々は連載だと溜ってから読もうとか、或いは途中で止めようとかいう考えに陥りますが、子供はどうもそうでないということを感じています。

小栗　連載が嫌いとか何とかいうけれども、案外そういう連中は皆読んでいるんじゃないですか。批評家なんぞは、ただ批評だけを目的に纏めて読むので、連載は意味がないとかいう言葉がそこから出るんじゃないかと思う。ところが、実際は月毎に、読みかつ怒り、きっと歎いていると思うんです。彼等、殊に若い論客たちはね。

海野　一つ読んで面白いと思っても、以下次号だからそれで読まないんですがね。

江戸川　本格探偵小説だと、たとえ好いものでも次の月までこまかい筋を覚えていられない。小栗君のような作風なら好いがね、月々興味があるから……。

小栗　小説としては邪道でしょう？

江戸川　そんなことはないでしょう。

小栗　僕も『二十世紀鉄仮面』を、そういう気持で書いたんだけど、大体評判がいいんだか悪いんだか、胡鉄梅《こてつばい》〔妹尾アキ夫〕氏なんぞも大分婉曲だし、家へ来る連中は、結構でげすとか何とかいって、ポンと頭を叩く。腹が見え透いていて、ムッと癇《かん》にさわる。
江戸川　僕の考えをいうと、小栗君の戯作者気質もいいけれど。
小栗　あれに戯作者気質は、これっぽっちもないでしょう。
江戸川　一般にいって戯作者気質はあるでしょう。
小栗　こりゃ、強弁だ（哄笑）。
江戸川　それを振り廻すのはよくないと思う。
海野　それが好きだという人がありますね。一体乱歩さんはさっき未来の探偵小説をお並べになりましたが、その中で乱歩さんが特にこれからやろうと思っていらっしゃるものは無いんですか。
江戸川　それは理想をいえばあるんですが、実現できるかどうかは問題ですから、こういう所で言うべき問題じゃないでしょう。
海野　それは別問題として、僕は乱歩さんの進路というものをいつか伺いたく思っていた。ぜひどうぞ……。
江戸川　では僕の気持をいいましょうか。従来の僕自身の作風に嫌気がさしたんですよ。何というか、苦悶から出発するような文学、或いは神様と人間と取っ組み合う、或いは人間と人間と取っ組み合うというような文学に、興味が出て来た。探偵小説ではないが、そういうものにこの頃やっと理解ができて来たのです。そういう傾向の探偵小説が書きたい。ところが、従来の僕には性格的にそういうものがなかったものだから——僕等の性格にはやはりデカダンや唯美主義が根強く入っていますからね。僕らの出発した時代はどういう時代であるかというと、……話が違うけれども、この間、「文學界」で菊池寛と久米正雄を囲む座談会を読むと、両氏が純文学をやっていた頃は、アッといわせる文学を書くということ、アッといわせることがまず第一であったというんです。それと同じ考え——僕は同時代ですから——探偵小説でも、同じような考えを以て創作していましたね。

ところがそういうものでは満足できなくなった。現代の風潮がそうであるし、私自身もそうなって来た。私のあこがれるものと私自身の教養とが違って、非常に難しいことになっている。或いは性格も違っているかも知れない。そういうところで低迷していて、なかなか書けない。一口にいえばそういうことです。どんなものを書きたいかといえば、そういう風な苦悶の裏付のある、人間と人間或いは神様との取っ組み合いを裏にもつようなもの、それから描写手法としては、心理的な探偵小説、或いは犯罪小説、そういうものを書きたいとは思っているのですが。

木々　僕は大賛成ですね。

海野　非常に面白いことですね。

江戸川　だがそれはいつ書けるか分らない。僕の従来の性格がそういう世界へ入って行けるかどうか、まだ疑わしいのです。

大衆性へゆく

海野　私はそれを伺って安心しかつ喜びますね。どうも今まで非常にその点が気に掛っていたのですが……。しかし今アッ！　という小説を書く、という御話があったが、僕はやはり今も尚アッ！　という小説を書きたいですがねえ、それでは駄目ですか。

江戸川　それについてはここにいない人――この雑誌の読者に言いたいのです。読者で新しく探偵小説を書く人は沢山あります。随分そういう諸君は沢山あり、文章などは皆うまいのだけれども、題材なり、手法なりにアッといわせるものがない。それがないので乗り出せないのじゃないか。大変功利的なことだけれども、作家として出発のときアッといわせるものを書くことは非常に大切だと思いますね。だからいつも若い人には、そのことをいっているのですが、どういう風にアッといわせるかということは色々ありましょう。題材にも、手法にも、色々ありましょうけれども……。既成作家は皆、一度はアッといわして来たのだからね。

小栗　アッといわせるのは私も好きだな。

江戸川　一番アッといわしたのは小栗虫太郎君だ。作家を始め皆アッといったと思う。若い人は、あれをよく考えて見なくてはいけない。
小栗　今こそ、ずるずるべったりこの仕事をやっていますが、あの一作（『黒死館殺人事件』）で止めようかとも思っていたんですが……。
江戸川　そういう気魄《きはく》があったね。
小栗　結局この商売がいいんでしょうね、やはり止められなくなって……。どう考えても、怠け者向きです。
木々　二度目に同じようなものが出たら、アッ！　といわせないから駄目なのですね。
江戸川　いや、新しく出る人にそれをいうので、小栗君などに言うのではありません。
小栗　それをしょっちゅうやっていたら、小説と心中する（哄笑）。僕は、『黒死館』同様、「白蟻」も買って貰いたいですね。
江戸川　「白蟻」も感心するけれども、『黒死館』の傾向のものが一番アッといいましたね。「白蟻」は他にないものじゃない。『黒死館』は他にないからね。
木々　『二十世紀鉄仮面』を読んで、『黒死館』よりずっと分り易いと思ったね。しかし僕の好みは『黒死館』の方にありますね、だがああいうのをぴょこぴょこ出されたら堪らんと思うね。
江戸川　出せというのは少し無理だね、あの一作だけで十分意味があったと思うよ。
小栗　あれはね。水谷準という編集者がいたからこそ載せたんですよ。僕は、今でも感謝していますが、彼は冒険を愛す。セレナーデも唱うが、剣も抜く。
江戸川　それじゃ、僕から海野さんに訊きますが……。
海野　逆ですか。
江戸川　あなたは探偵小説の大衆化ということを盛んに唱えるが、現在大下君にしろ甲賀君にしろ、私にしろ、娯楽雑誌に大衆的なものを書いています。ああいうものとどういう風に違ったものを提唱されるんですか。
海野　その前に、私はなぜそういうことを望むか、ということを話さなければならんと思う。それはやはり、探偵小説が一度、拡がる所まで拡がってしまわないと、本当のものが見出せないと思いまして……。その意味において木々さんとは全く反対の方に、少し下げてやってみたいと思うんです。下げるという意味は、今探偵小説を毎日々々にわたって読んでいる人は、それでも一般に八っさん熊さんあたりに下っていないと思う。八っさん熊さんあたりに下って、そういう人にも取付き易い極めて簡単な言葉で以て、しかも簡単な謎で、その謎も非常に面白く、明快に解けるというようなものですね。それは例えば講談ないしは新講談の筆致を以て沢山出す。そうすることによって探偵小説の普及を最も計り、読者をうんと増して、そうしてつまり立川文庫式の……。
江戸川　つまり本格探偵小説の論理を平易にくだいたものを書こうというんですね。
海野　そうです。普及化の一語に尽きるのですが、普及化を目的とするのにあらずして、そういったものは今まで無いんですから、そういうものをはっきり拵えてみて、それから探偵小説の本当の行く道を考えたい。そこで、誰もやってみない先にこうだこうだというよりも、やはりそういうものを見本として一遍出して領域を拡げておくということが、探偵小説の将来の動きの為に必要じゃないか、と思うのですが……。

江戸川　それは何か試みましたか？

海野　残念ながらそれを試みる機会を与えられておりませんので……。しかしどうかしてそういう機会を得たいと心掛けて居ります。

江戸川　ただ、謎と論理だけを幾ら砕いてみたって、日本で英米のように大多数の読者を得られるかどうか、疑問だと思う。真面目な本格探偵小説というものは日本では非常に読者が少い。それと同じことで、幾ら易しく書いてみても、謎だけのものだったら、それが大多数に歓迎されるかは余程巧く書かないと駄目じゃないかと思うね。

海野　その本格の機能がどれ位のものであるかということが問題になると思います。プリンシプルは同じでも対象となっているものが近ければそれでも面白いのですから、私はもうそれを非常に簡単なものにして、そういうものをうんと集めて、それを適当に按配すればいいと思うんですね。例えば汽車の切符を帽子に挟んでいる人を見て、直ちに人の来た方向と列車の到着時間を当てるというような、ああいった、極めて簡単な謎ですね。本格的というにはあまりに簡単な謎。

江戸川　つまりパズル小説に類するものですね？
海野　探偵趣味ですね、探偵的なものですね。
江戸川　そういうものは今までにないかしらん、時々はやっているんじゃないですか、書いていますよ。
海野　皆さんがでしょう？
江戸川　講談社の雑誌に読切りなんかでね。
海野　ええ、もっともっとそういうものを目標として、しかし今までの内容とは違うのです。乱歩さんなんか殊に、そういった種類のものを書いていらっしゃると思いますが……。
江戸川　短篇なんかで我々のグループ以外だと木蘇穀《きそこく》というような人に、通俗的で謎を主眼としたようなものがあるんじゃないですか。
海野　それを運動としてやらないからいけない、分量が少いということとスタイルが陳腐であるということがいけないと思う。だから私は思い切って、講談のようなもので、古い口調でもその為に借りようかと思うんですがね。
江戸川　それも一つの方法でしょうね。
小栗　講談の口調というのは難しいですね。
海野　難しいです。
木々　大下さんがやったことがあるんでしょう？

海野　ええ。
木々　あれは面白いものでした。
海野　大下君は「心理試験」をやったというが、ああいう手硬いものは……。
江戸川　イヤ、そうじゃなくて、大下君は「富士」に探偵講談というものをやったことがあるんです。けれどもそれ程でもなかったな。あの人のやつは謎ばかりでなくて、色々な味を入れる行き方だけれども。
海野　本にするなり、放送局より放送するなりすれば、浪花節位の人気は得られると思うんですがね。
江戸川　それは望ましいことだけれども、謎だけでそれが得られるかどうかは疑問だと思う。
海野　私は勿論、ルパンの如き熱だとか、色々なものを織込む必要があると思います。
木々　私もやはり大衆化ですね。そのために、そういう方向に行くのは大賛成です。そういう方向で読者が殖えて大衆化すると思います。けれどもこの大衆化という意味において、やはり私の探偵小説芸術論も出て来るんです。芸術に余計近付くということが大衆化であるということを、私は信じて疑わないのです。というのは、今純文学を読む人は随分ある。だが探偵小説を読む人は、その中のかなり僅かな数であるということを感ずるようになって来たのです。いわゆる大衆文学というものがありますが、実際数においてはやはり純文学の読者には負けると思う。勿論純文学で読まれない作家もいるけれども、うんと読まれるということになると、そういう意味からいうと、芸術論からいっても大衆化の意味をやはり持つことができるように思う。どうも探偵小説芸術論というと、ますます読者を少くするように思っている人があるけれども、私はそう思わない。

新聞連載の欠点

江戸川　しかし芸術的に進んで大衆諸君を得る為には、その作家が大文豪にならなければいけないと思う。木々高太郎が大文豪にならなければ駄目ですよ。西鶴にしろドフトィェフスキーにしろ、皆大文豪だからあれだけ大衆的になった。大文豪にならなければ駄目ですね。

小栗　すると、遥か先の話になりますね。

江戸川　ええ、探偵小説の第一流の芸術化は、今すぐにできる問題じゃないですね。

木々　すぐという問題じゃないが、目標はそこに置いているんです。

江戸川　あなたの探偵小説芸術論の話を杉山平助氏とした時に、彼も同感でした。そういう目標を置かなければやり切れないだろうというのです。将来の探偵小説を考える場合には、結局そういう方向を考える他ないのじゃないかということを杉山氏も言っていたですよ。

木々　例えば新聞小説ですけれども、今探偵小説を載せている新聞はないじゃないですか。私は十ある新聞の中で、いつも三つか四つは探偵小説が載らなければ嘘だと思う。

江戸川　それは僕は個々の作家の実力如何だろうと思うね。現在の探偵作家は度々その機会を与えられて、与えられた度に成功していないのです。誰か一人成功をすればそういう時代を作り得ただろうけれども、僕は悉く失敗したし、大下君にしろ甲賀君にしろ皆失敗なんです。新しく誰かが成功すればそういう新聞小説時代が来ないとも限らない。

木々　失敗の原因は何でした？

江戸川　小説家として技巧的に未熟なんですね。我々は皆外の畑から入って来たもので、文学的素養が少い。探偵小説だけは分るけれども、文学的苦労をしていない。それで技巧の上で読者を引き付けて行くことが下手なんですね。ただ謎だけの小説では、新聞の読者は随《つ》いて来ないようですね、ミステリーとか、論理の他に、色々な味の入ったものでなければ……。涙香《るいこう》時代には探偵小説が新聞小説界を席捲したけれども、それは小説が面白かったんです。ただ謎だけでなく色々な要素が入っていたから。それも考えるべきだと思う。

小栗　新聞に出たんですか？

江戸川　涙香ものは皆新聞にのったのです。彼は毎日々々の筆が実に巧いんだ。

海野　皆さんは新聞に、こちこちの本格ものを御書きになったんですか？

江戸川　僕は大部分本格ものでなかったのです。大下君はやや本格に違った味を入れた中間的なもの、甲賀君のはまあ本格でしたね。必ずしも本格だから失敗したという訳ではない。技巧的に読者を引張って行く力が足りなかったんですね。それからもう一つ、新聞小説についていつも私は言うんですが、やはり力作を殆んど書き上げる位にして、出来上ったものを持込めば、実際新聞社は喜ぶんです。新聞社としても纏ったものを詮衡《せんこう》して、これならばというのを出すのが一番安全であるし。毎日お百度を踏んで原稿を貰い、絵描きさんの所に行く苦労をするより、その方が幾らいいか知れぬ。書き上げたものを持込むということが作者にも新聞社にも理想ですね。そうすれば、その作品は人の印象に残り、本にしても売れるということになって、結局成功するだろうと思う。頼まれて大急ぎで考えてまず第一回を書くということは廃した方がいい。今までの僕等のは皆それなんだけれども。

小栗　その全部書くというやつはね。僕も「朝日」の人に薦められたことがありました、あなたもやってみないかって。

木々　実際そうですね、新聞社として、毎日々々心配しながらやって行くよりは楽でしょうね。しかも良いものだと初めから分っているのだから。

江戸川　小説そのものから考えても、毎日一回分ずつ書くというのはおかしいでしょう。全部出来上ったものを分載するのが本当でしょう。

海野　新聞小説のスタイルは、一日に三枚か四枚で載せるというのだから、毎日読者を引張ってゆくのは無理ですね。
小栗　それは、僕はできると思いますね。
江戸川　毎日やまが要る訳でないのだから……。
木々　毎日やまを置こうというんだと辛いでしょうね。
江戸川　僕は「報知新聞」でそれをやりましたよ。毎日やまを作りました。本にまとめてみると、まるで成っていないです。外道ですね。毎日々々トリックみたいなものがあるんですよ（笑声）。
木々　なるほど。
海野　さっきの芸術探偵小説に多少関係のあることですが、これからの世の中は、段々世智辛くなって来て、普通の芸術小説ではどうも読者が落ちついて読まないんじゃないかという虞《おそれ》を懐くのです。つまり我々の若い時代と今の時代とでは、同じように芸術小説を読んでいるとはいいながら、大分今日の読者は数が少くなっているような気がするんですね。むしろ極端に、何か読み捨てるような、……まあ或る意味における浅薄なものですとか、軽いもの、そういうようなものを読む人の方が段々に殖えて来る。そうしてアメリカ流のちょっとした謎、或いは日常の生活における科学にちょっと触れたようなものとか。そういったような極めて軽いものを好むという傾向が段々に殖えて来るんじゃないかと思うんですがね、その点は木々さん何か御考えありますか。さっきの問題に戻るかも知れませんが……。

木々　私もやはりそういう風に——人が多忙になって、今仰るようになると思いますね、けれども子供……子供というと悪いが、青年は昔と同じように暇があるんじゃないですか。文学を愛する奴は文学を愛し、探偵小説を読み耽る奴は探偵小説を読み耽る。散歩する奴がいれば、山に行く奴がいるという工合で、今の青年はやはり僕等の青年時代と同じように過していると思いますね。それが大人になると段々忙しくなって、ついに手紙も碌に読まない、或いは間違った返事を出すようになる。しかしそういう大人には読んで貰う必要がないので、私は青年諸君が読んでくれれば一番満足です。青年諸君が読むようなものだったら、必ず大人の幾分かは読んでいくと思う。

というのは、私の若い頃は非常にトルストイのものが読まれていましたが、私の友人のお母さんが秘かに、本屋にトルストイを誂えたというんです。お母さんがトルストイを読む訳がないといって、本屋の主人が私に話すのです。そうしてよくよく探ってみましたら、子供達が毎日トルストイのことを食卓で話すんだそうです。一体トルストイというものは食うものだろうか、どういうものだろうというので、トルストイについて書いたものはありませんかと本屋に言って、買ったというんですよ。そういう風に、青年が読めば大人も読むんですね。だから世の中がいくら忙くなったって、青年がある以上は十分やっていいんじゃないか、又それが好いんじゃないかという風に思うんです。

探偵小説と科学

海野　そうなるとむしろ探偵味の入っていない……というと多少語弊があるけれども、それよりも純芸術小説、つまりあまり探偵味のない、謎なんかの現われていないような芸術小説の方を、むしろそういう人達は読みたがるんじゃないでしょうかね。

木々　我々の青年時代は、自然科学があまり青年諸君の間に行き渡っておりませんでしたから、そうでありましたけれども、もう今、或いは将来は、自然科学に対する関心も高まってきますから、両者の結合したもの、すなわち探偵小説が最後の、一番拡がるべき役割を持っていると私は信じておりますね。

海野　それは科学者として誘導された御意見ですね。

木々　少し手前味噌がありますかね。

江戸川　探偵小説界でも文学と科学の融合を考えるけれども、一般文学界でも同じことを考えておりますね。科学と文学とを結びつけなければいけないということは、純文学の方でも現に考えられていることで、探偵作家の立場からいうとあなたの言うようになるんだが、これは一般的の傾向でもありますね。

木々　そういう気運が来ているんですね。

江戸川　探偵小説の意味でそういう気運が来ているかどうか分らないけれども、科学と文学を結びつけるという一般的な気運は、来ていると思いますね。
海野　小栗さんの『黒死館』の初めに、アインシュタインの光の問題に関する何かの記述がありましたね、一体小栗さんはああいう科学がどの程度に好きなんですか？
小栗　いや、私はね、ああいうものにスリルを感じるんですよ。
海野　そうするとスリルのある科学は皆好きなんですか？
小栗　それも、僕にしか感じないスリルかも知れませんが。
海野　天文学などどうですか？
小栗　天文学といっても……恒星の質量を計算するとか、新星が発見されたとかいう、ああいう事には全然無感覚です。で、理論物理学ですね。僕は、あれには、実際スリルを感じますよ。
海野　理論物理学にスリルを感じるというのは、何でもない現象を組み寄せて行って、得たる結論なるものが実に驚天動地のことを暗示しているとか証明しているとか、そういう風な点ですか？
小栗　それはちょっといい現わし難いんですが、つまり何といいますか、結局数学者の思惟抽象の世界ですね。あれに持つ僕の憧れは、相当大きなもんです。それに、これは別の話ですが、仮に偶然といいますか、それまで偶然とばかり解釈されていた事柄が、世の中に無くなって来るでしょう？

海野　そうばかりとは思いませんけれども……。偶然も拡がり、偶然でないことも拡がると思いますけれども。
木々　数学の計算で、或るわからないことをぴったり当てたりする能力、そういうものに非常にスリルを感じるのでしょう？
小栗　それは僕には分らなかった。調和とか関係とかいうものが瞭然と排列される。そういった意味での、秩序に対する感じです。全く、何とも定義のできないような微妙な感じなんです。それから、今僕がいった偶然という言葉ですが、これには少しも哲学的な意味はありません。
海野　じゃ何も理論物理に限った訳じゃなく、実験物理でも随分恐しいことがありますね。
小栗　困った、こりゃ、大分喰い違っていますね。貴方が訊き、僕がいわんと欲するところが……。だけど、文体だけからいっても、理論物理学のやつが一番ぴったり来ますね。
木々　なるほど。一生懸命書くからね。
小栗　思惟抽象の表現か――こりゃ恐らく拙い言葉だけれど、ああいう風な文章が僕は大好きなんですよ。
海野　寺田寅彦先生の講義とか論文とかいうものは、かなりスリルに満ちており、何といいますか、重大なる発見がある。恐ろしき発見が書かれていて非常に暗示的ですけれども、寺田さんのものはどうですか？

小栗　寺田博士には、「籔柑子《やぶこうじ》」とか何とかいうのがあるんじゃないですか？
木々　『籔柑子集』です。
小栗　あれは違いましたか？
木々　随筆集ですね。
小栗　随筆集でしたね。
海野　例えばこういう風な縦横のメッシュ（網）があって、それを通して向うを見ると、それに丁度斜線に交る線が特によく見える。だからそのメッシュを又四十五度程廻して見ると、上下左右の線がよく見える。そういう発見を寺田さんがされたんですが、それは実験して見ると恐しい程そうなんです。それをどういう所に使うかというと、飛行機に乗って下に見る軍隊の隊列を発見する時、特にこのメッシュを通して見た方が非常に早く見付かるんですね。

一体なぜそういうことを発見されたかというと、寺田さんが何か外を歩いておられて、電線が引張ってありましてね、架空線ですね、あれを通して向うを見ていると、斜の雲が非常に沢山あるような気がするのです。これは変だというので、次に電線の無い所へ行って見たらば、雲の筋は斜方向のものばかりじゃなくて色々な方向の筋が入っていた。それから冬寒い日に又便所に入って、外を見た時雪が降っていた。その雪が何だかこういう工合に斜に粉が落ちているのが非常によく見えた。外に出てよく見ると、別に斜に降っているものばかりとは限らない。真っすぐ降っているやつも沢山あった。それは丁度便所の金網——蠅を入らないようにする金網がありまして、それを通して見たので、先刻いったとやはり同じような現象によるものだと分った。そんな所から発見されたようです。そういうような考え方をして行くと実験物理学もかなりスリルがあると思うんですがね。そういうやつはやはり、理論物理ほどお好きじゃないですか？

小栗　私が、ああいうものを読み初めたのは、エッディントン……じゃないか……それは少し後の事で、もっとぐっと砕けた……。

木々　何か叢書じゃないんですか。

小栗　極く易しい、『エヴリーマンズ・ライブラリー』位の大きさな本で……。

木々　キャッセル？

小栗　キャッセルという英吉利の出版屋がありますね。

木々　ええ、五拾銭位の叢書でしたね。

小栗　あれを読んでゆくと、哲学的なものの方を余計感じる。こりゃ、僕式の邪道かも知れませんが。

江戸川　小栗君のスリルというのは抽象的なスリルですね？

小栗　多くはそうです。抽象という言葉が出たついでに、江戸川さんに聴こうと思うんだけれども、僕は自分自身チェスタートンには似ていないと思うんです。

江戸川　僕はしかしそう感じ得るので、つまり外国の作風の中でどれに似ているかといえば、結局ヴァン・ダインでなくてチェスタートンに近い。ヴァン・ダインには似ていない。
小栗　言い廻し方じゃないんですか？
江戸川　つまり抽象的な考え方や書き方が似ている。トリックなんかもヴァン・ダインは常識で、通俗的だが、チェスタートンのは常識を少し飛躍しています。その飛躍が似ていると思う。従来本格探偵小説といわれているものは常識の論理ですね。それを離れている。あなたのも従来の探偵小説の論理とは違っている。そういうところが似ていると思う。似てない点も沢山あります。ただ論理の取扱方、根本が似ているというだけの話です。
小栗　そういわれると参るですね。
木々　チェスタートンなら参るより似ていて名誉ですね。
小栗　ところがね、江戸川さんのあの一文が「新青年」に出た時、僕は大変な手紙を貰ったんです。お前が、チェスタートンに似ているとは大変な事だ、お前みたいなものが、お前が、という訳でね。
江戸川　それ程夷狄《いてき》崇拝をしなくてもいい。
小栗　しかしチェスタートンのものを、僕はそんなに好きじゃないんです。
江戸川　評論はね。
小栗　第一あんなふうに、易しく言えることを諄々《くどくど》難しくいい廻すなんて作家は……。

江戸川　「易しく言えることを諄々難しく」、なんて小栗君がいうのは、これは少し可笑しいぞ（小栗氏一同の爆笑を浴びる）。
小栗　僕には、それが微細な点まで分るんです。
江戸川　しかし探偵小説のチェスタートンは何か真似のできないものを持っていて、僕はひきつけられますね。
小栗　「孔雀の樹」とかいうやつ。ありゃ、傑作だ。驚くべき作品だ。
江戸川　いや短篇でもそうです。つまらぬといってしまえばつまらないものだけれども、チェスタートンにはそのつまらなさを感じさせないものがあるんです。
海野　乱歩さん、科学というものに対して何か……。
江戸川　ケミストリイですか、サイエンスですか。
海野　サイエンスと探偵小説ということの関係について……。
江戸川　僕は科学精神というものを、芸術精神というものと対照して、よくぼんやり考えるのです。具体的な科学そのものは知らないものが多いんです。知っていればスリルとして知っている、小栗君式の興味の持ち方しかありません。フリーマン式のああいう科学的手法は書けもしないし、あまり興味を持っていないのです。

鍵の話

海野　ヴァン・ダインの『ケンネル・マーダー・ケース』にね、内に人がいないのに、ドアーの鍵を締める色んな方法を書いてありましたね。ああいうものは興味を御持ちになりませんか？

江戸川　初期には興味を持ちましたね、探偵小説を発見した当時は、ああいうものが非常に面白かった。しかし少したつと面白くなくなりましたね。

海野　しかしアメリカではああいったものが非常に勢力を持っているんですね。

江戸川　ヴァン・ダインはそれだけじゃないから面白い。ああいったものだけが主眼になっていたら、そんなに面白くないと思う。フリーマンがそれに近いですよ。だから僕はフリーマンに対して興味を持てない。

海野　アメリカ人はああいうものを読むことに非常に興味を感じ、話題に上せる。

小栗　たとえば、錠前装置の分解図というようなことですか？　ヴァン・ダインという人は、トリックを殆どあそこから取るんですね。ハンス・グロースの『予審判事要覧』。しかも、生のままで……。

江戸川　科学的な好みが日本人には少いから、外国流の探偵小説が受入れられにくいんじゃないかと思いますね、どうも十年間見ていてそう感じるね。

海野　時代はそこまで来ているけれども、作家はそこまで書かないから……。
江戸川　しかし、外国にはちゃんと沢山作品があるんだから、もし日本の読書界が本格物を愛するなら、その翻訳本がもっと売れる筈だと思う。知識階級には翻訳で充分わかるのですからね。しかし知識階級にも本格の探偵小説を愛読する者は案外少い。それが遺憾ながら日本の実状だと思う。
海野　これからの若い人が探偵小説を読むと思いますね。それは昔日とは違った、かなりそういったアメリカ式な探偵小説を好むだろうと僕は信じています。
江戸川　将来の可能性はあるけれど。
木々　そう思いますね。例えば我々は日常生活に鍵なんというものはちっともない。だから日本の現在の家屋を題材にして鍵を重視して探偵小説を書くことは、できない。鍵の重大な意味も知らないし、実際持っていないのだから。けれども将来ドアー式の家屋が沢山殖えて鍵というものの意味が非常に重大であるということが一般に知れ渡って来ると、そういう興味も随分起って来やしないか、例えば外国では女が男に鍵を渡すということは貞操を渡すことなんだ。ところが日本じゃ鍵を貰った所で、何だい、といったようなもので、鍵なんか無くったって入れる。そういう意味において根本の重要さを知らないから、面白くない点もあるんじゃないですか。
江戸川　そういうことは私達が探偵小説を書き初める前にもよく言われたんです。日本人は生活様式が探偵小説的でない、日本人は紙と竹の家に住んでいるんだから、日本には探偵小説は生れないだろうといわれましたが、しかし、そういうことは枝葉の問題じゃないかと思う。論理的な謎の小説を好む根本精神というものは、どんな生活をしていようが同じことで、トリックは鍵に限る訳じゃない。その根本精神を愛して、それに触れるようなものを書けば……探偵小説が受け入れられることになると思うのだが、しかしその根本的なものが、日本人は英米人などと違いはしないか、ということも感じるですね。

木々　なるほど。根本的の精神が欠けていやしないかというんですね?

江戸川　ええ。生活様式だけの問題じゃないと思う。僕自身創作する時には日本的な小道具を使って、多少は読んでくれたけれども、しかし他の変なもの（怪奇短篇小説の意）を書くと、読者の数がまるで違うんだ。ということは、まだまだ日本人は論理的のものを愛しない。これは日本人の伝統的性格で、少くとも文芸の世界では、急には変らないのではないかと思う。

木々　けれどもそれは開拓してやれると思いますね。

江戸川　今までの経験では、甲賀君はその開拓に全力を尽しているし、外国の小説は易しい訳本で、安い本で沢山出るが、純粋の本格物はいわゆるマニアの外にはそれ程の読者を持っていないということから感じるんです。これは国民生活が段々変って行けばどうか知らぬが、現在に於てはそういう純本格の探偵小説に対して悲観説を持ちますね（後記、無論これは英米と比べての話です）。

海野　現在はかなりそういったものが興味を惹くような時代に変って来ているように思いますね。ただ外国のやつをいきなり翻訳して来たって、生活が違うものだからそれはぴったりしないけれども、日本に今行われているような科学程度において、やはりそういったようなトリックを考え出して来れば、それは年寄には向かないけれども若い人には受けると思う。

江戸川　愛読するものは熱狂的に愛読するけれども、数が少いと思うんだ。

海野　それは段々数が殖えて来ましょう。今までの探偵小説なり今日までの探偵小説の読者というものは、ここではっきり区別をつけなければならぬのじゃないかと思いますね。

木々　なるほど。

海野　つまり今までの作家は、早くいえば一体第一次的の探偵小説家であって、これからは第二次的の探偵小説が出て来なければならぬと思う。第二次的の読者は揃っているけれども第二次的の作家は現われない。それは第一次的の探偵作家が自ら第二次的な読者に呼びかけることを好まぬのであるか、或いは呼びかける力がないのか分りませぬが……。

江戸川　第一と第二の区別は？

海野　少し語弊があるかも知れませんが、新時代の科学を大分生活要素に持っている人々ですね。そういう人には新しい探偵小説が来なければならぬと思う。ですから古い作家が考えているいないとに拘らず、読者はそこまで来ていると思う。

江戸川　それがしかし俄然殖えるということは考えにくいんだ。現在でも非常に熱心な読者はあります。それは新時代旧時代両方の読者なんだろうが……。作家の方で新人が現れる、そこは無論望ましいですね。そして段々読者層が広くなって行く。

海野　その新人が旧来の作家の真似ばかりしようと心掛けているから……。

次の時代

江戸川　そんなことはないんですよ、それは言い過ぎると思う。最近現われた新人なんか全然新しいものを持って現われたですよ。ここにおられる新人諸君にしても。

海野　私の言う意味は、投稿家の新人という意味です。現在そういう人々が狙っているのは、古い作家の真似ばかりをしていると思う。ここにおられる「新人」に関しては決してそうとは思いません。まるでそれとは反対である。皆新しいものを生もうとして非常に苦悶されている方である。

江戸川　それじゃ、探偵小説の新しい人、探偵文学青年の批判をやったらどうです。「ぷろふいる」の座談会にはそういうこともいいでしょう。今の続きに。

小栗　今の、本格探偵小説に読者が殖えないというのは、作者が下手だからだと思う。それで、私は今ここに来る時評論に書いたんですがね。つまり謎を提出しますね。それが解決に至るまでの、中間が不味いだろうと思うんです。つまり、謎を彫塑《プラスター》してゆく技術です。それで、江戸川さんを前に置いてこういうのは妙だけれども、あの「陰獣」は、その成功した代表的なものじゃないかと思うんですよ。つまりいえば、思索的部分、一番読ませる部分ですね。それが、あの程度に行ってさえおれば、他の変格とか怪奇小説に跳梁を許さないんじゃないかと思う。

江戸川　けれども僕はこう思うんです。従来の作家に力がない、今の作品もまだ充分の力がないといえますね。それとは別に、あなたの（海野氏に対して）説に、外国のものを直訳したってそれじゃ読まれないんじゃないかということがありましたね。しかし翻訳ものは探偵小説以外にも色々なものが翻訳されています。現在では探偵小説がその中で一番読まれるものじゃないのです。それはなぜかということです。翻訳もので日常生活にピッタリしないからという理由だけじゃないと思う。

少くとも知識階級を中心として考えれば、翻訳物で充分わかり充分興味を持てる筈です。知識階級なら生活様式だって、鍵を使う生活様式をしておるものも多いと思う。それでもやっぱり他のもの程読まれないというのは、日本人は論理探偵小説への興味が薄いということを感じるんです。勿論、将来優秀な作家が現われて、その優秀な作家の力である程度まで持って行くことはできると思う。それは無論期待すべき一つのことだけれども、同じ優秀さの作家が現れても、外国のようにはいかぬと思う。例えばドイルと同じような力を持った作家があるとして、ドイルが英本国で得ただけの読者を日本で得ることはとてもできない。

木々　なるほど。

海野　全体の概論については江戸川さんの仰る通りだと思いますけれども、しかし今の鍵みたいな、生活様式に使っているような科学は……やはり我々が全然習慣を知らないような外国の生活に関する科学のものはあまりぴったり来ない。

江戸川　例えばヴァン・ダインにしても、知識階級であれのわからない者は無いんですよ。映画で殆ど外国の生活というものを知っているのだから。外国の探偵小説の世界に親しむのはそんなに難しくないですよ。

海野　例えば鍵みたいなものでも、インテリが探偵小説を読んでいるからといって、木々さんが言われたようにおよそ実感はないんですからね。しかしまあ一面、アパート住いが殖えて来て、こういう人は実感を持つでしょうね、そういう人種が殖えて来れば……。

江戸川　そういう事柄は根本の問題でないと思う。謎や論理の小説を大多数が愛するかどうか。現在探偵小説を愛読しているのは、鍵を使う人かというと、必ずしもそういう人でないと思う。たとえ生活にピッタリ来なくても、論理探偵小説の好きな人はやっぱり読む。

海野　私は結局、結論として、その時代がどこまで来ているかという問題に帰着すると思う。必ず早晩変らなければならぬものだし、変りつつあると思うんですがね。

江戸川　無論そうなることは望しいですね。

海野　乱歩さんの認識しておられる次の時代と、私が認識する次の時代とがちょっと距離があるように思いますが……。

江戸川　次の時代といっても……現在の読者の中にも次の時代があるでしょう？　子供をいうんですか？

海野　ええまあ二十前後の人ですね。

江戸川　中学〔十三〜十七歳〕上級生ですね。その辺で変ると思いますね。それが大人になってからですか？

海野　ええ、今大人になりつつありますね。その後に来つつあるものを考えることが大事だと思う。

江戸川　日本的というもの、日本的な伝統というものはなかなか馬鹿にならないと思う。現在の一般文学でいっても、外国の影響が非常に大きいようだけれども、自然主義以来の日本の小説というものは、外国の影響を受けておるが如くして、根本では実はそうでないところがあるのです。やっぱり東洋的なものの力が勝つのです。探偵小説でも同じことで、論理好みでない伝統の日本に、次の時代になったからって、突然今までより盛んになるものではないと思う（無論現代英米流の純本格についていう）。

小栗　それはありますね。

海野　それがいつ出て来るかという問題ですね。

江戸川　段々殖えることは殖えていますね。しかし俄然第二期にも外国の如く流行るという訳にはいかんでしょう。

海野　我々は省線電車が何分何秒に出るぞということを覚えていまして、毎朝出勤するにもそれに合うように行きます。それでちょっと電車の来方が早かったりしますと……この間も投書がありましたが、大変問題になる。そんな工合に、我々のようなサラリーマンは近頃、そういう程度においては非常に科学的に生活しているんです。

江戸川　それは相当科学的になっているでしょう。

海野　ですからそういう人間が読みたいと……。

江戸川　しかし、現に段々そういう人が殖えていて、もっと探偵小説が読まれてもいい筈なのに、それ程は読まれないんだから、二十代の人の時代に俄然倍になるとかいうようなことはないですよ。

海野　いない人の悪口言っちゃ悪いけれども、今まで多少そういったような、生活におけるトリックを色々種に使って書いている人が沢山あるかも知れませんけれども、それはどうも本当に良いものを書いていないと思いますね。本当に良いものを書けばきっと読者はくっついて来ると思いますね。ですから新人たる者は大いにそういった新しい時代を意識して、大いに新しいものを考えるべきであって、そういうものが出て来れば実際探偵小説は俄然新しい時代を迎えるであろうと信ずるのです。

江戸川　そういう可能性もないことはないが。

海野　読者が揃っているのに作家が無いと言いたいのです。

木々　新しい作家がどんどん出て来ないのはどういう訳でしょう？

海野　色々な理由があると思いますけれども……。

木々　最大の理由は何だろう。

海野　それはやはりジャーナリズムがそういう人達をシャット・アウトしているからでしょうね。

シャット・アウトされる原因は

小栗　それはカルチュアの問題ですね。

江戸川　作家のですか？

小栗　殊に、作家希望者の。それも、精神の腹が飢《す》いているかという意味でですが。

木々　なぜそうでしょう？

江戸川　因果は巡る小車《おぐるま》で、例えば今中心になっている作家が非常に優秀で、大いに世にもてはやされていれば、それにつれ多くの優秀な人が出て来ると思う。現在の作家の力がそこまで行っていないということが一つの原因。

小栗　こりゃ参った。

木々　それはこういい換えられるんじゃないですか。探偵小説は一般から見ると純文学よりも軽蔑されている。だから純文学の作家志望者は沢山あるけれども、探偵小説の志望者はそれに比較すると少い。少い数から優秀な者はやはり少ししか出て来ないですから、探偵小説の一般的の位置が大分低く意識されていることに最大な原因があると……。

江戸川　それはあなたの芸術論の立場から言われるのでしょうが、それも一つでしょう。しかし大衆文学というものも盛んですし、大衆文学志望者も非常に多いです。純文学よりも大衆作家の売れっ子の方が収入が多いから、志望者が多い。探偵小説はそういう点でも劣っている。物質的な意味でも充分作家は出て来ると思いますが、本当の舞台は「新青年」だけですからね。せっかく新人が出て、「新青年」で一度当選して、好い気になって、次々と作品を書いて「新青年」へ持って行っても、皆編集者の手元へ留置きになるというのでは、出るものも出られないのです。舞台がないということが作家の出ない最大の原因ですね。一度出た作家が駄目になるということは無論その作家の力の足らぬ為でもある。いずれにしても、優秀な作家がどんどん出て、社会的手腕でも作品でも、両方面に腕っこきが出て、もう少し荒し廻れば、もっと探偵雑誌も出来るという訳で、帰する所我々の力に来るんじゃないかと思う。

海野　しかし、新しい雑誌が出る為には、やはりいい編集者がいないからということを附け加えたい。
江戸川　需要さえあれば現われると思う。金主《きんしゅ》があって、さあということになれば、それはありますよ。
海野　しかし、そういったような新しいスタイルのものは、やはり誰かが先に書いてやらないと、そういうものがあるということが分らんじゃないですか。
江戸川　それはさっきの問題。今のは別に現在の話です。
木々　探偵作家の需要は、現在活躍している作家の数では足らないんじゃないですか？
江戸川　あるが如くしてないのかもしれん。我々はあるように思うけれども、そんな感じがするのは限られた人で、限られた数人に非常に需要があるという訳ですよ。新人の舞台はやっぱり非常に制限されている。……どうですか新人の批評をしたら、ここにいる人は皆よく知っているのだから。
小栗　一番知っているのは江戸川さんでしょう。
江戸川　しかし作品はあまり読んでいないですよ。
海野　乱歩さんの推薦された蒼井雄氏はどうですか。
江戸川　あの人なんか好い方ですね、あれだけ熱心に筋を考えるというだけでも、少くともね。僕はあの当選作〔『船富家の惨劇』〕なんか、上手な英文を書く人があの筋を使って外国文に翻訳すれば、つまり文章の下手なところが隠れちゃうから、向うの長篇探偵小説と太刀打できると思う。クロフツなんかの真似といえば真似かも知れないが、ヴァン・ダインが現われると、エラリイ・クイーンが出て、その真似のような手法で、やっぱり読まれるのだから。蒼井君なんかの筋も真似といい切ってしまうのはいけない。しかし同君は文学的素質が乏しいうらみがある。文章とか表現の力が足りないので読み続かせない。あいう本格探偵小説をそれ程好まない者が、まず文章で嫌になっちゃうという点があるとすれば大変損だと思う。殊に探偵小説を知らない人に新しい読者を作るという意味では。

小栗　あの人の文章は、私の文章とも違いますね。ちょっと漢詩めいていて、それで新聞記事のような所もあるし、翻訳調も覗いているといった、至極妙な文章だ。

江戸川　違いますとも。

木々　小栗君の新伝奇小説に対する抱負を聴きたいですがね。

小栗　あれはね、僕にするとACの型というのになるんです。というのは、『黒死館』で代表されるものをAとし、「白蟻」で代表——いや、こいつは一つしかないが——をとにかくBとします。それから、「紅毛傾城《こうもうけいせい》」なんかをCの型とする。ところが、AとBの結合を試みて、「お岩殺し」で失敗した。そこで、次のAC型ですね。それが、僕のいう新伝奇小説なんです。実をいうと、僕はもう一つ、本格探偵小説に新しい型を作りたいんです。とにかく、探偵小説家となったからには、本格探偵小説を書くのが本当であって一番宜しいことであると思っているのですが、それについて、もう一つ今までにない形式を作りたい。しかし、半分位出来ていて、もう半分が出来ない。とにかく、それが出来れば、論理的思索の表現が遥かに自由になる。僕は、公式からの解放を実現したいと考えているのです。これは、ちょっと考えるとドンキホーテ的ですが、なあに、一月位棒に振れば大丈夫出来るだろうと思います。新伝奇小説は、僕の重要な上演目録《レパートアール》の一つです。

木々　新伝奇小説なるものを作って……。

小栗　それは、十九世紀浪漫精神の復興です。つまり、探偵小説というよりも、幾分その味のある浪漫文学ですが、行く行くは、それから探偵小説を省きたいと考えています。それで、あの言葉の発生をいうと、こうなんですよ。〔水谷〕準氏と誰かもう一人いたんですが、非常にこの頃は探偵小説の定義がやかましくなった。我々はついに逐《お》い出されるだろうというのだ、何か逃げる別の家を拵えておこうじゃないかというので、君の書くものは何とつけるというから、新小説というのも可笑しいし、新伝奇小説とつけるといったら、それを彼が「鉄仮面の舌」につけたんですよ。しかし、僕の呼称する新伝奇小説は今までに『二十世紀鉄仮面』一つしかありません。「青い鷺」は、それではないのです。あれは、さっきもいったように、戯画化《カリカチュリゼーション》です。その戯画《カリカチュア》も、大戦前の「ファッシング」や「シムプリシスムス」（以上独逸雑誌）などで活躍していた、ルイ・ルグランやアドルフ・ミュンツァ、ヴィルケなど風俗画家位の自信はあります。

江戸川　小栗君は徳川末期とか明治初期の世界に魅力を感じているが、それは以前の生活から来ているんでしょうね、非常に根強い……。

小栗　根強いかも知れない。生れながらにこびりついているものかも知れません。殊に根強いのは、異国趣味《エキゾチズム》のための異国趣味《エキゾチズム》。鹿鳴館趣味ね。しかし、僕が読み、持っている本には、ああいうものは数少ししかありません。事によったら、感じだけで作れるのかも知れない。

木々　そうですか、私はああいう風の、明治時代の、欧化主義の時代は好きだな。しかし君のちょっと猥本めいた作は嫌いだね（哄笑）。

海野　嗚呼つまりこれ性慾派ですな！（哄笑）

江戸川　小栗君の、平賀源内を使った作がありましたね、焼物に暗号を書く〔「源内焼六術和尚」〕。ああいう傾向は僕は好まないですね。しかしあれは好きなんだろうね、本人は。

木々　非常に好きじゃないかと思うのだ僕は。

小栗　あれはね、書いた時代を考えて貰いたい。僕が盛んに、化政期の脚本類や洒落本や、明治初年の戯作なんかを濫読《らんどく》していた、大正十四、五年頃の作なんですから。といって、あの流れを汲んだものも、一、二はあるでしょうし、また僕がよく使う、暗号の精神なんかもそれでしょうが、画然《かくぜん》と秘戯趣味を狙った作品は、あれ一つです。後期の、あれに類したものは、取り扱いが真面目だし、より多く審美的になっています。僕は一遍見たんですよ、あの地図焼というのをね。焼物に暗号を書いて秘かに嗤《わら》うなんていうのは、明白に化政期の精神です。
江戸川　僕はあの古風な舞台そのものが嫌いというのでなくて、小栗君のああいう作風を好まないんです。小栗虫太郎の江戸末期ものは採らないということなんだ。結局それだけ『黒死館』式のものに傾倒しているんだね。
小栗　しかし『黒死館』は、ジャーナリズムがもう書かせぬでしょう、僕は完全にシャット・アウトされていると思う。
江戸川　しかし「完全犯罪」式のものならば書けるでしょう。
小栗　あれなら書けます。しかし、「完全犯罪」式のものは、「完全犯罪」一つで既に公式化されたように感じたのです。それで、次の作から、作風を変えた。実に妙な事ですが、あれを書くと、あれ式のものに興味がなくなり、書く事も懼《おそ》れられて来たのです。
江戸川　しかし第三者として見れば面白いですよ。
小栗　近頃では少々興味が蘇って来ました。それは、水谷準という人が、僕が忘れた頃にも忘れず、薦めるんでね。錯覚を矯《た》め直すとかなんとかいって、例の口を曲げてね……。
江戸川　まあ飽性《あきしょう》の傾向があるんでしょうね。それは僕も同じだから、強いてとはいえないけれども……。
小栗　僕にも、幾分は飽き易い傾向があるでしょう。
海野　本格探偵小説というやつは、どうも私は人の書いたのを読むのは好きだけれども、自分で書いたものを読むのは困るですね。（小栗氏に）金来成《きんらいせい》氏はどうですか？

小栗　僕が読んだのは、戯曲をどうしたとかいう、劉不乱《ユプラン》とか何とかいう名の出る作品一つですが、嫌いですね。僕は、新人中では酒井嘉七君を一番買う。だが、あまりに纏り過ぎている。小粒という感じで。で江戸川さん、金来成という人は？

江戸川　彼がいつか、探偵小説論が盛んだけれど、探偵小説が驚異の文学だということを誰もいわぬ、驚異というものが探偵小説の重大な要素と考えて宜しいんじゃないかと書いたことがあって、それは同感したね。謎のことばかりただいっているけれども、やっぱり驚異というような要素が充分あるんじゃないかという忠告ですよ。僕もついうっかりしていたので、いいことをいうと思った。

小栗　いつ頃ですか。

江戸川　大分前の「月刊探偵」に書いた。

小栗　海野さん、「探偵文学」の一派にこれから出られるような人があると思いますか？

海野　私はあまり読んでいないのでよく分りません。

木々　荻一之介という人がいますね。

小栗　あの人はやり方によっては大成しますね。しかし、営業雑誌に出るような原稿は当分書けまいと思う。

江戸川　「探偵文学」では他に評論家の中島親《したし》君は優れていると思う。それから蘭郁二郎君だとか平塚白銀君だとかいう人がやや書ける人ですね。あとはそう書ける人が無い。
小栗　中島親君も、「探偵春秋」の文藝春秋欄の真似みたいなものを書くようになってから、素晴しく好くなった。あれは、「探偵春秋」中の白眉だ。
江戸川　あれは署名しない方がよかったと思う。そうすればもっと辛辣にかける。
木々　中島親君は署名しても辛辣に書く方の者じゃないんですか?
江戸川　割に辛辣に書こうとしていますね。
木々　遠慮する所はないですな。
江戸川　中島君に僕が慊《あきた》らぬ所は、あの人にはどこか江戸戯作者気質がある。落語とか講釈を好むような江戸趣味がある。そこが評論にもちょいちょい出ますね。
海野　誰か感化したんじゃないかな。
江戸川　素質らしいね。しかし中島君の住んでいる場所が関係持ってるでしょうね。
小栗　あの人と僕とは、十年ちょっとばかり違うんだが、その十年の間に、前の時代はすっかり置き去りにされている。だから、そうそう根強く身体の中に入っている気遣いはないと思うのだが。
江戸川　しかし彼は和服主義の唐桟《とうざん》趣味だと思うんだ。
海野　ああいう地方においては親父、阿母《おふくろ》の権力は非常に強くって、親父、阿母にその従来の江戸趣味的な習慣がありますからね。だからまだ本当に自分で自己というものを知らない前には随分色々感化されますね。
小栗　江戸趣味というのは、考えて見ると相当気障《きざ》なもんで、僕は作品以外にはつとめて出さん事にしている。
木々　それは趣味としては悪くないけれども……。
小栗　いや、悪趣味の一種かも知らん。
木々　あれを趣味に持つ人は色んな所に顔を出して強いるのでね。
江戸川　文学と江戸趣味というものは関係ないと思う。本当の意味の文学ではね。
小栗　私なんか書くものは、かなり泥臭いんだから、江戸趣味は僕にはそう大してないと思う。
木々　泥臭いというのは？
小栗　土臭いところがあるんですよ。
木々　どういう所？
小栗　それは、多少生活的なところがあるという意味です。しかし、違った意味で夢野久作という人は、実際土臭かったですよ。郷土色……彼は実に福岡を愛していたらしい。
江戸川　純情の持主だったけれどもね。
木々　ああ、ああいうのがそうなんですか。

外国作家を語り

江戸川　次に編集部の出題にある、好きな外国作家というのはどうです。
木々　いい問題ですね。私はフリーマンが好きですね。そうしてフリーマンのようなものを私は是非書いて見たいという念願を捨てませんね。それでありながら、ますますフリーマンから遠ざかるんですけれどもね。
海野　実は私、それもはっきり伺いたかったんですけれども、そうすると木々さんは本当の科学小説というものを書かれる決心ですか？
木々　ただフリーマンそのものじゃ困る、もっと人生を持っていたい。だがああいう風な埋窟詰めにした小説を書きたいですね。
江戸川　それはひょっとしたら、フリーマンを最初読んで、非常に残っているんじゃないですか。冷静に色んなものを同時に読んで、フリーマンが残るかどうか疑問だな。
木々　そういうこともありますね。私が一番先に読んだのはドイルですが、次に読んだのはフリーマンですね。
海野　木々さんが科学者であるが故にそれを好むので、初めに読んだことには関係しないと思いますね。
江戸川　その点では僕なんか反対ですね。ドイルと較べたら無論ドイルですね。それが一般の常識でもあるんじゃないですか。
木々　常識より私は偏好があるんでしょうね。
江戸川　フリーマンだけじゃない、もっと他にあるでしょう？
木々　ヴァン・ダインも嫌いじゃないですね。ヴァン・ダインの中で一番好きなのは『グリーン殺人事件』です。
江戸川　ドイルの系統ですね。
木々　そうですね。エラリー・クイーンはあまり好きではないが、『ローマ劇場』は好きです。どうもあれを皆がほめないのだけれども。
江戸川　あれは評判が一体に良いようですよ。しかしフリーマンが好きだというあなたの好みと、書かれるものとは非常に感じが違うな。
小栗　そうですね。私は「網膜脈視症」を読んだ時に――これは非常に人と違う感覚ですが――なにか北欧羅巴の素朴描写派の作品を読むような感じがしたんでね。フリーマンとはちょっと意外だな。
江戸川　僕はあれを読んだ時フロイドを思い出した。無論フリーマンを感じなかったですね。
木々　だから直接影響を受けたと言う訳じゃないです。
江戸川　僕はここにいる諸君は、外国の探偵小説――ドイル以後の本流の探偵小説をですよ、取り入れもしないし、そんなに心酔もしない人達だと思うのですが、そんな感じがしているんです。
海野　痛い所ですね、これは一同、江戸川さんに撫で斬られた。
江戸川　それを最も心酔し取入れているのは甲賀三郎で、そこに探偵小説論の違いが生じて来るんじゃないかと思う。
木々　私は探偵小説芸術論を主張するようになって、外国のものにもそう驚かない、間誤《まご》つかないという風になりましたね。
江戸川　僕は外国のものも好きですね、やはりマニヤの一人だね。翻訳にも僕は大体目を通しますが、こんなに愚作が近頃のように翻訳されちゃ、ちょっと読む気がしませんけれど。
木々　それから言い忘れたが、私はシメノンが好きですね。
江戸川　僕も高く買いますね。
木々　ヴァン・ダインより遥かに好きです。
江戸川　小栗君は？
小栗　ドロシー・セーヤーズが好きですね。短篇が……。長篇は駄目です。長篇になると少し灰汁《あく》が出てくる。私自身が非常に灰汁の強いものを書くせいか……。
木々　あれは非常にスマートだね。反対のものが好きなんだねやはり。

小栗　非常に僕は、ものの好き嫌いが甚しい。そのせいか、クリスティーなんぞは、少々毛嫌いの方で。

江戸川　『アクロイド殺し』はここにもここにも（海野、小栗両氏を指す）反対者がいるのだけれども……。僕は非常に面白いのだが、どういう訳か面白くないという人々が多いんだ。

小栗　『アクロイド殺し』はもう少し良い訳で読めばいいと思いますが、海野さんから借りたやつは平凡社のやつで……。

海野　怪しいもんでしょうね。読んでいて随《つ》いて行かれないですね、松本恵子という人ですが……。

江戸川　僕はあれで読んで面白いですね。

木々　松本泰《たい》氏の何かですか？

海野　奥さん。

木々　奥さんですか……。はあ……。

江戸川　『アクロイド殺し』の評価は人によって非常に違うんだ。海野君、小栗君は面白くないというけれど、本格もの好きは非常に面白がるですね。僕も面白がる方です。

小栗　しかし、何だか素人が書いたというような感じが強いですね。

江戸川　組立てに？

小栗　いや、組立ては敬服するが、それ以外は……。

木々　素人めいている？

小栗　すべて。

江戸川　しかし探偵作家は文学者としては皆素人臭いですよ。

小栗　大抵読んでいる中に作者の姿が出て来ますが、そういうものを感じなかったので嫌になっちゃったのかも知れない。

江戸川　出方があなたのいう意味とは違うけれども、或る意味では作者が出ている。一体ものを書けば必ず作者というものは現われるのだから。

小栗　それで、あれは英国の田舎でしょう、だけど、英国の田舎なんて感じは、てんでしなかった。

江戸川　そういうことは別の問題ですね。僕はそれが邪魔にならないのだ、筋の方が面白い為に。

ドイル、ルブラン、ポオ　作家総ざらい

小栗　僕は英国の田舎というのは是非見たいと思うが、非常に好いらしいですね、半木《ハーフ・》半壁《チェムバー》なんて建て方の家が、玩具のように転がっている。そういう村にある、古い宿屋。ディッケンズが泊ったなんていう。

江戸川　『アクロイド』にもそういうようなものが書いてあったじゃないですか。
小栗　書いてあったって、あの辺を僕に書かせたらもっとよく書く。南瓜畑《かぼちゃ》からポアロが顔を出すでしょう？　あの辺が、イリュージョンになって少しも出て来ませんよ。だが考えてみると、こちらが散々憧れ切っているものが、当のクリスティーにとれば、何でもないことかもしれない。それから、クリスティーのは、あれを読んだんですよ。『リンクの殺人〔ゴルフ場殺人事件〕』というのを。
江戸川　あれは好くない。
小栗　ええ非常につまらない。
江戸川　クリスティーでは『スタイルズ事件』というのが面白いですよ。面白いといっても『アクロイド殺し』程度のものだけれども……。
小栗　『十二の刺傷〔オリエント急行の殺人〕』というのがありますね。あれは、ちょっと社会的なものなんですか。
江戸川　そういう要素はないようです。やっぱりただ謎です。まあクリスティーのものとしては面白い方ですね。
木々　ただ個人の恨みでなくて団体の恨み、その点が注目すべきじゃないですか。
小栗　僕はやはりヴァン・ダインが好きですね。
江戸川　ヴァン・ダインの何です。

小栗　『僧正殺人事件』というのがありますね。あれに、アーネスンとかいう数学者が出てくるんだが、ちょっとメフィスト的な巫山戯《ふざけ》たところがあって、まるでニーチェが成り下って、神田辺りの予備校で講座を持ってるといったような……。
江戸川　そういう所を探して好きになるんだな（笑声）。
小栗　もうひとり好きな人がいたんですよ。『ドレッテ』を書いた……。
江戸川　ハーリヒ。
小栗　探偵小説じゃないんですが、あの人は死んだそうですね。
江戸川　知らない。
小栗　この間、何かに死んだと書いてあった。
江戸川　それならシメノンなんかも好きだろうと思うけれど。
小栗　いやシメノンは本を貰っただけで、一冊も読んでいない。
木々　『倫敦《ロンドン》から来た男』も好いですね。
江戸川　今訳されているものは皆好いですね。
海野　僕は相不変《あいかわらず》ルパンが、何といっても一番大好きですね。
江戸川　ドイルと較べても？
海野　ドイルと較べてもやはり私は探偵小説としては好きですね。殊に『８１３』から受けた印象というものは非常に忘れ難い。その外は『三十棺桶島』とか『水晶の栓』とかいうのが好きですね。
小栗　まだ、あれが残っていますか？　私は一時は非常に夢中だったけれど、この頃はすっかり……。
江戸川　ガストン・ルルウはどうです。『黄色の部屋』以下一連の作がありますね。
海野　『黄色の部屋』は一番好きですね。まあしかしああいうものは一つしか書けないでしょうね。作家としてはやはりそれよりヴァン・ダインの方が好きです。オー・ヘンリーの軽いものも好きだし……。
江戸川　オー・ヘンリー好きは存外あるね。大下君なんかそうだね。
海野　それからビーストン。
小栗　世にも、ああいう作家は卑しいと思う。
江戸川　卑しいはよかったね。
海野　ただのスタイルだと思う。これは引っ繰り返るから気をつけなさい、と先にいえば腹が立たぬ。
小栗　引っ繰り返しに生命があるんだな。どうも、あれを非常に礼讃する人が多い。
木々　ビーストンをですか？
小栗　ビーストンを好きな人が多いですね。
海野　つまり江戸っ子、江戸っ子というが、日本人の気質の中にああいうものがあるんじゃないですかね。

木々　ああそうですか。そうすると江戸川さんはどうですか。

江戸川　僕は高級なものではポー、通俗なものではドイルを別格にして、その外では色んな傾向それぞれ好きですね。ルルウ、ベントリー、チェスタトン、ヴァン・ダイン、シメノン、フィルポッツ、ルブラン、そういう代表的の作家のすべての作でなくて、ある一つ二つの代表作だけが好きなんですが、そういう作品を指を折って数えることができるのだ。非常に好きなものは十作はないですね。そうしてそれは今言ったような人々の作品なんです。

小栗　ポーの中では江戸川さん一番何が好きです、詩はどうです？

江戸川　詩は分りませぬ。

小栗　それは妙だと思う、あなたは分ると思うが。

江戸川　読んだことはありますが、僕は詩が分らない男なんだ、先頃萩原朔太郎君が『青猫』とアフォリズムの本二冊とくれたんだが、よんでみると、アフォリズムは分り過ぎる位分るけれど、詩の『青猫』の方はどうもそれ程面白く感じられない。ポーも詩は意味は分っても面白く感じられない。つまり分らないんですよ。

小栗　私はポーの詩は、そう大したものではないと思う、詩形という意味でも。

木々　ポーの詩はそう大したものじゃないと思うな。

江戸川　詩というものはその国の人が味わわなければ分らぬものじゃないかと思う。外国語の詩では日本人は作者の本当のものが感じられないでしょう。

木々　そうばかりともいえますまい。外国の詩を好む人も非常にあり得ると思いますしね。

江戸川　あり得ても本当にその国の人のように真から理解しているかどうか。

木々　なるほど、少しもできぬ語学からの訳では、訳者を読むようなものでしょうね。

江戸川　だから詩は、外国のものを味わえというのは無理じゃないかと思う。

小栗　詩の正統的《オーソドックス》な解釈からいえば、それが本当でしょう。

木々　その意味では小説でもそうです。殊に純文学の小説は。ところが探偵小説はそういうことはない。外国のものでも同じに味わえる。それは科学的の著作が全く同じに味わえるのと似ています。詩が一番向うにあるでしょうね。けれどもやはりできることじゃないんですか。

江戸川　その国の言葉に習熟して読めば近いところまでは行けるでしょうね。

木々　詩だって、やはりほんとうの翻訳は意訳でなければならぬと思います。

江戸川　翻訳の詩で名訳だといわれるのは、もとのものと違った味で面白いのです。例えば『海嘲音』〔上田敏〕の詩などは、もとのものと違う意味で面白いように。日本化された別物として面白いので、訳文ではどうしても原文のままは出ないと思う。

海野　やあ、明日の探偵小説を語りすぎたようですね（笑声）。それではもう時間ですから、この位で……。

末広　どうも有難うございました。

（「ぷろふいる」一九三七・一）

乱歩氏を祝う

木々高太郎　戸川貞雄　城昌幸
（編集部）中村博

人生は六十から

中村　江戸川先生、おめでとうございます。今日は、先生の還暦記念会を主催なさる会の代表メンバーの先生方にお集まり願いまして四方山話《よもやまばなし》をしていただく。速記なんかしてるということは意識なさらないで、おくつろぎで歓談を願いたい。まア今夕は、祝賀会の前祝いということで……。
江戸川　しかし、何か、話のいとぐちがないと……。
中村　先生も、もちろん、そのおつもりでいらっしゃることと存じますが、人生は六十からといったような意味で、世間一般もまたそういう目で先生に期待していると思いますが……。

江戸川　世間には、還暦なんてつまらない、おれはそんな年寄りじゃないというようなことをいう人間もありますが、ぼくは好んで、大いに喜んで、やってもらうつもりです。それは別にそれでおしまいになるという還暦でなくて、本気でこれから書こうというのですからね。還暦を期して、少し書きますよ。しかしもともと多作ができない男ですから。他の作家のようにそう沢山は書けません。けれども今度、おとな物を少し書くことになりました。そういう効果がぼく自身にあるわけで、ありがたく思っているわけです。

中村　現にお書きになったわけですね。

江戸川　「宝石」に最初に書かなければならないので「宝石」に書きました。

木々　この機を逸せず、「探偵倶楽部」にも書かすべきだね。

中村　ぜひ、お願いいたします。

江戸川　それと「面白倶楽部」、これは正月から書くつもりです。これは通俗おとな物ですがね。

木々　通俗でもいいよ。

江戸川　その二つは続きもの。それに少年物を二つぐらい書く。さしあたっては、そんなことだが、まあ、死ななければ、病気にならなければ、もっと、もっと書きますよ。いつ死ぬかわからないと思っているが、なかなか死なないものでね。ぼくは五十までもなんて、生きっこないと思っていましたよ（笑）。二十五で死ぬのが華だと思っていましたね（笑）。

それでいて、五十も、いつか過ぎて六十になったが、いつも、どっかぐあいが悪く、いつ死ぬかわからないという人生観をもっているが、死ぬまで書ける限りは書くつもりです。

城　戦後、酒を飲みはじめたのが健康によかったのじゃないか。

江戸川　社交的になったね。

木々　健康にもいいかもしれません。あるものを酒で解消するということでね。

江戸川　そういうことになったかもしれませんね。

城　戦前は、ほとんど飲まなかったね。

木々　二十五で死ぬのが華だなんてのは意味もない考え方だね。

江戸川　桜が散るがごとくなんてね。当時だれかがそういうことを書いておった……。

木々　なにが桜だか、なんだかわからないよ。

江戸川　自分ではそう思った。皮膚にシミができないきれいなうちに死ぬ、ということをね。

木々　もったいないよ（笑）。

江戸川　（傍の芸者を顧みながら）君たちだって若くてきれいなうちに死にたいと思わないかな。

芸者　思わないわ。いつまでも生きていたいわねェ。

木々　それはそうだよ。あの人はきれいなうちに死んだなんていわれるのは、せいぜい三日ぐらいのものさ。

純文学的なものは

芸者　はい、お一つどうぞ。

江戸川　（城を指して）この人が一番飲むのだよ。

城　木々さんも強いね。やはりお酒は体力というか、ボリュームのあるのが強いよ。同じ力倆では、肥っている方が飲めるね。「ビールの王さま」〔ニッポンビールの公募コンクールの優勝者〕なんて、二十四、五貫もあったからね。女王さまの方は、大森の芸者かな。

木々　女王さまはどのぐらい飲んだの？

城　さあね、飲みっぷりがよかったそうですね。〔コンクールは〕量は一番先に五〇〇ccのあれを五杯、八分で飲んで試験通過するんだよ。それからあとはゆっくりいくらでも注文するわけだが、だんだん時間が経つと落伍して行くね。それに残って最後に悠々とまだやっているのが、えらいことになる。

江戸川　飲みっぷりも入るわけだね。

城　江戸川さんは三合くらいまで行くの？

江戸川　長くかかればね。しかしあと苦しいよ。長くかかって、さめては飲み、また、さめては飲みしたら、飲むよ。角田（喜久雄）君はさめるとだめだといっているね。さめてから飲むと苦しいといっているね。

木々　強くはないね。

江戸川　僕は日本酒よりも洋酒がいい。

木々　洋酒もいいが、日本酒もいいですね。

江戸川　君はどのくらい？　一升は無理かな。

木々　一升は行くだろうね（笑）。

江戸川　一升飲むのは時間がかかるでしょう。徹夜に近いね――飲む話ばかりしているね（笑）。

（やア、とこの時戸川氏入って来る）

江戸川　オヤ、もう赤い顔しているじゃないか。

戸川　どうもおそくなりまして……。

江戸川　この度は、いろいろありがとう、お骨折りで……。

戸川　どういたしまして……捕物作家クラブの会長は……。

中村　野村胡堂先生が、おからだが悪いものですから、副会長の城さんが……。

江戸川　今ね、いろんな話が出ていたんだが、あなたは、ずいぶん、捕物を書いてるね。

戸川　そんなには書いていない。いろいろコツがわからなくってね。横溝君に会ってどれくらい書いたらものになるだろうといったら、三百篇くらい書きなさい、といわれて、がっかりしちゃった。そんなには書けない。
城　あんたは、これまで小説をどのくらい書いたの？
江戸川　中篇五十。長篇二十くらい。還暦までにね。実に少ないですよ。
木々　割合少ないね。
江戸川　短篇はあまり書いていない。ぼくなんか寡作だね。世評にのぼったのは、先鞭をつけたということでね。あまりうまくなくても先鞭をつけるのはいいことだ。だが、だんだん書けなくなって、戦時中から今までほとんど書いていない。
木々　これからだよ。
江戸川　あるいはそうかもしれない。いいものができるかどうかわからないけれど……。
木々　それはやってみなければわからないさ。書いてしまわなければいいか悪いかわからない。
城　無理矢理書いてもいいものだということがありますね。
木々　そのときの調子だね。
江戸川　書き終ってみて、そういうのはあるね。
城　ぼくは字がきれいに書けたものは、うまいような気がするね。活字にすると大したことはないが。
木々　だからぼくの字でも通るのだよ（笑）。

江戸川　あなたのは、みな迷惑するらしいね（笑）。ぼくのも変な字だがね。
城　木々さんのは二字か一字かわからない。
戸川　新かな遣いはどう？
木々　ぼくは新かな遣いはできないから、出たとこ勝負でやるから直してくれといってい る。新かなを使うと苦労するよ。
江戸川　ぼくは少年物で慣れたね。
戸川　ところで、ぼくは江戸川の還暦を祝賀することには、一つはこういう意味があると思うよ。探偵小説全体ができはじめて百年。日本ではもっと新しいが、そういう場合に、乱歩さんが研究のほうに没頭して『幻影城』『続・幻影城』、それも結構だが、実作で少し自分の持論を出して、おれはこういうものを書くのだ、探偵小説というものは文学でなくてもいい、ということを……。
江戸川　それは困るのだ。必ずしも、そうじゃないのだよ。
戸川　実作で示すのだ。これはおれの意見だが、作品で見てくれ、これが文学であるかないか見てくれ、と……。
江戸川　それはやるが、なかなか難しいね。
戸川　だから、還暦を機会に大いにやっていただきたい。そうすれば木々が、シャッポをぬいで、おれもそういうものをこしらえてもらいたかったと……。

木々　その通り、その通り。
江戸川　いや、それはね……。
戸川　やってくれなければ困るよ。
江戸川　文学の解釈の仕方によるが、いわゆる常識的に考えた純文学的なものは書かないよ。
戸川　それは違うよ。あなたの「風信」に書いたの読んだが〔アンケート「大衆文学とは」〕、そう日本の純文学というものにこだわらなくてもいいと思う。あなたも（木々氏に）そうでしょう。
木々　ぼくもそうだね。
江戸川　西洋のようなもので純文学的なものは、とても書けない。
城　ところで、自分のもので一番好きなのは何？
江戸川　初めのうちの短篇のなかにあるね。初めの二、三年ですね。あとは無理に書いたものだからね。筋のないものを毎月々々苦労して書いたんだから……。
木々　城君は乱歩の作品でなにが好き？
城　初期の「赤い部屋」に感心したね。読んだのは、たしか、二十二、三のころだ。
江戸川　昔だろう。
木々　いま一篇だけ選ぼうとすると。

城　いや一篇だけ選ぼうというのはむずかしいね。
木々　戸川さんは？
戸川　ぼくはちょっと思いだしたが。直木〔三十五〕が編集した「苦楽」に書いた「人間椅子」だね。「人間椅子」を、特に文学的に高いというので批評している。三十年くらい前かな。
城　いまから考えると、「人間椅子」を書いているときは乱歩さんは一番ハリがあったときだね。
江戸川　あのへん二、三年でだめになった。世間的にどうか知らんが、おれはだめだった。これからひょっとしたら若返るかもしらん。
城　「人間椅子」は気負い立った気持だね。
戸川　ぼくもそういう気魄を感じたね。
木々　それは感ずるね。
城　これだけのものは書けないだろうという気負い立った気持を素直に受け取った。いちばん最後のひっくり返しがいるかいらないかという問題はあるがね。
江戸川　「人間椅子」はひっくり返しがないといけないよ。
城　最後のところだよ。
江戸川　最後の手紙、あれはやはりないといかん。全般的にはひっくり返しはいかんという意見には同意するが、「人間椅子」はなくてはいかん。
城　こんど翻訳された中に、『人間椅子』入っているの。
江戸川　向うでは「人間椅子」と「芋虫」が評判がいいね。アメリカではだめだが。

謎を解く興味

戸川　乱歩さんのこの頃のはちっとも、こわくない。人間が陽気だからね。
芸者　あたし先生はもっと陰気な、変態な人かと思ったわ。読んだ感じから考えて。でもお会いしてみて想像と全然違うわね。書いたものはこわいわ。
戸川　それは君たち、乱歩さんを知らないからだよ。
江戸川　大体そういう定評です。そういう読者がいる。
戸川　お座敷で酒を飲んでいると陽気だがね。
江戸川　陽気になったのは戦争後だよ。それまでは家にいて、だれにも会わなかったからね。陽気になったものだから、陰気なものが書けないよ。
城　陰気なものでなくても書かない（笑）。
江戸川　ぼくのは陰気なものに特長があったのだからね。
戸川　エロの方はどう。
江戸川　エロもあったろうさ。

芸者　ほんとにいやらしい変態的〔な人〕じゃないかと思ったわ。
江戸川　そうだろう。ああいうのに興味があるね。
木々　ぼくは乱歩作品で「柘榴《ざくろ》」をいちばん買うね。
江戸川　そういうが、どこかいいのか……。
木々　あれには突っ込んだところがある。
江戸川　つまりエロティシズムだね。どういうところかな。閨房のことだね。あれはそう突っ込んでいませんね。あれを書いたのは昭和十年前後ですよ。
城　乱歩のいやらしさも、よさも出ている。
木々　あなたも買っていますかね。「押絵と旅する男」は、ロマンチックだね。
城　いいも悪いも当人のクセをいつわりなく出しているね。
江戸川　あれはこしらえ物だが、それをよすと面白くなくなる。
木々　ぼくはそう考えないね。
江戸川　あなたの考える面白さと性質が違うのだよ。
木々　あまり違わないつもりだがね。
江戸川　謎をこしらえ、また謎を解く遊戯。それが好きなんだが、探偵小説として、それがあまりない。つくりもののないやつは、面白くない。それなら普通の小説がいい、ということになるんだ。単なる犯罪小説ならそれでもいいが、別のよさだね。

木々　そうかね。

江戸川　（芸者に）おれと城さんとどっちが上だ？　還暦に見えないかね、この人は！（笑）

芸者　還暦は七十七でしょう。

江戸川　還暦は六十だよ（笑）。

戸川　七十七は喜寿だよ。

江戸川　このなかでだれが一番年寄りに見えるかね。

芸者　皆さんが、若いから……。

城　この中には、とうに、還暦がすんだ人がいるんだよ（笑）。

江戸川　いなければおれが一番年寄りになるよ（笑）。

戸川　還暦がすんだのはいないよ。六十以下だよ。皆六十以下なんだが、だれが一番若いかというのだよ（笑）。

芸者　正面から見なけりゃわからないわ。

江戸川　遠慮しているね。大体わかるだろう。この人（木々氏）が一番若いだろ。

木々　ぼくが一番若いか。それから城君か。

戸川　男は年とって見られるほどいいんだってね（笑）。

江戸川　結局、この中で一番年上は戸川君だね。

戸川　いや、わたしの方が、あんたより二月若い。それで、城君が一番若く、その次が木々君。
木々　十くらい違うね。おれの方が十若いのだよ。女性経歴の方は、どうか知らないが。
城　オヤオヤ……（笑）。
戸川　品行のいい人ほど老けないね。
城　そんなことはない。適宜だよ（笑）。

文豪の恋愛観

戸川　僕は、先日、四十年ぶりで、初恋の女に会ったよ。
江戸川　一篇の作文ができるぞ。
戸川　最近書いたよ。「会わざりせば」というのだが、半分ウソを書いて、こっちがばかにいい気持になったようなことを書いた。
江戸川　小説家はそういうときは得だね。どうとでも書けるからね（笑）。
戸川　自分だけよくしてね（笑）。
木々　自分で弁解に弁解を重ねて、美化するよ。
中村　江戸川先生の初恋は？
江戸川　ぼくは恋愛なんかしないですよ。恋愛不能者です。

中村　ほんとですか。

江戸川　いや、女の子は好きですが、恋愛じゃないですよ。恋愛というのはロマンチックな、純粋なふうに思うのですがね。

木々　そんなこといわなくてもいい。

江戸川　それほどの相手がないですよ。

戸川　彼は体験者だからね。

江戸川　木々君は体験者だよ。恋愛論者だからね。

戸川　実践者だからね。

木々　自分だけは実践者じゃないと思っているようだね（笑）。

戸川　ぼくはロマンチストだ。

江戸川　ぼくはほんとに初恋なんてないね。恋愛というものをぼくは非常に大変なものと思っているから、ないのかもしれない。プラトンは男と女とくっついて、離れた自分の半身を探すという、そんなのないですよ。ほんとに、おれの半身というのは見つけられないよ。世界に人は何億かいる。どこにいるかはわからない、俺の半身は。たとえばここで会ったこの妓《こ》といっしょになれますか。

木々　プラトンの半分、別れた一つだと思うからそうなんだよ。たった一人と思うから。

江戸川　恋愛は一生に一ぺんだ。一生になんべんもするのはウソだよ。ほんとの恋愛なら、別れたら死んでしまう、そういうのが恋愛だと思うね。

芸者　ぐっと熱を注いだのは別れやすくなりますね。

江戸川　世間的にはそうだが。恋愛は貴いものと思えば、その恋愛に殉ずべきで、そうすれば恋愛が失敗したら死ぬべきだね。ぼくはそういう恋愛観を聞いたものです。

木々　なんだか理屈だね。

江戸川　そういう相手はいないよ。みなちょっといいだけだよ。

木々　そうでもないな。

芸者　その人といっしょになれれば死んでもいいと思うわよ。

江戸川　一時思うだけじゃだめだよ。寝たとき思うだけじゃ駄目ですよ（笑）。それは本能だよ。恋ではない。

芸者　先生の心をゆさぶる女性が現れないのですね。

江戸川　ぼくはそれを経験していないのだよ。いまさら経験しようと思っても、おそいからね。

木々　いまからでも、遅いことはない。

城　そんなことをいうと、奥さんに叱られるぞ（笑）。そうした態度が、文学的に影響して、乱歩さんをして十年もの間、書かせなかったのだね。

江戸川　理想主義みたいなものがあるのです。だからニヒリズムになる。理想主義なんて、実現はありえないからね。

城　そう考えてもいいが、なんでもやってみて、だんだんいいものに鍛えて行くという必要もある。

江戸川　鍛え上げる必要を認めないよ。鍛え上げたって価値がない。どうでもいいじゃないかといった考えだってあるさ。偶然、小説を書いて当ったから書いているのだ。小説を書いて鍛えているわけではない。小説でなくてもいいんだ。小説家になることが目的ではない。なんでもよかったのだ。人生の目的がないのだからね。しかし、その考え方だって、本心でないかもしれないし、また、そんなことといっていたら損だから、生きている上に妥協しているということもある。常識的に行動しているということね。だが、断っておくが、これは、文学論ではない。

探偵小説と作家について

江戸川　探偵小説をどうしたらいいか、あり方、方向について話そうか。雑誌からの註文だから……。

戸川　探偵作家クラブの第何回の会か忘れましたが、香山〔滋〕君と高木〔彬光〕君と島田〔一男〕君の三人の単行本が出て、出版記念会みたいなことをやった。それで、なにかいってくれといわれ、それで、今の作家は非常に仕合せだ。いまは探偵小説が時流に乗っているときだから、あなた方のために、本が出るということは幸福であるが、甘やかされているのじゃないか。昔は一篇や二篇優れたものを書いていても、単行本が出るということは考えてもみられなかった。あなた方は甘やかされている。その点苦言を呈するということをいった。

そうしたら大下宇陀児が三十分おくれてきて、大下先生一つといわれていったことが、ぼくと同じことなんだ。あなた方、本を一冊出したら家へ帰ると雑誌社から原稿頼みに来たりインタビューに来たりする。われわれの時代はそんなものじゃなかったよ。だからそれを考えて、しっかりしたものをやってもらわないといけないといっていた。ぼくはいまもその気持は変らない。これからあとの人たちに望むのはそういうことだね。

江戸川　単行本が出るというのは大変なことだ、ということだね。

戸川　あのときは、一応時流に乗って売れて行ったが、今後は多難な時代が来るか知れん。そのときは、いままで先輩に幾人あるかわからないが、ぼく自身、日本の探偵小説を代表する作家としては、江戸川、大下、木々の三人しか認めない。その三人の方々を凌駕するような作品を作って行かなければ、将来の探偵小説は向上しなくて、結局見放されるのじゃないかということを懸念する。まあジャーナリズムに甘やかされて、なにを書いても原稿が売れるという気持になることは危険だ、それを自戒していただきたいということを、若い人たちに望みたい。ぼく自身は探偵小説に関係がないが、そう感じています。

（ここで写真撮影）

戸川　女の子といっしょに写すのは困るね（笑）。

江戸川　戸川さんはそれでおしまいかね。

戸川　ぼくは終りだ。

江戸川　今度は城君の番だ。捕物作家の立場から、局外者を出していったらどうかね。

城　捕物小説の方は、早い話、商売だ。お金目当てだ。ところがいまの「宝石」の小説はお金よりも作品に全力を注いでいる。その意味では、文学青年的ないい方をすれば捕物小説の方は、いかにして当てるか、それでぼくはいいと思う。そういう点からいったら、探偵小説を書いている若い人たちの方がいじらしいですよ。一生懸命書こうとしている。ぼくはむしろその点では戸川さんと逆の立場ですね。もっと甘やかして、出してもらいたいですね。どうです、木々さん。探偵作家クラブの会長として……。

木々　ぼくは探偵作家が少ないと思うのです。だからちょっと芽を出すともてはやされるが、大成するのはやはり、戸川さんのいうように相当練る必要がある。あらかじめ、練って来て出るのだったら、いっこう差し支えないが、そうでないと遺憾な点があると思う。探偵小説という門は、まだまだ日本では広い門なんです。ちょっとそこを入ったらとことんまで行けるという門なんです。それはほかの一般文壇の門の狭さと比較すると非常に楽な門ですね。

江戸川　楽なことがいいか悪いか問題だね。

木々　将来はやはり相当いい作家を沢山出さなければならないが、楽だからといって、チンピラばかり出て来ちゃ困る。結局ぼくの方針は、さっき話が出ましたが、大物をねらい打ちして行く。そういう意味で、探偵小説は、ほんとに大物をねらい打ちして出す。四、五人出したらいいと思っています。文壇とは限らない。いろいろな方面から探し出せると思うんだがね。

江戸川　一人でもいいよ。昭和十年の木々高太郎が出ればいい。

木々　そういう意味で、乱歩還暦を記念して、大作家の出現する兆し、まさにありと思うのですが……。

中村　どうも、いろいろとありがとうございました。今日は、お祝いの会のつもりでございますから、かた苦しいお話は、また次の機会にゆずりまして、速記は、この辺で退席いたしますから、どうか、ユックリと御歓談下さるよう……。

（「探偵倶楽部」一九五四・十二）

探偵小説新論争

木々高太郎　角田喜久雄　中島河太郎　春田俊郎
（司会）大坪砂男

大坪　はじめに、討論の根拠として、最近の木々先生の御意見を伺いたいと思います。これはごく新しいものです。御期待下さい。（拍手）

木々　新しい考えと申しましても、むろん古いものから出た考え方ですけども、御承知のように甲賀三郎先生と論争いたしましたのが、探偵小説を書いて一年目なんです。しかし探偵小説を書かれて経験のある方はすぐおわかりになると思いますが、従来の型通りのものをやろうと希望をして、そしてそういうような小説を一年間書いて、さてつまらなくなるときというのは、一年目ぐらいのものなんですよ。一年目を通り越して二年目、三年目になりますと、それで金も入るし、世の中でそれでもてはやされるし、まずこれでいこうという安易な気持になりうるだろうと思う。私もその通りですが……。

ところが一年ぐらい書いていきますと、どうにも我慢ができなくなるものです。だろうと思います。みなさんはどうですか。恐らくある意味でそういうことをお感じになると思うのですが、つまり、面白くなくなっちゃうのです。なんかまたウソをこしらえてまことしやかにみせて、どうだいこれで、ということをやらなければならない。なら、そんなのやめたらよかろうという人もありますが、しかしやり出したら、まずやらなければならない。そこで非常につまらなくなるものです。何とかこれを打開したい。何とか自分の好きで魂を打込んで書くものを書きたい、という迷いが出てきます。私はそのときに、先輩諸君ののこした、それはアラン・ポオ以来コナン・ドイルにしてもその他の現在に至る作家にしても、そうでありますが、その築き上げたもののそのものはまことに立派ではありますけれども、じゃ自分もそれをやっていこうということになると、不満足を覚えるものです。そうしますとやっぱり何か、その不満を、新しいやり方を、出してみたいという感じがいたします。

時あたかも甲賀三郎先生が、探偵小説は文学ではないということをいい出したので、さあ、それに対するわが心の不満を何とか吐いてみたいということが、私の論争に入りました実際の理由で、結局探偵小説というものを愛するからこその論争でありますので、甲賀先生ものべておられる探偵小説というものが低いとか、いやなものだとかいうことを一向私は考えたことがないのです。私はもしこうした言葉でいうならば、本格探偵小説論者なんで、というとお前自分を本格だと思っているのか、えらい違うぞというお言葉があると思いますが、要するにそういうわけで、どうも探偵小説が文学でないということだと不満足である。何とか文学であってもらいたい。それには今までのようなものでは不満足であるから、何とか打開をしたい。自分で打開ができなければ、あとからだんだんに作家になってこられる日本の諸君を打開するように育てる――といってはおかしいのでありますが、そういう方向に激励をしたいという気持があるのです。

松本清張君が探偵小説を書きたがりましていろいろ相談にきて、こういう小説を書いたがどうだといいますから、そんな小説はだめだというと、「じゃこれはどうです」。「よし、そのくらいだったら書いて見給え」といってさいきん書きはじめていまして、これからだんだん書くでしょう。その松本清張が一年目に私と同じ悲鳴を上げてくるだろうと思って私は本人にいっているのです。いま面白いかもしれないが一年経つとつまらなくなるぞ。そのつまらなくなったときに、己《おの》れの満足のいくような探偵小説であるものを求めるに違いないし、その求めるのがつまり私としては二十年すでに続いているので、中々消えない心であると松本君にもいっているのですが、そういう意味で、私の文学論が出てまいりました。

文学論が出てくると、どうせ変った文学をやるならもっと元気をつけた方がよかろうというので、最高文学論と、一年目にこうきましたね（笑）。というのは、いままでなかったような文学がこれから生れるに違いない、そしていままで一千五百年も二千年も文学をいろいろな人がやって、たくさんの人が出たんだが、そいつらが思いつかなかったことができるなら、まず最高といってもいい。最高といったって人間の寿命なんて大したことはない。まず三千年か五千年通ずれば最高といってもいいんだから、最高という言葉を使おうというので、探偵小説最高芸術論ということが出てまいりました。この最高という言葉に対しても非常に非難があったでしょうし、いまでもその通りであると思います。非難なぞは大して恐れないけれども、あまり不安な生活をやるのはいやだという考えの方がつよいので、私はそんな道を歩んで現在まできたのであります。

そのような考えからどうしても出てきます言葉はこういう言葉です。探偵小説はたった百年やっただけじゃないか。そんならなにかこれから生れてくる人がすばらしい別の形、別の価値のあるもの、そういうものを生むことだってないとはいえないんだ。あってもらいたいんだ。そういう言葉になってまいります。この言葉は非常にいい言葉だと思って、私はしょっちゅういっておりました。

ところが今年のはじめの「探偵クラブ」か「探偵実話」でありましたか、中島河太郎君が私と名指さないけれども、その考え方を引用しまして、探偵小説の本質というものがきまっていれば、そこからいろんな形が出てくるということも考えられるけれど、その本質を考えないで、これから出てくるであろうという形式がいままでと同じような形を漫然と想像していうなら、それは無意味な言論ではないか、ということを指摘されました。

私はそれを読みまして、非常にショックをうけたと同時に、なるほどそうだったんだ。探偵小説というものはいままでの文学と本質的にもう違うんだ。そういうことを、おぼろげながらも考えておいた上でのほうが、いろんな形式やなんかも論じられるし、将来も論じられる。だけれども、ただ〔表面的な〕形式だけをつかまえていては、そういうことが論じられないのが本当のところなんだ、ということを深く感ずるに至りました。するとそれから二、三ヵ月の間、探偵小説を書きはじめて一年か二年した、あのときと同じような非常な苦悩に、また再び陥ってしまったのであります。

苦悩に陥ると大体なんか打開する道が出てくる。編集者がしめきりをギュウギュウいうと苦悩に陥りまして何とか策が出てくるのと同じように、人間にはそういう才能があるとみえまして、その苦悩の揚句、探偵小説本質論というものをこれから考えなければならない、というふうに思ってまいったのであります。さきほど大下さんがいわれましたように〔註、座談会の冒頭、大下氏の長講があった〔本文庫巻末参照〕〕ナゾがあって、そして物的の証拠を用いた推理があって、意外な解決がある。この三つの型がポオ以来、ドイル、あるいはその他の諸君がはっきりときめた形でありますけれども、これは本質じゃない。これはちっとも私は本質に見えなくなってしまった。本質はもっと別にあって、その本質の一つの形がこの三つの鉄則となってあらわれたものである。そういうふうに考えていかなければウソだ、というふうに思ってくるに至りました。これはあとでみなさんの御意見を伺いたいところです。とくに乱歩先生の御意見を今日こそははっきり伺いたいところでありますけれども、私はそう思いまして、それじゃ本質というものはどんなものであろうか。今までの文学にはなかったということも勿論その本質です。そんなら、それがどういうものであろうかということを深く考えたいと思いまして、結局考えついたのが、次にのべるような探偵小説本質論なんです。

これは、そういうことを考えるに至りますと、なるほど、そうだったんだ。自分はまだ考えが足りなかったんだ。ともかくもそういうふうに考えて、自分は探偵小説というものをまた見直してみたいという考えに立ち至りましたので、そのことを申し述べることにいたします。

勿論探偵小説は文学であると思います。ところが今までの文学と違っている。どこが違っているかというと、本質が違っておるので、それがどんなふうに違っておるか。今までの文学は、憧れの文学でありました。何かを憧れる文学でありました。恋愛小説も空想小説もそうであります。これらは何かを憧れる文学であり、また何かを嘆く文学でもありました。非常に悲しい人生の運命を嘆く文学でも勿論ありました。何かのなぐさめの文学でもありました。

ところがそういうふうに、探偵小説をしばらく棚の上にのっけて、今までの文学を検討してみますと、今まで人間がもたなかった重要なものの一つがのこされて、それだけが文学とならなかったものがある、と思うに至ったのです。じゃそれはどういうものであるかというと、それは人間の智恵——と申しましても、小学生の智恵から大学生の智恵、さらに立派なえらい人の智恵までありますけれども、全部総括してそれを智恵と申すと、人間の智恵というものは暴力にも勝つことができる、悲惨な運命にも勝つことができる。何よりも智恵というものは勝利を占めることができるものだ、という智恵の勝利を描いた文学は一つもなかったように、私にはどうしても思われるのです。戦争の勝利を書いた文学はありますが、しかしそれは智恵の勝利じゃない。智恵の勝利というのは、どんなに小さい事柄でありましょうとも、人間が暴力を用い、金力を用い、いろんな力をもっているにも拘らず、こっちはたった一つの智恵だけでそれそのものに打ち勝つことができる、というのが智恵の勝利なのです。そうした智恵の勝利を高らかに謳う文学こそは探偵小説である、と、私はそう思うに至りました。

私の現在もっておりますところの探偵小説本質論は、それは人間がいままでもっていなかった文学であって、人間の智恵の勝利を謳う文学である、というふうに私は考えざるをえないのであります。智恵の勝利はいくらでもあるじゃないか、自然科学を開発したのも人間の智恵の勝利じゃないか、といえばその通りであります。だがしかしそれは文学じゃない。人間が今や原子力まで自由に手の内に握る。これはみんな智恵の勝利でありますが、その智恵が文学となり小説となったもの、これが探偵小説なので、原子力開発の難しい数学の伴った論文なんかは自然科学であって、小説でも文学でもない。もしもこの新しい型、いままで人類が一つもできなかったもの、智恵の勝利を描いたものを、過去の作品、あるいは現在の作品でみなさんが探偵小説以外から、小説と文学の中にお上げになれば、私は一々それを論駁してお目にかけることができます。これはひそかに百ぐらいのものを私が集めて、それを一々論駁した揚句に到達した考えですからね。そういうこともできると思いますから、あとでそれもやって頂きたいのでありますけれども、要するに探偵小説とはその本質からいえば、人間が曽《かつ》て持たなかったところの智恵の勝利を高らかに謳う文学、その文学には、酔っ払いが出てまいりましょうし、悲惨なる運命が出てまいりましょうし、若者が出てまいりましょう。しかしその底にあふれるものは、人間が暴力に対しても金力に対しても腕力に対しても、何に対しても智恵で勝つことができるということを高らかに謳おうとする文学である。というふうに私は考えるに至りました。

それが偶然犯罪を摘発するとか悪人の罪をあばくとかいう形になって出てまいりましたから、ナゾがあって物的の推理があって解決があるというあの形式が出てきたのでありますけれども、しかし本質はもっとずっと大きなものであり、もっとずっと広範囲なものでであり、そのもっとずっと大きな本質的なものをにらまえていくならば、従来の探偵小説のような形でないものがこれから生れても、みんなからああ、やっぱりこれは探偵小説であったといわせるようなものができてくるに違いないと私は考えます。大下君が何しろ広くってということをおっしゃいましたが、私はただ現在ある探偵小説からその周辺を開拓し、さらに純文学の方に広くいこう、などということはもう考えていない。この本質に合うような、本質から出てくるような形はまだまだ人間が生産するものとしてあらわれるに違いないというふうに考えます。それが私の探偵小説論で、二十年来考えて到達したものであり、今日乱歩さんの根本的の批判を仰ぐために、喜んで出てまいったものであります。乱歩さんのみならず、みなさんからも一つ、この考え方を十分に探んで頂きたい。そういう次第で、中島河太郎君への答も私は答えることができた。

その本質は昔から何となく、われらがポオ以来のいろんな作家も感じておったんだが、しかしポオの発明した形式がなかなかいろんな形で発達する余地があったので、現在まできた。アメリカの作家になりますとどうしてもそれじゃ満足できないので、やれ酔っ払いがあらわれ、ハンサムがあらわれ、ハード・ボイルドがあらわれ、法律の欠点をつくようなガードナーがあらわれた。しかしどんなものがあらわれても、その本質的なものはみんな人類の智恵の勝利を謳おうとする、それははかない望みであるかもしれませんが、文学として解けうる望みであって、そういうものが私は探偵小説としてあらわれてきたものであろう、とそう考えます。

最後の議論は結局、そういうことをいったってだめだ。やって実物をみせなければだめだという議論になりますが（笑）、それは一、二カ月にもならん前にやっと私はその考えに到達したので、実物はこれからやるので（笑）、これからと申しましてもすぐできるかどうか、それはさっぱりわからない。それは文学の常でありましてやむをえませんが、その最後の止めだけはやめといて、それに至るまでの駁論を十分に伺いたいというので、私はいま本質論を申し上げた次第であります。

なおお言葉があればいくらでもそれについて私の考えをのべたいと思います。非常にいい機会であり、これが私の恐らく会長としての任期の最後のものになるものと思いますので、ここでゆっくりみなさんの御意見を伺いたいと思います。どうもありがとう。（拍手）

江戸川　僕は今月は討論会だと思っていたから、一貫した統一したお話ができないと思います。だから断片的に申しますが、さし当っていまの木々君の説ね。これは探偵小説の解釈論としては結構だと思います。現在ある探偵小説をそういうふうに解釈して、もっと大きな点から、また深い点から見るということはできるわけでありますから、これはむろんいいと思います。

ところがそこから生れてくるものがどういうものであるかということは、これはやっぱり天才を要することで、僕らにもまだ想像できない。しかしそういう可能性を否定することはできないと思う。可能性は十分認めていいと思います。ただ、どういうものが出るかということが問題なんだ。問題はその点にあるので（笑）……。

それでもう一つ木々さんはね、昔から非常に極端なことをいう人でありまして（笑）、いままでの文学に理智の勝利というのはないというふうにきめちゃっているわけだけれども、必ずしもそうとはいえないのではないか。理智の文学というのは昔からあるんじゃないか。しかし結論として理智の勝利にならない文学が多かったんじゃないか。というのはやっぱりリアリズムからくるので、理智は実際に勝利を得ない場合が多い。だからそういうリアリズムから理智は勝利に終っていないけれども、理智文学というものは普通小説の分野で昔からある。これをどうしても理智の勝利にもって行こうとすると、現実の生活では困る場合が起る。しかし探偵小説は無論いつも理智が勝利を得ていますから、探偵小説の定義としてそういういい方もできるとは思う。しかし今まであったものとはグッと変ったもので、理智が勝利を得、しかも探偵小説的興味を満足させる作品とはどういうものであるか。これは非常に不明であります。これはやはり隗《かい》よりはじめよで、主張者自身が書かなくちゃいけないわけだ（笑）。

私も探偵小説をこれきり止めちゃって、進歩を止めちゃうという気は決してないのでありまして、ただ探偵小説的興味という、定義でいうと非常にこしらえものになっちゃいますが、口でいえない以心伝心的なものがあるのであります。これは鬼はみんな知っているのでありますが、そういうものがなくなったら、困るのであります。新しく出たものにそういう面白さがあれば満足する。しかしそうでなくてただの普通の文学になっちゃったら、僕は満足しないということになると思います。ですからそれは大体こういう方向だ、というようにもうすこし具体的にわかるとなおいいんだがな。だから僕は決して不賛成ではありませんが、どういうものが出るかという興味もあるし、また危惧もあるというわけです。

それから次にさっきの大下君の説ですが、僕は木々君とはわりに根本的に一致するところがあるんですよ。だから、この人はちっとも憎くないのですが（笑）、大下君とは根本的に違うところがあるんだ、僕は（笑）。だから彼と議論したいんだけれども、彼は議論がきらいなのであまりやらないのですが、今日大下君がいいましたところは、（帰ってしまった人を攻撃するのは具合がわるいんですけれども）正直いいますと大下君は、恐らく探偵小説的興味というものを、はじめからあまり持っていないんじゃないかと思います。初期に書いたものも、「金口《きんぐち》の巻煙草」とか「なば山荒し」というような作、これは探偵小説じゃなかったです。だから性格的に探偵小説を好きという気持はあまりないんじゃないかと思うのですね。この人（木々氏を指して）はあるんですよ（笑）。そこが違うんですよ。その点大下君とはどうも性格が違うので、時々は議論をするんだけれども、論争になるほどには進展しないで終るのですね。

いま大下君が、ヴァン・ダインの『僧正殺人事件』の主人公はどうしてあんなまわりくどい殺人をやったか、つまらないことをやるもんだとおっしゃったが［註、冒頭の長講で］、探偵小説好きはそう思わないんだ。そこが違うんだ。そういうことをいえばポオの「盗まれた手紙」なども、目の前に出しておいたら、すぐ見つかるじゃないかということになる。探偵小説は逆説ですからね。逆説的興味のない人にはトリックのある本格ものは面白くないと思うんだ。ドイルのでも初期の作品に、息子に扮装した親父が公園のベンチで息子の嫁さんと会って、息子の代理をつとめるのがある。そんなことできっこないんだよ（笑）。それでも僕らは非常に面白いんです。現在ここにいらっしゃる方は多くそういう興味をおもちになっていらっしゃると思いますが、そうでない方もあります。一般に探偵小説ぎらいな人は大下君のような感想をもらす。だから大下君は探偵作家でいながら、探偵小説嫌いを代表しているようなものです（笑）。そこが僕は非常に不満なんですよ（笑）。まだいろいろありますがいま思い出しませんので、なお議論が進みましたときにその都度、断片的に申し上げます。（拍手）

木々　私はいまの乱歩さんに対してまだ意見があるんですけれども、その前にもうすこしみなさんの意見が出た方が面白いと思いますから……。

大坪　中島さんいかがですか。名前が出ましたが……。

江戸川　中島君にも僕は反対意見があるんだよ（笑）。

中島　（拍手）いまおっしゃいました木々先生の御見解は非常に啓発されまして結構だと思います。ただその探偵小説というものが理智の勝利を描いたものだというと、いかにも理智の勝利を描いたものは探偵小説だけだというふうになるように聞えるのが、ちょっと私は不賛成であります。そういう理智の勝利を描いた文学の中の一つに探偵小説という形態があるんで、もし今後新しい、いままでの探偵小説と違ったものでそういうものがあったら、これはやはり新しい名前をつけるべきではないかと思うのです。

木々　なるほど。

中島　そうでなければ議論は進展しないのであって、やはり探偵小説を定義づけて——定義づけるというとその定義は人によって違いましょうけれども、一応さきほども話が出ました三原則みたいなもの、ナゾがあって論理的に推理をし、解決がある。そういうものを探偵小説ときめておきまして、議論を進めるとしますれば、ここにさらに新しいものが生れました場合は、いわゆるいままでの本格探偵小説でなくちがった小説であり、それをどうして木々先生は探偵小説という名称に御拘泥《こうでい》なさるのか、そこのところがよく解せないのです。その本質としてさきほどおっしゃったのは、たしかにいままでみんな気付くようでいて気付かなかった御見解だと思いました。

木々　それにも意見があります。いま探偵小説に拘泥するという言葉がありましたが、私は探偵小説に拘泥するからそういう考え方をもっているんじゃ全然ない。しかし新しい智恵の勝利を謳った新しいものが出来てくれば、それは探偵小説以外のものである、ということは思わない。そういうものができれば、みなさんが読み、われわれが読んで、やはりこれも探偵小説だったなあ、ほかのものじゃないんだと感ぜられるものに違いない、という予期をもつので、私はそれを探偵小説イコール智恵の勝利を謳う文学だと思うところが、中島君と見解が違うのです。これもつきつめていくとそれじゃあ出してみろ、そうすりゃ判断してやるから（笑）ということになるわけですが、本質論はものがなくともいえるので、やっぱりこの三つの形式だけが本格探偵小説だと思うのは、私には非常な不満があるのです。ちょっとお答えだけ……。

大坪　恐らく論議嫌いで、かつてなさったことはないと思いますけれども、角田副会長の御意見を……。

江戸川　いや、この人は大いに意見があるはずだよ（笑）。

大坪　そうでしたか。それじゃ一つ……。お忙しいところ、論争はおきらいだと思っていたものですから……。

角田　いま木々さんのいわれたことは、非常に面白く伺いましたね。たとえば幾何学の定理を伺っているようで非常に明解で……。しかしあまり重大すぎるので、すぐにこれに賛否を申上げることはできないけれども、大いに面白く伺いました。自分でも大いに考えてみたいと思います。中島さんもいわれましたけれども、探偵小説の定義定義というけれども、こういうものに定義をつけるのは難しいので、定義といっても文学は時代の流れ、人のみかたによって違う。それぞれ区別があるので、これはちょっと幾何学でアルキメデスの定理のように誰が見ても同じというものはないと思います。各人のそれぞれの意見あるいは希望、主張というものに、結局論じていくとそういうふうになるんじゃないかと思う。

こういうものは私は原則としていろいろあっていいんじゃないかというのが、私の前からの考えなんです。

それで、これは昔から、甲賀さんの時代からいろいろ話があって、そういうと失礼ですが、非常にヤジ馬的に面白く拝見しております。たとえば前は一時乱歩さんなど——きょうはずいぶん乱歩さんは妥協されておりますが（笑）、探偵小説というのは本質的に文学になりえない要素があるということを木々さんと論じておって、それについても私なりにやはり意見がある。なるほどこの乱歩さんのいうことも非常に常識論として、また現実論としてもっともなことだ。なるほど自分たちも書いてみて、ここから脱却して文学に近付こうとすることは、少くもなかなか大変なことである。あるいは不可能かもしれない。しかし文化の本質というのは——すこし大げさですが——その不可能なことを可能にすること、あるいはその希望をもつことが文化じゃないかと思う。

少くとも昔は科学の面で不可能だった原子爆弾ができて、こんなことは百年前の人は夢にも思わなかったかもしれない。昔のつまり地球物理学、ニュートン時代の物理学なんか現在ではすでに過去のものになっている。全然違う量子論というものができて、全然世界は新しくなっている。これは科学の世界であります。文学はその通りいくかどうかわからないけれども、不可能であっても可能の希望をもつことはさし支えないことであると思う。

これは結局それぞれのその人の才能がきめる問題でありますから、さっきの例で実物が出ないといえないのですが、各人の主張によって、自分の才能によって最後に上ったものが勝負を決するので、探偵小説の本質論というのは文学の本質論と同じように、違う世界に住んでいる人の、あるいはいろんな思想論と同じように、なかなかどれが真相であるかということは神様以外はわからんのじゃないかと思う。それは試論は試論として闘わせることは結構だろう。それが創作の新しいものを書いていく一つの情熱のもとになるということは結構であると思うけれども、私は結局きまらないんじゃないかと思う。乱歩さんと木々さんは永久に平行線であるかもしれない。平行線であっていいと思う。各人がそれぞれケンカしないで、ケンカしたって仕様がないから、自分の信ずる道に入って実力で勝負するよりほかないと思っております。これが私の考えです。（拍手）

江戸川　定義のことを大下君もさっきいったのですが、大下君のさっきの話では、定義というのは作家にはためになるけれども、読者には一向になんにもならないという説だった。だけれども、これは僕は逆なんです。私はいつも評論など書くときは読者の立場でやっているのです。私自身はそんなに本格ものは書いておりません。しかし読者としては、本格ものが好きなんです。

それからそれと関連して本当に創意のある探偵小説、本当の探偵小説というものは、ことに長編は、私が昔からいっている通り一生に幾つというぐらいしか書けないと思うんだ。本格探偵小説だけで職業作家になるのは無理だと思う。だからみんなほかのものも書いている。それは当然なんですね。私も本格ものを少ししか書いておりません。書きたい気はあるけれども、書けない。才能がない。外国のいい作を読むと非常に面白いのです。ですから、定義というのも、むしろ読者の立場からみて、僕らの考えている探偵小説はこういうものだ。こういうものが面白いものだということを云っているんですね。いままで出ているものに対していっているのです。これからのものでなく、今まで出ているものに対して、これは探偵小説として面白い、これはそうでないものとして面白いという区別を立てて批判したい。いままでのことをいっているので、理想論はほとんどやっていないんだ。つまり読者の立場から本格論をやっているということを弁明しておきたい。ですから自分のものとあまり関係ないことをいっているのです。

しかし純理論のつもりでも、物を書けば自分の性格があらわれるので、議論も自分のもっている性格に近いものが出てきましょうけれども、立場はそういう立場なんです。議論の場合、その人の作品と議論とどうしても頭でゴッチャになりますから、また作者の方もよく自己弁護をやるんだけれども、私の日頃の評論はできるだけ第三の立場で書いているのです。第三者としてはこういうのが探偵小説であってほしいんだ。いままであるものでこういうものが僕は好きなんだ、ということを表明したいので本格論をやるわけで、その点をここで弁明しておきたいんだね。それからまだいうことあったけれども、忘れちゃったから、またあとで気づいた時に……。（笑、拍手）

大坪　いままでのみなさんの話についてどうぞどなたでも……。

春田　木々先生が、探偵小説というものは智恵の勝利を高らかに謳う文学だとおっしゃった。私もそれにある程度は……。ただニュートンがリンゴの落ちるのをみて非常に不思議に思ったとか、レクレールが机のカギのかかった中で写真の乾板《かんぱん》が写ったのをみて不思議に思って研究をして何か成功する。それを描いたのは伝記小説であって、探偵小説じゃないのですよ。智恵の勝利を高らかに謳うのですけれども、何に対する勝利かということですね。これは木々先生ははっきりおっしゃいませんでしたけれども、私の考えだと、やはり他の人間の智恵に対する……。

木々　その通り。

春田　智恵の勝利じゃないかと思います。智恵と智恵との競争であって、一方の智恵を高らかに謳うような、そういう条件で、勿論相手が自然じゃなくて人間であるという条件がつくと思うのですが、それでよろしいのですね。

木々　その通りです。

江戸川　自然の場合でも、いいんじゃないか。

木々　自然の場合でもいいですね。自然を人間化したときの競争ですね。正にいま春田さんがおっしゃられたように、私は自分だけわかっておって、みなさんにわからないことをいってしまった。それは、ある一人の智恵に対するこちらの智恵の勝利、ある一人の暴力に対するこちらの智恵の勝利、つまり、小説ですから相手は勿論人間であります。したがって、智恵と智恵との競争といっても、一向まちがいではないのでありますが、そう考えますと、こどもの智恵とこどもの智恵との競争も探偵小説に十分なるので、結局最高級の本格探偵小説は、少年小説でもできると私は思う。ところが現在少年探偵小説のみなさんのお書きになるものを読んでみますと、その点を非常に不満に思う心も私はどこかにありましたので、そんなことを申上げるのですが、したがって最上級の、もう世界に数人しかわからないような問題をひっつかまえてもむろん智恵の勝利は描ける。しかしいろいろな程度の変ったものも十分ありうる。本質からいえばどちらも立派なものである、というふうに私は考えたい。

大坪　私はちょっとこの間ラジオで放送したために、自分なりの考えができたのでありますが、いま智恵の勝利というのは、自分とほかの人との智恵との競争だということを春田さんがいわれました。私はそう思わない。自分だけの智恵の勝利もあると思う。

というのは、怪談から探偵小説は生れております。この怪談とは何か。われわれが日向《ひなた》に向っていても、この身体には背中がある。背中には黒い影がある。背中には眼がない。その背中が非常に表に露出するように出ている。眼のない背中の、危険な感情、それが私は恐怖感情だと思う。恐怖感情があるが故に、人間は自己防衛というものを覚えます。こわさがなければ自己防衛は考えない。こわさというものをおさえなければならない。恐怖感情は訓練されなければならない。この恐怖感情の訓練となって、本能的にこわがりながらも怪談を好むんだと私は思います。
　しかしやがておとなになります。そうすると怪談には解決がほしくなる。恐怖がそのまま背中にくっついていたんじゃ不愉快である。それを征服するのが私は頭だと思う。自分の恐怖感情を征服するための私は智恵だと思います。したがって自分自身のために働く智恵の勝利であるが故に、それが個人のものであるが故に、私は文学であるという、そういう主張をもっております。
木々　それはしかしおんなじことですね。
大坪　まあそうなんですけれどもね。
木々　つまり自然に対する競争でなくて、自分は人間なんだから、その自分の恐怖に自分で闘うというのは、やはり人間が人間に対して闘うということ……。
大坪　克己《こっき》ですね。自分と闘う……。
江戸川　文学が個人のものだというのはどういう意味？
大坪　いや、文学というのは「個」のものだと思うからですね。
江戸川　作者の個ですか。
大坪　そうです。孤独にしてなおかつできるものだと思いますね。
木々　それはそうだ。たしかにそうだけれども、それだから文学は個のものだといえますかしら。

江戸川　しかし、それじゃ、小説というものはただ作者個人のことだけを書くということになるの？

大坪　いやいや、そんなことはありません。要するに個人が外界に対しているのですから……。

江戸川　ああそうか、認識論の意味でいってるんだね。

角田　恐怖に感じる、恐怖に対する自分の競争なんだな。恐怖にはたらきかけるのはいろんなものであるのだな。

木々　さきほど乱歩さんが、大下宇陀児の考え方はむしろ非常に遠い。彼は探偵小説に興味をもっていないと思われるといわれましたが、私はそれと全く違う考え方をもっております。

これは〔大下の〕『虚像』論のときに私はその理論を展開してみたいと思いますが、大下宇陀児君の将来のめざすところは、結局自分の、というか、人間の生長のために影響をする社会の不正義に対して、まあ私の言葉でいえばむろんこれは智恵の勝利なんですけども、勝利を占めていくような境地を望んできておるように私は思うのです。したがって彼が『石の下の記録』以後に作品を上げておりますのをみますと、以前の作品のように悪者は悪者という概念、あるいは人を殺すのは金をとりたかったから殺したんだという考え方だけでは満足しないで、なにか社会的の必然性がその犯罪にあり、そしてその必然性のかくれた面を明らかにするということによって、その犯罪の解決をするというようなことを望んでおるように私には考えられる。

それをつきつめていきますと、どうも大下宇陀児の作品は、将来いまの『チボー家の人々』のような作品になっていく。しかもそれは単なる——といってはおかしいが——『チボー家の人々』ではなくて、それが探偵小説であってしかも『チボー家の人々』であるというような作品になっていくのではなかろうか。そういうふうに私はにらんでおるのですが、それができたらえらいすばらしいものであると思うので、一つの何かの大きな意味を私はそこに探すことができるというふうにみておりますが、いかがでしょうか。これは乱歩さんへの答です。

もう一つ乱歩さんに答えておきたいということは、以心伝心なんとなくということをいえば、もうそれは全部議論を封ずることであって、それはよろしくない。何となくあるじゃないということじゃ困る（笑）。それを何となくなんていわないで、何だとかこうだというふうにいう。議論を相手とするときに何となくをもってきちゃ困る（笑）。素人は何となくであるかもしれませんが、素人としての立場ではありましても、素人の胸の中を忖度する批評家としては、やっぱり何とかでなければならんということです。

江戸川　それは、私は探偵小説の性格というものは絶えず書いておりますす。そういうことはっきり書いておるから、書いたものはみな御承知だと思うので……。しかしながら小説というものは、探偵小説的な面白さにしても、定義や議論でつくそうとしたって、つくされないところがあるんですよ（笑）。ね。文字で現わしうるもののその一つ奥にあるものを、以心伝心といったのですよ。はじめから議論を否定するのではない。僕は定義を与えているんだから、その定義だけではいいつくせない部分のことをいったのです。

木々　それが私のいう本質論だ。

江戸川　あんただって、いいつくしてないんだよ。あんただって、以心伝心でなければわからんものがあると思うよ。いうだけのことはお互いにいっているんだから、それでも分らないものが残る。ただ僕の説に進歩性がないといわれると、ちょっとまいるんだが、謎を提出して、それをサスペンスと論理の興味で引っぱって行って、意外な解決を与える。これがいままでの形式ですが、この形式を破って面白いものが出来ると仮定すれば、決して僕は不賛成ではない。すぐれて破ったものが出てくればむろん一つの新しい型になりますね。そういうものがあらわれることを希望するけれども、僕自身ではそれがどういうものだかわからないのです。想像がつかないから、消極的に受け身の立場になるんだね……。それからもう一つ中島君のしょっちゅういっている悲観論、あれはいまでもああいうふうに思っていますか。探偵小説は滅亡する、という滅亡論だが……（笑）。

中島　まあ、いいです。

江戸川　どうですか。心境は変りませんか。

中島　はあ。

江戸川　それはみなさん御承知でしょう、彼の説は。よく方々に書いているから。だけどそれはね。探偵小説が滅亡するなんてことは僕はないと思う。

中島　どうもあまり賛成して下さる方がないわけなんですが、結局ゆきづまるか、ゆきづまらないかといっても、現状としてゆきづまっているわけです。と、私は思うわけなんです。

これまでの間、約百年ほど出ておりますけれども、結局本格の探偵小説というものは、トリックが根本になっていると思うのです。やはりトリックというものは大体の原型がありまして、その原型をぬきん出たものはないというわけです。いま新しいトリックだとか独創的だとおっしゃるものがあっても、それは単なる変型であって、根本的なトリックは出つくしたんじゃないかというところから、もう新しい本格探偵小説というものは出ないだろう、と。

ただそれじゃその後どうなるかといえば、当然違った味をつける。そういうトリックを変型したもの、あるいはもっとそのトリックをして何か新しい味を加えたものだとすれば、その探偵小説の定義に私はこだわるわけです。いままでのいわゆる本格探偵小説とは違ったものになるわけですから。さっきも大下先生がおっしゃったように、まあ角を生やすか何かしりませんが、それだったらもういままでの探偵小説という概念からは外れるわけです。僕はそういうものが生れてくる、そういうものに変っていくだろうというのであって、滅亡するとまでは断言してない。まあ仮にほそぼそながら続く（爆笑）というわけです。新しいものが生れ、どんどん形は変っていくだろうという意味では、繁栄するかもしれませんが、現在も繁盛しておりますが。おそらくそんなタグイのものだと、非常に極端かもしれませんが、信じているわけなんです。

江戸川　それはね、中島君は恐らく、読みすぎたせいだと思うんだな（笑）。さっき木々君のいわれたように、作家の立場としては、本格探偵小説は一年経つと飽きちゃう。もうこんなものはつまらないという気持になる。これは恐らく同感の人がたくさんあると思いますが、読者の方だってやっぱり飽きる。そして新しい、いままでの型を破ったものが出てこないと、探偵小説はもうだめだという気がするのだが、これはすこし取越苦労ではないかと思う。さっきの馬に角を生やすということも一つの考え方だが、角を描くことがいくらうまくても、本質的な探偵小説的興味、つまり馬そのものがよく書けてなければ僕は面白くない。だからこの本質的な探偵小説的興味のある作品が、もっと続いて存在してほしいんだ。探偵小説の歴史はまだ百年しか経ってないのだし、物理的トリックはつきたというているけれども、ヴァン・ダインなんか、今までに使われたトリックを彼一流の使い方で生かして、あれだけのものを書いている。又物質以外の心理的トリックというものもあり得るわけで、決して滅亡を考えることはない。

要はやっぱり個人力。一人の、えらい作家が出てこなければだめだと思う。そういう作家が出てくれば、また新しい本来の探偵小説的な名作が生れてくる。

さらに木々君のいわれるような、旧態を破ったもの、これは言葉ではいえないと思うが、それで探偵小説的興味を満足させてくれるものが出てくれば、もしそういうものがあるとすれば、前途は大いに楽観してよろしい。僕は「角」も不用だとはいわない。だが、いくら「角」だけが立派でもだめなんだ。馬である以上は馬としてのからだが立派じゃなければね。

大坪　本格擁護論が甚だ少いので、この座談会が本格否定論になることを恐れるのでありますが……。

江戸川　いや、そんなことはないよ。この人（木々氏）の新説は、本格興味を前提としているんだからね。

木々　じゃ、僕が弁護致します。中島君が、従来のやり方ではほそぼそといくか、あるいは甚だ心細いとおっしゃいましたが、しかし、きわめて見逃していることは……乱歩さんや中島さんのいわれるように、トリックが出つくしたということは、私は決して信じていないのです。

一例を上げます。植民地ですけれども、あるバンガローに婦人が一人住んでいた。そこへ男が侵入してきた。暴力によってその婦人を征服しようとしたので、婦人は射ってしまった。殺人事件になりまして、これを裁判する。そのときにその状況証拠からいい、その婦人の陳述からいい、男のそれまでの素行からいい、どんな裁判にかけてもこれは正当防衛であって、無罪であるということがはっきり出てくるような状況でありましたから、無罪になります。

　ところがそれを無罪にしました裁判長は、あとあとまで気持がよくない。どういうことで気持がよくないといったら、正当防衛なら一発か二発射って、相手が暴力をふるうことができなかったら、それで死んでしまうかもしれない。偶然死ぬかもしれないが、そこでやめるように思われるのに、六発射ちこんであるのです。そういうことは非常な憎しみがあるというふうに考えなければどうしても納得がいかない。こわさや何かで射ったならせいぜい一発射って、相手がひるんだら逃げるというのがふつうで、一発でうまいところに当れば死ぬし、せいぜい二発射ったら正当防衛が成り立つけれども、六発射ちこんだというところからみると、どうしても、納得がいかないというので、実際に正当防衛であったろうか、どうだったろうかということを探しますと、女が誘いこんで射ったという解決が出てくる。

　これはサマーセット・モームの「手紙」で、これは立派な探偵小説——探偵小説に書けば、です。私にもし才能があれば従来の枠にちっとも外れないで、しかも人間の肺腑にたまを射りこむような小説を書いておめにかけるのですが、サマーセット・モームがもう書いちゃったので……（笑）。

そういう意味でトリックというのは、今までいくらでも見逃されていて、もっと重大なものがある。これから新しいトリックができると思うのですが、ただそれができないのは、われらの才能ゆえであると残念がらずにおられません。そういう意味で、私は滅亡論は信じません。（拍手）

（「宝石」一九五六・六／『宝石推理小説傑作選2』いんなあとりっぷ社、一九七四）

文壇作家「探偵小説」を語る

梅崎春生　曽野綾子　中村真一郎　福永武彦　松本清張

入門はルパン

江戸川　文壇のふつうの小説を書いていらっしゃる方が、探偵小説あるいは推理小説を書かれるということは非常に望ましいことで、イギリスあたりの先例では昔から文学者がみんな書いているのですよ。文豪ディッケンズをはじめとしてモームがあり、チェスタートンがあり、あるいはフィルポッツがあり、現在でも詩人セシル・デイ・ルイスがニコラス・ブレイクの名で本格的な探偵小説を書いておりますね。それからやっぱりオックスフォードの英文学教授でマイクル・イネスというのが非常に凝ったものを書いております。

それからアメリカでいえばフィアリングというなかなか面白い詩人がありますね。この人がやはり二つ三つ長編を書いております。そういう作家のものが問題にされるし、また実際なかなかいいものを書いているんですよ。本職じゃなくて、好きで書くんだから、昔からそういうふつうの小説家が書いたのにいいものがあるのです。日本でも古いことをいえば、僕らが刺激を受けたのは谷崎さん、佐藤さん、芥川さんなどが初期にポーに似たものをよく書かれた、あの時代の影響を受けて僕らも書きはじめたわけです。

それと同じに、いや、それよりもむしろ現在の文壇の方が推理小説を書かれる人数というのは多いですよ。これはちょっと西洋にも例がないくらいな、ね。十人以上あるんじゃないかと思うんだ。一つ二つ書いた人を勘定するとね。

福永　広義に、ね。

江戸川　だからこれは非常に隆盛ですよ。われわれ専門家の方がだめなのですね。専門誌の「宝石」がこの趨勢を見送っている手はないと思うんですよ。やっぱりこういう座談会なども開き、原稿ももらって、専門作家の刺激にもするし、「宝石」の読者もふやしたいというわけですよ。それで皮切りにまず皆さんとの座談会をやりまして、あと追い追いに原稿をおねがいに上るという予定なんです（笑）。

今日は日ごろ探偵小説についてお考えになっている御感想を、どんどんおっしゃって頂きたい。これは宝石の読者は専門家だというようにお考えになって、専門的なこと以外はいわないということでなく、何でもお話しねがいたい。

それからまた西洋なり日本なりの探偵小説に対する注文についても、こんなものじゃ困るんじゃないかということがあれば、それをお話しねがいたい。専門の探偵作家とあなた方と意見の違うところがあるかもしれませんが、それについては、いずれ機会を見て意見を戦わすとして、最初はそこまでいかないで、御遠慮のないお考えを伺いたいのです。福永さん、僕は最初福永さんにこの座談会をひらくことを相談したので、皮切りに何か……。

福永　僕はあまり意見はないんですがね。つまりよく知らないんですよ。お恥かしいけれども。

江戸川　読書新聞でしたか〔「しろうと探偵小説問答」〕、あそこでさかんにおやりになった調子で一つやって下さい。

福永　あれはまあ、うちうちですから。

江戸川　いや、うちうちでいいんです。

福永　あれはしかし相当悪口いいましたから、やっぱりちょっとあとで……。

江戸川　しかしあれは僕らみんな読んでますからね（笑）。

福永　いい気持はしないですね。どうも。

松本　僕はあれは一回しかみてない。続いてたんですか。

福永　四、五へんやりましたね。二年間ぐらいに。

江戸川　一回が非常に長いんだ。読みでがあるんだ。

松本　見開きを使って。

福永　それに点数なんかつけて甲の下とか。よくない仕業です。

江戸川　ああいうこともお話しねがいたいな。個々の作家をこいつはだめだっていうことはいわんでもいいけれども（笑）。

梅崎　昔の「新青年」のときの探偵小説より、いまの「宝石」の探偵小説の方が面白くないという感じがするんですがね、僕は。年とったせいでしょうね。

江戸川　それは昔のことを覚えている人はそういいますけれどもね。どうですかね。

梅崎　実際にはどうなんですか。

江戸川　文章なんか昔よりうまいですよ。そうじゃないですか。

梅崎　僕は昔の方がうまいと思う。

福永　「宝石」に出ている新人の作品の文章というのは。

江戸川　あれはだめです。「二十五人集」でしょう。「二十五人集」というのは投書ばかりを集めたものですから、あれは別にしなければならんけれども。

福永　翻訳もそうじゃないですか。すごい翻訳がある。「新青年」のときの方がまだましなんじゃないかしらん。

江戸川　そう、「新青年」のときの翻訳者というのはきまっておりまして、人数がそうたくさんいなかった。自分で原作を探し出してきて自分の好きなものを訳しておったから。それからあの時分の翻訳というのは抄訳が多いので、原本と比べると相当抜け落ちているんだ。それじゃ困るというのでいまは全訳が多いんだけれども。……そこで、中学時代、あるいは小学校時代でもいいですがね。最初に探偵小説の好きになる時期があるんですよ。それはみなさんおありでしょう。

福永　まあ、それはそうでしょうね。

江戸川　それを話して下さい。

福永　僕が皮切りですか。僕はやっぱりエドガ・ランポというのではじまってますね。

江戸川　それはアメリカの？

福永　いやいや、日本のポーですね（笑）。みんなそうじゃないですかね。最初のころは。

江戸川　それはどういうのです。「新青年」の初期の。

福永　もっとあとです。無茶苦茶に読んだわけですから、つまりあれは小学校ですかね。たとえば最初に「魔術師」とか「蜘蛛男」とかいうのが通俗雑誌に出だしたころね。そういうものからさきに入ったわけですね。それから、ちょっと前後はおぼえてませんけれども、やっぱり涙香なんか。涙香はいまでも好きです。

江戸川　それで、ああいうものをはなれるときがありますね。そんなものつまらなくなっちゃうときが。

福永　つまり転々と読んだわけだ。涙香とか乱歩とかシャーロック・ホームズとかルパンとか、お定まりですよ。中学生のときはそういうものを読んでましたよ。

江戸川　そのあとで一度いやになったですか。つまんなくなって読めなくなる時期があるでしょう。

福永　そういうことはないのですよ。いろいろ一ぺんにたくさん読むんですよ。純文学の方も読んでますし、その間にまぜる。いまと同じじゃないですか。ちょうど程よく調和して……。

江戸川　そうすると続いたんですね。ふつうの文学と一緒に。

福永　そうです。ですから純粋の文学の方とこっちの方と、つまり二重性なんですよ。両方ともちゃんと別々にあるんですがね。

江戸川　別個の興味としてね。

福永　しかしそれが、同じものではないかと、近ごろ僕はそう思うのです。

〔註、この福永さんの考えがどういうものかは、あとの会話に出てくる〕

江戸川　中村さん、最初にお読みになったのをちょっといって下さい。

中村　僕はただ何でもものを読むのが好きでしてね。だから探偵小説も読んだんだけれども、僕は『世界大衆文学全集』ですか。

江戸川　改造社のね。小型本ですね。

中村　あれの中でね。探偵小説を読み出したわけで、だからルブランの『８１３』というのをはじめて読んで、とっても面白かったのです。

江戸川　あれは誰でも面白いですよ。
中村　非常に面白かったんですけども、何だか読んでいるとうしろめたいような、ね。そういう気持もありましてね。
江戸川　それは中学ですか。
中村　いや、小学校のときだな。『８１３』というのは。だから中学のときにはあまり読まなかったんじゃないですかね。
江戸川　中学になると読まなくなる時代があるんだ。
中村　ずっと読まないで、読み出したのはむしろさいきんで、途中は全然読まないんじゃないですか。
福永　僕と中村とは同じ中学ですが、図書館にルパンの全集があって、僕は毎日、学校が終ってから図書館にいってルパン全集を読むのがたのしみで……。うしろめたい気持でしたよ。
江戸川　そのうしろめたいというのはどういうことですか。
福永　僕のうちは、親父がそういう本を読んではいかんという主義だったので、一切の雑誌は買ってくれないわけです。ですから江戸川乱歩ののっている通俗雑誌なんかは本屋で立読みするわけです。僕は立読みは非常にうまいんです。さり気なくパッと開いて、大事なところは全部読んじゃうという、三軒ぐらいの本屋を渡り歩いて読むわけです。何しろ小学校のときから稽古したわけですから。
梅崎　中学はどこ。
福永　開成。

探偵小説の開花期

江戸川　中村さんは中学で読まなくなって、さいきんですか、またお読みになるのは。
中村　そうですね。いつごろからくらいかな。戦争中も読んでないですね。
梅崎　高等学校のときにも？
中村　読んでない。全然読んでない。
江戸川　最近読み出した動機は何です。
中村　動機はね。福永が、面白いからっていうからじゃないですか（笑）。
福永　それは逆じゃないかな。だいたい中村と僕とを合わせて一人なんですよ。探偵小説としては。
江戸川　さいきんは相当お読みでしょう。
中村　ええ。一日に一冊ぐらいずつ読んでます。
梅崎　いま？
中村　いや、もうこのごろはそうでもないけれども。

江戸川　それじゃ一通り有名なものは読んだんでしょう。
梅崎　一通り読んだが、忘れちゃっているね。
中村　それは君ね。急いで読まないと僕は記憶力が悪いから、はじめの方は忘れちゃうんだよ。だから一晩で読まないとだめなんだ。
江戸川　松本さんはどうです。
松本　僕はやっぱり「新青年」ですね。僕のときはまだああいう専門雑誌じゃなかったですよ。
江戸川　じゃなかったというのはほんの僅かですよ。大正九年と十年ぐらいです。
松本　とにかく今でいえば別冊増刊号にたくさんのってましたよ。それをこの時に……。
江戸川　あんた、そんな年齢《とし》かな。僕がやっぱりそうですよ（笑）。
松本　それに「新趣味」が出てましたよ。
江戸川　まだ小学校へも入らない時分でしょう。
松本　いや、小学校時分ですよ。難しかったですよ、「新趣味」の方が。
江戸川　そうだ。訳している人が古い人だったから。
松本　松本泰さんなんかやってた。その直後にね。江戸川さんの「二銭銅貨」が出たんです。
江戸川　あの時分、僕の前にもそうとう投書家があって書いてましたがね。「二銭銅貨」

は「新青年」に出たときに読んだのですか。
松本　ええ、読みました。
江戸川　ああ、それは古いものだな。それは三十五年ぐらい前ですよ。
松本　「二銭銅貨」「D坂の殺人事件」ね。あれで探偵小説は面白いものだということを知った。それから「孔雀の樹」というようなのを小酒井さんが訳した。
江戸川　チェスタートンの。
松本　それからビーストンとかオルチイとか、さかんに読みましたね。それが面白くて……。
江戸川　それでずっとですか。
松本　中絶しました。やっぱり。
江戸川　「新青年」が出ている間は読みましたか。
松本　ええ、読みました。だからあの次に出てくる、次の時代は木々さんのころですね。
木々高太郎さんのころ……。
江戸川　それはやっぱり「新青年」ですよ。昭和十年ごろです。
松本　「青色鞏膜《せいしょくきょうまく》」とかね。
江戸川　そうです。あの時分は一つのブームを作った。小栗虫太郎と二人でね。
松本　「完全犯罪」とか、ありましたね。あのころは面白かった。

江戸川　そんなに中絶してませんね。戦争前まで読んだとして。戦争中はないんだものね。それでさいきんはどうなんです。非常にお書きになるけれども。
松本　恥かしいが……（笑）。読む間がないんですよ、実をいうと。だからよく読んだ人にたのんで、そのトリックだとか筋の一番いいのをピックアップしてもらって、読んでもらっています。サワリだけをとってもらって。
江戸川　この間、探偵作家クラブ賞というのを松本さんに上げたんです。あれだけの量を書いておられるし、従来の推理小説よりも味があるんだから、非常に敬服しましてね。
中村　もう何編ぐらい書かれましたか。
江戸川　一冊の本が出ているんだもの。
福永　一冊なんていうことないでしょう。
松本　『顔』と、この間みなさん御一緒のあれね。あれは『顔』に入ってないのがありますからね。
江戸川　そうだ。「火の記憶」という、あれは僕は最も面白くよみました。あれもやっぱり推理小説的な気持でお書きになったのでしょう。
松本　そうなんです。ただ木々さんが三田文学に出しちゃって。これは具合悪いと思って、「或る『小倉日記』伝」をあとから出した。
江戸川　それじゃ梅崎さん、あんたの処女読書というのを話して下さい。

梅崎　僕は小学校時代のときが黒岩涙香、それからちょうど『世界探偵小説全集』、黒い表紙の本がありますね。

江戸川　博文館の小型本。

梅崎　あれが出たのが中学校三年ぐらいなんですよ。そのころずいぶん読みましたね。だから「新青年」もそのころ読んでいたわけです。それから高等学校に入って中絶して、大学でもあまり読まなくて、戦争中になって都庁にはいったら鬼頭恭而という人がいたんです。法政大学で探偵小説の卒業論文を書いたという。あれと一緒になりまして、それで読み出して、あのころ一番読んだんじゃないかと思います。貸本屋から借りたんですよ。ほかにたのしみがないでしょう。だからあのころの日記をみると読んだ本がいくつも書いてありますよ。『緯度殺人事件』〔ルーファス・キング〕とか『月光殺人事件』〔ヴァレンタイン・ウィリアムズ〕とか書いてあるけれども、全然覚えてないの。

江戸川　それは小説を書き出してからですか。

梅崎　いやいや、書く前。書いてもいましたけれども商売雑誌に書かない前です。戦後はポツポツというところです。

江戸川　いまはどうです。

梅崎　いまはときどき読んでます。しかしあれは仕事の妨げになるからね。

福永　妨げになるね。だけれども、これをやったら今晩ゆっくりこの本を読もうと思うとちょっとハリ切るね。

梅崎　僕はね。夜はね。酒飲むでしょう。ひるましか読む時間がないんだよ（笑）。ひるまは仕事と両方あるしね。汽車ん中が一番いいんじゃないか。

中村　うん、汽車ん中はいいな。

江戸川　曽野さんは小さいときにお読みになってないですか。

曽野　小さいときにも読んでますけれども、どうもマトはずれのものばかりでいやになっているのです（笑）。とにかく私の小さい時分スリラーの絶対的要素は、戦争だったのです。つまりスパイものですね。いまはもう忘れちゃいましたけども、国際スパイ実話とか、沢山ありました。少女小説という趣味がなかったのです。単行本になったのを読んでおりました。『怪人二十面相』とかああいうものも勿論……（笑）。

江戸川　若いんだよ、やっぱり、若い人はああいうものを読んでいるんだ。

曽野　題も忘れちゃいましたけれども、うちでは絶対買ってくれない種類の戦争を背景にしたものがありましてね。それがとっても面白くて、それ以外に高級な探偵小説があるということなんか知らなかったと思います。で、大東亜戦争が終ったらとたんにその幻影がなくなってつまらなくなって、あとはやっぱりルパンをすこしずつ読んでいましたけれども、それから文学的なものを読み始めて、しばらくの間探偵小説から遠ざかりました。大東亜戦争が終ったのは女学校の二年ぐらいのときでしたが、その前二、三年というものは、ほとんどあまりまともな本を読んでいるひまはなかったように思うのです。小説を書くようになって、わりあいさいきんなんでございます、探偵小説愛読者になったのは。

福永　僕は「新青年」という雑誌は憧れの的でしたね。あれ一冊でいいから買いたいと思ったのですが、うちじゃ絶対許可してくれないわけですよ。

江戸川　どうして許可しないんですか、「新青年」を。

福永　親父の教育方針という奴でしょう、要するに親父から当てがわれているのは漱石全集なんですよ。親父は漱石のファンですから……。僕は小学生のときに最も愛読したのは漱石全集と啄木歌集です。これはいつでも読んでいいのです。御飯を食べるときにここに（御膳の脇に）おきまして、毎頁味噌汁と醬油のシミがくっついているくらい読んだわけです。何度もくり返して。それと同時にさっきの涙香ですね。だから啄木と漱石と涙香というのが共存してますね。全然芸術とか何とかいうこっちゃないのですね。

江戸川　そういうものを平行して愛し得るというのはどういうことなんだろう。

福永　僕は非常に厳格なことを要求しているのですよ、文学に対しては。しかし人間としてはいろんな欲求があってもいいのではないですか。純文学的な昇華の仕方とか、個人の内部の暗黒面への沈潜の仕方とか、つまり欲求を芸術に昇華しなくても、そのままの材料で満足する人もある。だからさいきんの『鍵』〔谷崎潤一郎〕でもちゃんと存在理由はあると思いますね。

梅崎　僕なんかも同じ考え方ですね。

殺人の動機に困る

福永　僕がそういうことをいうと非常に突飛なようですね。僕は芸術至上主義的な面もあるのですけれども、それだから探偵小説の場合に僕は、探偵小説至上主義的なものの方が好きですね。つまり本格的なものの方が好きなことはたしかですね。
梅崎　ああ、そうか。僕はカーとかああいうものはきらいなんだ。
江戸川　そうかなあ。たとえばどんなものが好きです。
梅崎　フィルポッツとか……。
松本　しかしあれは非常にこしらえものですよ。
梅崎　何かが非常にありますよ。
福永　僕は本格ものが好きですけれども、『ドグラ・マグラ』も嫌いじゃない。涙香だってそうした雰囲気でもってますからね。
江戸川　僕は坂口〔安吾〕式に、ナゾさえ解けばいい、ナゾ解きさえ満足させればいいというのは不賛成なんですよ。もっとほかの要素も入っている方が望ましいと思うのです。
福永　僕は松本清張氏の称する人間の味のあるようなものの方に与《くみ》するのですけれども、結局は探偵小説は遊びなのだから、トリック本位というふうに考えるのです。

江戸川　しかし実際書いてみればその人の持味が出てきちゃうからね。ただどうしても本格探偵小説は、こしらえものの部分がなくちゃ面白くないですね。
梅崎　探偵小説は全部こしらえものですよ。
江戸川　探偵小説は全部こしらえものだという考え方からいけば従来のものでいいけれども、そうじゃない考え方が一方にあるんです。
梅崎　しかしこしらえすぎて、僕がたとえば中村君を殺したい。しかしすぐ殺すとわかるからさきにこっち（福永氏）を殺す。福永君を殺して中村君を殺すというような、これは非人間になっちゃうんだ。それはね。つまりこしらえすぎというものがあるわけですよ。トリックとしては成り立ってもね。そいつは僕はやっぱりいやなんですね。
江戸川　だけれども、実際には、トリック小説ではどうしてもまぬかれませんね。非人間な、将棋のコマだといわれるようなところが。
福永　つまり、探偵小説が難しくなって、純文学とぶつかってくるのはその点じゃないですか。この前ですね、匿名で「小説新潮」に書いた小説の中で非常に困りました。困った理由というのは要するに動機ですね。殺すモティーフがない。モティーフが、精神病なんかじゃ困るわけですよ、ね。だからノルマルな動機でいきたいんだけれども、考えると、日本じゃ外国みたいに遺産相続がからまることもありませんしね。計算的な犯罪となると、妥当な殺人理由がなかなか見つかりません。そこでモティーフをひねくっていると、中には非常に面白いことも出てくるわけです。

ただその面白いことというのは、トリックとか何とかいうような明快に論理力でいかない人間の内部の問題になるのですね。それは探偵小説のジャンルから外れちゃうのです。純文学の小説だったら扱えるけれども、まともな探偵小説でいく場合はロジックだけで片付けたい、ところがちゃんとした明快なモティーフとなると、なかなか見つからないですね。そういうタネが。

江戸川　動機が最もむつかしいね。ありふれた動機では謎が隠し切れないし。

福永　ところが現実には実際あるわけです。よくわからない理由で人を殺している。

江戸川　それじゃ探偵小説にはならない。

福永　そうすると現代はやっぱり探偵小説よりは純文学の方がモティーフの面だけでも書き易いと思いますね。

梅崎　「奇妙な味」というのはまだ日本には、それを試みようとした人はないわけですが、僕はあれは日本じゃ未開拓のところなんだと、江戸川さんのいう……。

江戸川　あなたには奇妙な味があるよ。

梅崎　短編で、巡査がクビをしめる奴とか、家がだんだん大きくなっていく話……。

江戸川　「オッタモール氏の手」〔トマス・バーク〕ね。

梅崎　ああいうのは面白いね。

江戸川　しかし日本にはああいうふうに書く人ないです。西洋でもああいうのは珍しいですよ。

梅崎　変格なんでしょう。

江戸川　探偵小説として書いたんじゃないでしょう。それをこっちにとり入れているだけで。

福永　「嘘」〔渡辺温〕というのがありましたね。二頁か三頁の。女の子がウソをつく話ですよ。きわめて簡単な。

梅崎　そうそう、あれは面白かったな。

福永　ああなると純文学も変格もないのでね。

江戸川　ああいう話は「新青年」によくのりましたよ。

梅崎　コントね。

福永　実に奇妙な味のするコント。

印象に残る作家・作品

江戸川　イギリスのジョン・コリアとか、フランスのマルセル・エイメなんかどういう立場かね、文学として。

福永　エイメなんか短編小説の大家なんでしょうからね。

江戸川　ああいうのは日本にないですね。……西洋の作品で、印象の深いものを一つずつあげて頂きたいのですが。
福永　近ごろの新しいのはあまり知らないから。何しろああたくさん早川で出ると、わからないようになりますね。読むときはみんないいように思える。あとになるとどれがいいかわからない。
江戸川　どれか、思い出したのがあるでしょう。
福永　ディクソン・カーならディクソン・カーの中で何が一番いいかといわれるとちょっと困りますね。アガサ・クリスティーもそうだけれども、僕は大体において『ビショップ』。
江戸川　ヴァン・ダインね。
梅崎　『グリーン』よりも『ビショップ』の方が……。
江戸川　やはりヴァン・ダインはどっしりしてますね。
福永　それこそできてますね。うまくでっち上げられているように思いますね。
曽野　チェスのおいてある、ビショップの駒のおいてあるのね。
梅崎　僕はクイーンの『Yの悲劇』と……江戸川さんのほめるほど『レッドメインズ〔赤毛のレドメイン家〕』は買わないのですよ。それより『闇からの声』の方がいいと思うのです、フィルポッツは。
江戸川　『闇』はいいという人が多いです。

梅崎　『闇からの声』というのはしっかり性格があるんですよ。『赤毛』の方はそう感心しなかった。
江戸川　しかし『赤毛』の方はふつうの謎ときの順序でいってますが、『闇から』はナゾ解きじゃないものね。
梅崎　それはそうです。
福永　『レッドメインズ』の中で、女主人公が惚れ惚れとするように書かれているでしょう。ふつう読者ってものは、きれいな女主人公に同情するんですよ、当然。それに逆手を打っているところがフェアじゃないような気がするのです。読者にその女主人公を好きにさせといて、蹴飛ばすのはくどいと思うんですよ（笑）。そうするとやっぱり『闇からの声』の方が実に正々堂々としてますからね。厚味があるんじゃないかしら。作品の厚味としては。
中村　だけどね。僕はそれは探偵小説一般についていえるが、『闇からの声』というのも子役を使っているんだ。こどもに対する残忍さというのがあるわけだな。
福永　発端がね。
中村　こどもを残忍に扱うというのはよくないと思う。
梅崎　あなた、こどもいるんでしょう。
中村　いるよ。でもいない前からそうだった。それから僕はもっというと、こわいものは全然読めないんだ。不愉快なんだ。殺人なんかおこっても血まみれの死体の描写なんか出てくると全然だめなんだね。探偵小説の読者としては不適格かもしれないね。

江戸川　血まみれというのは西洋ものにはあまりないですよ。……『Y』もこどもが出てくるな。

中村　ぼくはグロテスクな趣味が出てくるのは困るのです。カーの奴もオッキュルチスムが出てくるといやなんです。だから僕はそういう恐怖とか神秘主義とか、そういうものから遠いほど好きなんですよ。ですから、ふざけているのが好きです。

江戸川　ユーモアの多い探偵小説……。

中村　たとえばクレイグ・ライスというより、もっといっちゃうと探偵小説をひっくり返したようなパロディのような感じの奴、ノックスの『陸橋殺人事件』とか。

江戸川　あれは非常に皮肉なものですね。

中村　この間翻訳の出たクリスピンの『動く〔消えた〕玩具屋』という、ああいうのが面白いですね。全然こわくなくて。

江戸川　しかしこわいものをはじめから好きな人もある。カーのこわいもの、というよりもオカルティズムね。あれは好きな人が随分います。

福永　ゾクゾクしなければウソだと思うな、僕は。

中村　そうかなあ。僕はどうもそういう感覚に訴えるものは、エロティックならいいんだよ。恐怖感というのはどうも。
松本　さっきから『闇からの声』と『赤毛』のことが出ているが、僕はやっぱり『赤毛』の方が探偵小説らしいと思いますね。はじめこどもの声が聞えるでしょう。あれは声優ですね。一種の変装だと思うんだ。だから探偵小説に変装が出てくるのは大嫌いなんです。それはフェアじゃないと思うんです。もう一つは、前に犯人のやった手を、今度こっちで引き出すのに、同じ手を引き出すでしょう。そういうところがちょっと単純なんです。それから犯人が相手を突き落したと思っているけれども、実際には草むらのようなところにかくれてた。あの草むらにかくれるところはちょっとチャチなんです。それからみると『赤毛』の方がずっと構成がうまいと思いますね。探偵小説としては。
江戸川　『赤毛』で感心するのは一行でも無駄なことが書いてないですよ。全部筋に関係のあることを書いてますね。
梅崎　『樽』なんかもそうでしょう。犯人がわかっちゃう話なんだ。わかってもこっちの方が面白いんだ。
松本　『樽』は面白かったですね。
中村　『樽』は僕も面白かったなあ。
松本　あれは読みながら、やっぱり一生懸命考えながら読みましたよ。
江戸川　あれはちょっとノートをとりながら読まないとわからないね。

中村　そうするとこれは作者がまちがっているところがあると気がついたりする。

梅崎　クリスティーじゃ『トワード・ゼロ〔ゼロ時間へ〕』というのがあるでしょう。あれを読んで『砂時計』を書いたんです。形式をとったんです。そういうことをいうと具合悪いけれども。

福永　クリスティーは変な冒険小説も書くから、あれを読むとガッカリさせられるけれどもね。

江戸川　だけどクリスティーはえらいですよ。いま探偵作家としてよりも劇作家として大変売り出しているんです。

福永　（曽野氏に）クリスティーなんかお好きでしょう。

曽野　あの人あんまり好きじゃない。あんまりつくりすぎていてうなずけませんよ。そういう意味ではこわくないもので安心して読めますけれども、つくりすぎているところがとっても……。『誰もいなくなった』というのはクリスティーじゃないですか。それから『オリエント急行』……。

福永　『オリエント急行』は最も愚作なんですよ（笑）。

曽野　じゃあ愚作ばかりを読んじゃったわけらしい。ああいうのを読むとちょっと……。

中村　僕はクリスティーよりドロシー・セイヤーズの『毒〔毒を食らわば〕』……。標題は忘れちゃったけど、三つぐらい読んだ。みんな面白かったね、とってもくどいんですよ。

そのくどさがね。

江戸川　饒舌さがね。

中村　とてもいいですよ、時間つぶしに……。

福永　しかしクリスティーの方が上だと思うな。

江戸川　セイヤーズは教養があって、文章がいいのですね。筋はそれほどに思わない。しかし、『ナイン・テイラーズ』というのは、僕は好きですね。これは難しくて訳せないのです。寺院の鐘の鳴らし方のむつかしい考証やイギリス寺院史などのペダントリーが多くて、誰も手をつけるものがない。トリックはつまらないですよ。長編を支えるに足りないトリックだけれども、全体としていいですよ。僕はペダントリーが好きなもんだから、ヴァン・ダインでもあのペダントリーを抜いてしまうと、つまらなくなると思っているのです。

福永　ヴァン・ダインは大体そうですよ。小栗虫太郎の『黒死館殺人事件』なんかは、昔こんな傑作があろうかと思ったんだ。

曽野　私もそう思いました。

福永　この前、読み直してみたら……。

曽野　私もガッカリした。

福永　読むのに非常な苦労を要した。

曽野　私も本当に最初は我を忘れてよみましたわ。こんな面白いものあるかと思って……。

福永　不思議ですね。昔はイマジネーションが豊富ですから、いろいろ想像して読んでいた。実際でき上ったものを通読してみると、実にプアですね。

探偵小説「楢山節考」

江戸川　『黒死館』は筋だけをぬき出して調べてみると、非常に不合理なんです。だけど、ペダントリーにごまかされて、ただ難解だと思う、その魅力ですね。
福永　あれより夢野久作の『ドグラ・マグラ』の方がいいようだ。
梅崎　「氷の涯」あたりがね。
江戸川　夢野久作はやっぱり「氷の涯」ですね。それから「押絵の奇蹟」、あれにはすっかり感心したね。
梅崎　日のカンカン照るところに亭主が白いこうもり傘をさして帰ってくるんだ。
江戸川　ケンチュウ〔絹紬〕のね。
梅崎　それで姦通したなと思うんです。
福永　饒舌体でね。夢野久作はみんないいんじゃないかしら。僕はとても好きです。
松本　今、夢野久作的な作家はないですね。
〔註、ここで梅崎さんの「探偵小説の筋は数人で考えるのがよいのではないか」という意見があって、クイーンの合作の話になり、『Yの悲劇』が話題にのぼった〕

松本　『Y』ですか、僕はきらいです。
江戸川　残酷だからですか。
松本　こどもがプラン通りにやるというのは不自然で仕様がない。
梅崎　その程度の不自然は探偵小説では仕様がないよ。
松本　だけど重要なトリックになっている。暗示を受けちゃって、こどもがそういうことをするというのはありえない。
江戸川　まあ、ああいう性格の少年もないとはいえないでしょう。なにか偏執的になるような。
松本　今度の『悪い種子《たね》』〔ウィリアム・マーチ〕と違うものね。同じこどもを出しても。
梅崎　僕は『悪い種子』はみてないけれども、あれはいいですか。
松本　あの方がもっと自然ですよ。
江戸川　そういう不自然さは探偵小説にはどうしてもね。
福永　アガサ・クリスティーの『クルックド・ハウス〔ねじれた家〕』というのは、実をいうとこどもを使っているのですが、その方が――『Y』も傑作ですけれども――その使い方がもっと自然なような気がするのですがね。
江戸川　曽野さん、何か記憶はないですか。読んだもので。
曽野　私はいま福永さんにお話したのですけれども、ガードナーが好きなんでございます。

江戸川　ガードナーは好きな人が多いね。

曽野　とにかくオーソドックスの方は、本当は、コナン・ドイル一人が出たらもう書く必要ないみたいに思うんでございます。……私がすぐそういうふうに書くって意味じゃなく、書くつもりで読んでいるわけでもございませんけれども、ああいうガードナーのような方向にいかなきゃ、私のような素人が探偵小説を書く道はないんじゃないかという気がしています。

中村　しかしあれは弁護士でないと書けないんじゃないかな。

江戸川　法廷のことを知らないと書けないですね。

曽野　それはそうですけれども、つまり人間を書くということです。コナン・ドイルの人間というのは、人間というよりは小道具の精巧な機械のようなものでしょう、でも、ガードナーは少くともそうじゃない。

福永　あの主人公の三人が、どれにもくり返し出てくるから、バルザックの「人間喜劇」みたいな効果を持っているわけです。

曽野　ということもございますけれども、やっぱりずいぶん書けているんじゃないかしら。私英語は不勉強で実に苦手なんですが、あれを原作でよみますと、たとえば女が出て来て、She laughed like jelly on a plate.「彼女は皿の上のジェリーのように笑った」と書いてありますけど、たしかに女がそう笑っただろうと思ってしまいますね。それからもっとイメージのもの凄くゆたかな、『ドラキュラ』みたいなものは好きでございます。

梅崎　純文学に探偵小説の手法をとり入れるでしょう。あれで一番成功したのは、「楢山節考」ですね（笑）。

江戸川　あれは非常にうまく構成されてますね。

梅崎　うまいですよ。あれは探偵小説を読んでいるんじゃないかな。ゾッとする感覚ははじめから伏せておいた感覚だね。

日本作家について

梅崎　日本の作家を論じましょう。今度は。

江戸川　どうぞおやり下さい。だけどあまり読んでないんじゃないですか、日本のものは。

梅崎　いや、戦争前の奴は読んでますよ。

中村　僕はね。日本の探偵小説って好きなんだ。どうして好きかっていうと、日本人が出てくるでしょう。それで日本の家に住んでいる。そういうので何かね、本当みたいなんですよ。だからとっても面白いな。

梅崎　うちのお袋も二年ほど前に死にましたけれどもね。横溝正史の探偵小説が好きだったですね。

江戸川　戦前の。

梅崎　いやいや、戦後の。戦後に読んだんですよ。こんな面白い小説はないっていって僕の小説なんか認めないんだ（笑）。しかし横溝さんというのはずいぶん本当に努力している人ですよ、ね。だって本格をこっちへもってきて、土壌が悪いので芽を出さないところへ、ああして出した。

江戸川　いま僕らの仲間では、本当のナゾ解き小説を書いているのは非常に少いんですよ。昔から少いけれども、戦後横溝君がナゾ解き小説の長編を書き出したのは画期的なんですね。それと高木彬光君、ほかにないですよ。昔もそうですよ。僕らも本格を少ししか書いてない一人ですけれども。

梅崎　『疑問の黒枠』〔小酒井不木〕とか『蛭川博士』〔大下宇陀児〕なんか、あのころ読んでは面白かったですね。

福永　それに浜尾四郎。

江戸川　一番本格ものでした。ヴァン・ダイン式の長編でね。

中村　『殺人鬼』とか『鉄鎖殺人事件』。

福永　『博士邸の怪事件』。

曽野　あれは『グリーン家』と同じじゃないですか。

福永　似てますね。意識的に対抗したのですね。

梅崎　僕は松本さんの「地方紙を買う女」というのは面白かったな。やりやがったなと思ったな。やっぱり最後はひっくり返しがあったりしてね。感心したな。

江戸川　松本さんは長編探偵小説を書いておられるのでしょう。

松本　いや「週刊読売」に書くだけですよ〔『眼の壁』〕。

梅崎　あれは金をとられるわけですか。

松本　金をとった奴が追っかけられて、追い詰められて、そいつが死んだことになるのです。しかし本当は死んだんじゃないのですよ。それからずっとまた追っていくわけですよ。

梅崎　あれ、どのくらい続くんです。

松本　半年ぐらいになりましょうね。

梅崎　あれは非常に面白い。

〔註、この間に、見取図のついている探偵小説についての好悪が語られたが、紙面の関係上省略させていただく〕

松本　このごろ考えるときに、〔重要なのは〕やっぱり、トリックよりももう一つ以前のアイディアだと思いますね。トリックはどうしても味付けになっちゃうでしょう。

江戸川　アイディアというのは何です。プロットですか。

松本　プロットというよりも全体の大きなトリックといった方がいいかな。

江戸川　いわゆるセントラル・アイディアですね。

松本　こまかいトリックは、そこから発展すると思うのですよ。そのアイディアが新しければ。

江戸川　それと動機ですね。動機のいいのがあれば書けるんだ。

曽野　一番つまんないのは、大体人殺しをする人間というのは頭のわるい人でしょう。そういう人に、あまり同感をもてないから、それが探偵小説の魅力をなくす一番大きな原因だと思います（笑）。

江戸川　人殺しをね、たとえばカーのものなんかはね、遊戯的に書いているのですよ。ちっとも悲しみも驚きもしない。死んでもただこれをナゾの材料として扱っているという風なんだ。これはまたこれでいいんですがね。

梅崎　詰め碁にも二つあるんです。実戦的な詰め碁と全然ありえないのと。五目並べにも二通りあるでしょう。それと同じなんです。全然実戦にはこういう石の形は出ないのに。

江戸川　詰将棋でも大駒をどんどん捨てなければ詰まないのなんか、それですね。

梅崎　そういうのと実戦派と二つあるんですよ。それと動機ですね。

希望説・絶望説

福永　ときに江戸川さんは探偵小説未だ衰亡せずという意見ですか。

江戸川　ええ。続くと思いますね。なにか形が変ったものが出てくると思う。

福永　どういうふうに変るんですか。

江戸川　それはわかりませんよ。それは作家次第ですね。
福永　僕は大体絶望説ですがね（笑）。
江戸川　西洋でも探偵作家でない評論家などが絶望説を書いています。
梅崎　文学に解消されるということは。
江戸川　そういうことはないと思うな。
梅崎　文学は非常に探偵小説的手法を使っているわけだから。
江戸川　探偵小説は探偵小説として存続すると思いますよ。別の行き方はまだあると思います。それは作家次第だがね。いい作家が出なければ。
福永　空想小説的なものがあるでしょう。それからスリラー。本格ものは地に落ちちゃってね。どうなるかと思うんだけど。
中村　日本で本格ものというのはあまりたくさんいいのはないから、これから出ればいいんじゃないか。
江戸川　人間が論理的にものを考えるという習性がある以上は、探偵小説的な文学はつづくと思うんですよ。ナゾの興味は大昔からあるんですからね。これが全くなくなることはないと思いますね。
［註、この間に江戸川の旧作の筋の考え方についての話題あり、又、暗号小説の話が出た］

福永　エリック・アンブラーはどうです、スパイ小説の。安部公房が好きなんですよ。やっぱり僕の読んだ限りでは面白かったですね。御飯食べられなくなるくらいこわいよ。
中村　アンブラー、こわいかい。俺は全然こわくない。いくつか読んだけれども、ちっともこわくもなんともなかったよ。
江戸川　僕はこわいね。『恐怖の背景』や『デメトリオスの棺』なんか。
福永　ともかく心理的なこわさね。ヨーロッパの無国籍者のこわさなんだね。つねにエトランジェの意識なんだ。
梅崎　つまり自分ひとりでいるとゾクゾクするというこわさでなくて……。
福永　限界状況の連続なんだな。
中村　二十五時だな。
福永　いつやられるかわからないんだ。どっからパンと弾丸が飛んできてやられるかわからない。こいつなら俺を助けてくれると思った奴が実は自分を狙っていたという、そういう孤独さなんだな。それから、アイリッシュだね。シムノンは好きじゃない。
江戸川　シムノンの『雪は汚れていた』なんかいいじゃないの。
梅崎　僕好きだった。
中村　一度も好きだったことはないし、今も嫌いだな。人情劇的な気がして好きでない。
梅崎　ウェットなんだ。

江戸川　『雪は汚れていた』なんてウェットじゃないよ。
梅崎　舞台はウェットですよ。
福永　フランスのものだと原文を意識して翻訳を読むから、そうするとあの文章はきらいだな。
梅崎　ちょっと思わせぶりで。
福永　モーリス・ルブランというのは本当に下手な文章ですが、内容が内容だからごまかせるけれども。シムノンはノーベル賞候補とか何とか、心理的なのをまずい文章で……
江戸川　練らない文章だけれども、シムノンは文章を練ったらかえってだめになるような作家じゃないですかね。
梅崎　シムノンの一番欠点は映画にした方がいいという事だ。『モンパルナスの夜』だってあれは傑作だものね。原作はだめなんだ。
松本　『男の首』……。
江戸川　だけど、『男の首』を最初翻訳で読んだときおどろいたね。ちょっと脅威でしたね。今までなかったものですからね。
［註、この間にポーやドイルを英語の教科書で読んだ話があって］
梅崎　僕は高等学校の一年に入ったら、チェスタートンとミルンのエッセイがあって、未だにあの連中をエッセイストとしてしか考えられないので。ミルンもそうですね。

松本　チェスタートンの探偵小説は嫌いですか。

梅崎　僕は好きじゃないです。

江戸川　僕は探偵小説の中で一番優れているのはポーとチェスタートンだと思いますね。そのほかのは何かどっかにみんな傷があると思うんです。チェスタートンは傷がないと思うんだ。

梅崎　気取りがあるでしょう。

江戸川　逆説を気取りといえばそうですが、探偵小説というものは、パラドックスと何か深い関係があるように思うのですよ。

梅崎　エッセイの場合は読めるんですよ。この間『木曜日の男』というのを買って。

福永　あれはだめなんだ。いいのはやはり短編なんだ。

梅崎　買って家に帰ったらないんだよ。誰かもっていって読んだらしいんだ。それからまた翌日買って、また次の日家に帰ったらないんだ。三冊買ってね（笑）。

福永　それア熱心だね（笑）。

松本　ただチェスタートンというのはパラドックスめいた文章のひねりが長くつづき、邪魔になって早く筋の方を知りたいという気がする。

江戸川　短編の方はそうでもないですよ。

松本　短いけれども、ずいぶんあれも余計な饒舌がありますね。

福永　チェスタートンの短編も、いいのはいいですけれども、屑もある。
江戸川　少なくとも初期のものはいいですね。
福永　初期の「郵便配達」を使ったのは実にうまいですがね。
江戸川　というのはああいう書き方で、はじめて書ける着想でね。普通のやり方では書けない。
福永　そういう意味で、粒が揃っているといえばコナン・ドイルの方が揃っているでしょう。
江戸川　ドイルはどこか平凡なような気がして、シャーロック・ホームズのエキセントリックな性格なんかが付け焼刃のような気がするんです。
福永　文章はいいと思うんですよ。
江戸川　いいと思ったって、それは、オーソドックスな、正常な文章という意味でしょう。
福永　ドイル位の文章が書ければ探偵小説はそれで終りなんじゃないですか。チェスタートンは気取ってますよ、はるかに。コナン・ドイルの方は、気取らないところがやっぱりいいですよ。探偵小説以外のものでも面白いですもの。どうして、翻訳がたくさん出ないかと思って、不思議ですね。
梅崎　出ているよ。ずいぶん出ているよ。月曜書房かどっかから全集が出たし。
福永　シャーロック・ホームズ以外の歴史ものとか冒険小説、伝記ものがあるんだよ。昔改造社の五十銭の本で「運命の塔」というのを読んで未だに忘れられないよ。印度の坊さんの神変不可思議な話だけれども。

江戸川　しかし皆さんずいぶん読んでますね。今日は小説の作家と作品の名がずいぶん出たね。皆さん読んでいる方だとは思ったが、こんなに読んでいるとは思わなかった。

梅崎　それはそうですよ。勉強なんだもの。あまり邪魔にしないで下さいよ（笑）。

江戸川　邪魔になんかしませんよ。大いに歓迎してますよ。

中村　探偵小説というのは結局、必ずたくさん読むものね。だから、早川ポケット・ミステリーでも、表をマークしてみると殆ど全部読んでいる。我ながら、あきれましたね。

［註、このあとに探偵小説の翻訳についての注文や非難、創作探偵小説も文章がまずいということなど、いろいろ意見が出たが、個々の作家や作品の名は指摘されなかった］

江戸川　ではこのへんで。今夜は探偵小説のいろいろな問題について、豊富なお話を伺うことができ、うれしく存じます。ありがとうございました。

（「宝石」一九五七・八／『宝石推理小説傑作選2』）

「新青年」歴代編集長座談会

城昌幸　延原謙　本位田準一　松野一夫　水谷準　森下雨村　横溝正史

森下雨村「新青年」に探偵小説を取り入れること、並びに保篠龍緒カンヅメとなること

江戸川　どうもお忙しいところをありがとうございました。ことに森下さんは遠路御参加を願いまして、これで「新青年」歴代の編集長がみなさん揃ったわけで、森下、横溝、延原、水谷という順序で、そのほかに松野さんが創刊二年目ぐらいからずっと「新青年」の表紙を画いてこられた関係で、いろいろ思い出話があると思うので御参加を願ったわけです。なるべく、今まで知られていないお話をしていただきたいのです。まず森下さん、初代編集長としてなにか一つ……。

森下　簡単にいえばね。僕は釣りをよく近ごろやりますがね。上げ潮、下げ潮というのが

あるんです。僕のやった時代はその上げ潮に乗ったんですよ。当然魚が釣れるような時代だった。

江戸川　それでね。「新青年」は、はじめっから探偵物をやろうというほどでもなかったんでしょう。探偵ものになったのは、あなたのせいだな。

森下　そういえばそうかもしれないが……。

江戸川　探偵物の機運というものはあなたが作ったんだね。当時そういうものはほとんどなかったのだから。

森下　いやいや、詳しくは江戸川乱歩の『幻影城』にあるが、涙香時代から、ひきつづいて、いろいろあった。そして、僕らがやりはじめたときは保篠龍緒《ほしのたつお》〔訳の〕のルブラン物が出たあとなんだ。

横溝　「新青年」は「冒険世界」の後身として出たんだね。しかし森下さんはあれじゃ満足しなかったんだ。自分がやるなら新しいものをやりたい。そういうときに、何をやるかということで、探偵物に入ったんだ。

森下　その話に入ればちょっとくわしくいうがね。長谷川天渓氏と僕は師弟の関係があって、長谷川さんは当時博文館の総編集長だった。その長谷川さんがヨーロッパから帰って間もなくのことだが、博文館に入らないかという話があったんだ。それは押川春浪《しゅんろう》、阿《あ》武天風《ぶてんぷう》からきた「冒険世界」をやってくれないかということなんだ。どうも将来性のないゆきづまった雑誌なんで渋っておったら、長谷川さんが、面白くなければ、改題するなり、新規の雑誌にするからやってくれないか、とこういう話なんだ。じゃ入りましょうといって入った。入って一年間やって、もうあの時分は、いくらなんでももう冒険でもないわね。それで変えましょうというので、「新青年」になった。なぜ「新青年」という名前になったかというと、またやかましくなるからやめときます。

それで中心読み物を何にするかということで、ずいぶん頭を悩めたわけなんだ。歴史小説でもない、恋愛小説でもないということになって、探偵物が若いものに受けるだろうというような気持から、探偵小説をとりあげようじゃないかというと、長谷川さんがそれはよかろうというので。

江戸川　そうかね。僕らそのころ探偵小説なんか無いかと思っていたね。その機運をつくったのはやっぱり森下さんだよ。

森下　それはまあ、他にもってくるものがなかったんだね。娯楽読み物として、探偵小説の他には。

江戸川　もっとも、初号から保篠龍緒の如きは、載っておったね。

森下　初号ではないよ。

江戸川　いやいや、フリーマンの「白骨の謎〔オシリスの眼〕」、これは初号だよ。保篠龍緒だよ。

延原　保篠君に英語のものをやらしたんだよ。

江戸川　初号を見るとね。やっぱり軍事物もあなた（森下氏）は、はじめっから好きだったね。

森下　いや、それは別に好きというわけじゃないが、青年雑誌なんだから海外発展とか軍事方面とかも……。

横溝　「冒険世界」の後身だから、それをやっぱり、扱わざるをえなかったのでしょうね。

森下　初号からフリーマンが入ったということについて思い出すことがある。丸善の棚で探偵小説を探して歩いたんだ。そうするとフリーマンの、オシリスというか、オサイリスというか、ここに専門家がいるから、なんだけれども、あれを見つけて、フリーマンが相当有名だということがわかった。三津木春影《みつぎしゅんえい》の「呉田博士《くれたはかせ》」の原本なんですよ。それを長谷川天渓氏に読ましたんだ。そこで、誰かに訳させようということになったが、適当な翻訳者が見つからない。結局、探偵小説に縁のある保篠龍緒君のところへ持っていった。

江戸川　あれは英語、仏語、両方やれるんだね。

森下　いや、それがどうかわからなかったんだ。あとから聞いたら、保篠君は、まず生涯であれほど面食らったことはないっていうんだ。朝早くいったら、細君と飯食っていた。

江戸川　文部省の嘱託だったよ。当時彼は、「朝日グラフ」の編集長になる前で。

森下　いや、もっと前だ。どっか日本橋あたりの商館の何かだったんだ。
水谷　しかしその保篠なるものはどこでめっけたの、誰が紹介したの？
森下　めっけるも、めっけないも、ルブランの翻訳で、当時、彼は認められていたんだ。
横溝　あなた（森下氏）が認めたんだ。昔よく話していたけれども、それからは締切に間に合わないので、しょっちゅう保篠さんを連れてきて、応接間でカン詰めにして書かしたという。
森下　とにかく保篠君しか翻訳者を知らないから、彼のところへ飛びこんだ。彼は、ルブランは原本で読んでいるが、他のものは知らないんだ。困りました、困りましたといってね。
江戸川　それが保篠さんの初対面？
森下　そうだよ。相当古いものだね。

森下雨村初期の翻訳陣をととのえること、並びに延原謙登場のこと

江戸川　順序はどうですか。田中早苗とか妹尾韶夫《あきお》とか出てきたのは、もっとあとなんだね。
森下　はっきりしないが、やっぱり西田政治《まさじ》、横溝正史の方が早いと思う。

横溝　西田さんの方が早い。
江戸川　西田さんは、二年目から書いている。
横溝　彼は大家のお坊ちゃんでしょう。こわいもの知らずでしょう。この人（森下氏）に意見を出すでしょう。探偵小説の雑誌が出たからうれしいんだね。いま見ると探偵小説雑誌じゃないけどさ、意見を出したんだ。そうしたら、この人（森下氏）も偉いんだね。地方の名もない人の意見を認めるんだ。西田さんは、「冒険世界」なんかにもやっぱり原稿を送っていたんだ。原稿書くの好きなんだね。活字になるのうれしいんだね。
江戸川　延原さん、田中早苗、吉田甲子《き》太郎《ね》なんか、あんたより早いだろうね。
延原　吉田、それから浅野玄府《げんぷ》なんか早かったね。
江戸川　田中早苗は？
延原　よく覚えてないが、多分吉田なんかよりあとだろう。
横溝　田中さんと森下さんの結びつき、聞こうじゃないか。僕は知らないけれども。
森下　田中早苗は、わりと古いんだ。彼は「太陽」の外交やなんかやっていたんで、博文館と関係があったんだね。それで「新青年」にも原稿持ちこんだというようなことでしょう。
江戸川　「新青年」は二、三年のうちにバタバタッと翻訳陣ができたね。
森下　それよ。それが僕が最初にいう機運が来ていたんだね。

横溝　それは雨村の徳だよ、何といっても。

森下　徳じゃなくて、機運がちゃんとできておったんだね。

江戸川　機運は、僕はなかったと思うがね。

横溝　ないよ、ね。徳だよ。

森下　いや、ルブランやルルーの翻訳がもう出ていた。

横溝　そういうとこの人（城氏）が気にするかもしれないが、安い原稿料でも博文館だから払えたということ、それなんだね。原稿引換えに払えたということなんだよ。

城　どうも相すみません（笑）。

森下　まあ、とにかく翻訳陣がわりかた早く揃ったということが非常な強味だった。その順序は、はっきりおぼえてないが、いまから考えるとみないい人だったよ。

江戸川　やっぱり探偵小説が好きだったんだね、あの連中は。

森下　みんな好きだったね。

横溝　それじゃ延原さんのデビューを話してもらいましょう。

江戸川　あなたはやっぱり探偵小説は好きではじめたんでしょう。

延原　いや、好きというわけでもなかったんですけれども、読んでいたことは読んでいたね。それで中学生時分から神田へいっては十銭かなんかの古本を買ってきてね。面白いから翻訳したんだ。なんのあてもないけどね。翻訳しておいといたら、あるとき金のいることが予想されるような事態が起こった。何だったか忘れたけれども、起こったから、僕の友人の、井汲清治《いくみせいじ》という男がいて、それにたのんだんだ。よし、俺が売ってきてやるといって、売ってきてくれたんだ。

江戸川　それはドイル？

延原　ドイルだったと思うけれども、何だったかちょっと忘れた。この人（森下氏）に売ってくれたんだ。森下さんを僕は知らなかったんだが、それが縁故で知り合って、次にこれを訳せといって本をくれたんだ。それが「グリーン・ダイヤモンド」という本だ。

江戸川　モリスンの「十一の瓶」だね。

横溝　僕は好きな小説だった。ロマンティシズムの濃い。

江戸川　（森下氏に）あなたが訳せといったの？

延原　これ訳せといってね。だが、そのあとのは、みんな自分で探して訳したんだよ。原本を探すことは、非常に熱心にやったよ。人のとっていないような雑誌を、向うから直接、自分でとったりして。

水谷　それが「新青年」の第何巻ぐらい？　二巻ぐらい？

横溝　もっとあと。あれはずいぶんあとだ。四、五年経ってからだね。

江戸川「十一の瓶」かい。

横溝　うん。

延原　大正十一年ぐらいじゃないかな。
横溝　創刊が、九年ぐらいでしょう。
延原　十一年の夏の増刊に出た。
水谷　あんた無線電話の話、書いたろう。あれは翻訳の前か後か。
延原　僕は理工科の出身だったので、ああいうものを書いたんだが、あれは「十一の瓶」の前だよ。
水谷　逓信《ていしん》省技師延原謙と署名してあるんだ。
森下　「十一の瓶」についてはね、僕はよう忘れんのだよ。その時分は、丸善へいって探偵小説の原書を探しまわっていた時分よ。めぼしいものがないので、純文学書のケースへいってみたんだ。そうしたら、アーサー・モリスンというのがあるが、どういう人だか知らないんだね。チョコチョコと読んでみると、これが探偵小説なんだ。何でもいいと思って買ってきた。そして一晩で読んだ。面白いんだね。これはいい。訳者は延原謙に限る、とこうきめたわけなんだ。よう忘れんわ、あれは。まあ、それだけです。あと続けて下さい。
江戸川　延原さんは、ドイルがはじめっから好きだったの。
延原　好きだったわけじゃないけれども、ドイルの文章はまぎれがない。こっちの意味だろうか、あっちの意味だろうかというところがないからね。それでやったんだ。もっとも最初はね。逓信省へ勤めておって、神田の古本屋で本買ってきたら、それに訳が書き入れてあるんだ。非常にうまい翻訳なんだ。ちょっとしたところがね。それに刺戟されたということもあるね。それから逓信省をやめて探偵小説の翻訳専門にやりだしたら、英語は中学でやっただけで、あまり読めないから、苦しかったね。一生懸命勉強したよ。

横溝　しかしあなたの性格はドイルの訳に打ってつけだね。僕は何十年とつき合っているけれども、あなたみたいなドイル訳者はないだろう、おそらく。

森下　これも度々話したけれども、あの時分に探偵小説の原書をよく借り出しにいったのは、英語学者の井上十吉先生の所なんだ。あの人のところの応接間の書棚には英語の探偵小説がギッチリ詰まっていた。それを借り出しに乗りこんだものよ。そのときに井上先生が、固有名詞は発音が難しうございますねといって、例を一つ一つあげて「新青年」に出ている中でこういうものはまちがっている。〔ダニエル・〕ジョーンズの辞典を引けばまちがいないが、チャムリ（Cholmondeley）をうっかりコルモンデリと書いたりする。その中で、延原という人はどういう人か知りませんが、ドイルの固有名詞の発音に一つもまちがいがありません、というんだよ。僕はうれしくなって、帰ってきて彼に話したんだ。そうしたら、当り前だ。俺はウェブスターをキッチリ引いている（笑）。

横溝　若かりし日の延原謙（笑）。

森下　そういう男だよ、ね。

城　ちょっと伺いますけれども、森下さんの翻訳物に力を入れられている頃、日本人の探偵小説も、というお考えはどういうところから。

森下　それはね。日本人も出なければなるまいと思ったけれども、まだ翻訳の方が上だというわけです。というのは西洋の探偵ものに手をつけてみると、未開拓の無限の荒野でね。

横溝　あれまで、翻訳物がなかったからなあ。

森下　短篇なんか一つもない。もう全く無限の荒野なんだ。それで、増刊が出せることになったんだが、あり余るんだね。乱歩出現の前に、小酒井君が出てきたけれども。

松野一夫「新青年」に絵をかきはじめること、並びに画稿料の一部を二十円金貨に替えて楽しむこと

江戸川　その次に松野さんの話を聞く番だと思うんだよ。何号から表紙を画いたか知らないけれども、ずっと初期からでしょう。

松野　一番初めに画いた人は細木原青起《ほそきばらせいき》ですよ。

横溝　こういう昔話はたのしいもんだね。

森下　いまの若い人には面白くないぜ。

城　そうでもない。

森下　僕なんか、いくらでも話はあるけれども。

松野　とにかくこういう青年雑誌は、中学生に毛の生えたような、中学生趣味ですな。中学生の高学年からいまの高等学校の生徒向きの表紙を画けということだったと思う。

江戸川　表紙画は、四号ぐらいからでしょう。

森下　もっとあとだよ。それはまちがいないんだ。松野登場は創刊よりずっとあとだ。どうしてかというと、君が本石町《ほんごく》にいた時分に、編集部に飛びこんだことを忘れまい。

松野　忘れない。

水谷　歴史的事実だ（笑）。

森下　画用紙のこんな束をこうかかえて面会にきたものがあるんだ。出てみると、これ（松野氏）なんだ。それでね、僕が会った。実に、単刀直入なんだ。僕は、拝見しましょうというと、たのみます、といってパッと帰っていくんだ。

水谷　見本をおいて帰ったのね。

森下　サンプルなんだ。それが実に線の豊かなね、面白い絵なんだ。長谷川さんにね。妙な絵描きがきましたよといってみせたら、ヘエー、なるほどね、これは描かしたらいいでしょう、ということがはじまりなんだ。それから挿絵をたのんだと思うんだが、表紙はあとなんだ。

松野　表紙はあとですよ。

森下　だから第何巻かな。

江戸川　（古い「新青年」を調べて）二年目の五月号だよ。
水谷　ただ松野さんがなぜそんなところへ持ちこんだのかということなんだ。
森下　それは当人がいえん話がある（笑）。
水谷　いいじゃないか、今となっては。
森下　彼は本当の画家なんだ。挿絵画家じゃないんだ。帝展へ少女の像を出したのが特選になるべきものを、帝展の中のゴタゴタでとうとう特選にならなかった。
松野　いや、その前ですよ。その前にね。伊原宇三郎と山田という友人がいたんです。これがね、挿絵を画くと金になるぜというんじゃ。手っ取り早くね。われわれまあ、なんでしょう、そんなに絵が売れやしませんよ、タブローは、ね。それでね、松野君、君挿絵を画いたらうまそうじゃから一つ画いてみんかいというわけじゃ。挿絵画いても銭になるかねえといったら、それは銭になるよ、という。ああ、それじゃ一つ、といってもその、どういうふうな道を通って、どういうふうに挿絵を画いて紹介してもらうか。そんなことはサッパリわからん。とにかくサンプル描いて持って行ってみようと思ってね。森下さんのところへ行ったんですよ。サンプルを持って行った直後にね、一番はじめ注文をいただいたのがね、たしか間宮林蔵のね。
水谷　カット。
松野　いやいや、カットじゃない、挿絵だよ。冒険記か探検記か、その、つまり、北海道か樺太のね。
水谷　俺、見たぞ。それおぼえているぞ。
松野　そうしたら画きようがわからんでしょう。だからね、こう変な絵を画いて持って行ったと思うんだ。だって挿絵っちゅうのは、どういうふうに画いたらいいかわからん。僕は雑誌ちゅうのはそれまであんまりあけてみたことはないんじゃ。持って行ったらね、森下さんが、ホホウ、多分その当時はこんなふうだったでしょうなあ、といわれたのをおぼえている（笑）。
水谷　たよりない編集長だな（笑）。
江戸川　（松野氏に）だけどあんた西洋人の顔かくのは非常にうまいでしょう。あれはどういうことかな。
松野　いや、まあ何ちゅうことはないんですなあ。
江戸川　最初からああいう絵かいてたの。
松野　いやいや、はじめは間宮林蔵みたいなね。とにかく間宮林蔵は、はじめてのことだからおぼえてますがね。
江戸川　ルブランの挿絵、肩のところへ小さい絵を毎頁に入れたでしょう。
松野　あれは、はじめは、ル・マタンに載っていたんです。その挿絵をそのまんま使ったんです。

江戸川　画き直さないで。

松野　ええ、そうそう。そうしたらね。どういうことかね、あれは途中で新聞がなくなった。

森下　訳の方は原本でやったから。

松野　だから、絵がなくなったので、それから、その引継ぎを、わたしが画いたんでしょうね。

水谷　あれは松野流の一つの下地になっているよ。

松野　そうかもしれない。

江戸川　しかし翻訳の絵で、西洋人らしい絵のかける人は、松野さんの他になかったよ。

水谷　ない。いまだってないですよ。だから松野さんというのは変な神経をもっていた人なんだね（笑）。いまの「宝石」だって、本当の西洋人をかける画家というのはないからなあ。

松野　それからこれはもう一つ問外不出の話があるんだ。原稿料をね。僕は一等はじめ六十円もろうたんじゃ。

横溝　六十円ということはないだろう。六十銭だろう（笑）。

松野　馬鹿なことをいいなさい。六十円ですよ。それで当時トンカツが二十銭だよ。こいつは愉快だと思ってさ。

横溝　何枚かいたの。
松野　それはわからんね。
横溝　全篇まとめてもらったんだろ。
森下　いまだったら二万四千円だね。
松野　こいつはいいなと思ってね。それから、まてよ。これは一番はじめもろうたんじゃから、なにかこう記念になるようなことに使おうと思ったんだな。
横溝　六十円は高いな、それは。
城　十六円じゃないか（笑）。
松野　いや、六十円はたしかだよ。
水谷　それは数十枚の稿料だよ。
森下　それだけ彼を俺が認めたんだ（笑）。
松野　なぜ六十円かというと、その六十円がうれしくてね。わしは日本銀行に行ったんだよ。そうして、これを金貨と替えておくれといったんだ。それはなぜかちゅうと、帝国ホテルなどに出入りしていた当時の異人さん、西洋人が、ポケットからコインを出す、それが金貨、銀貨なんだ。ハハア、あれはちょっと愉快だなと思ったから、替えてやろうと思ってね。これ金貨に替えてくれというたら、いや、そういうことでけん。替えられんというう。そんな筈ないじゃないか。このお札の裏見てみろ。金貨に替えてくれるとちゃんと書いてあるじゃないかといったらね。ああ、そうですね。それは規則でいま替えないことになっておりますが、一枚だけ替えてあげましょうというてね。金貨一枚替えてもらったことがあるんだ（笑）。

城　十円ね。

松野　いや、二十円金貨。

城　そんなもの、見たことないね。

松野　しばらく持っておったがね。これは高畠〔達四郎〕が洋行するときにわしは替えてやったんじゃ。これはちょっとね、今までいわなんだな、この話は、こっ恥ずかしいからね（笑）。

江戸川　あんたその時分、カスリの着物着ていたよ。まだ学生みたいな風していたよ。

松野　カスリといやあ横溝正史の上京のときの印象が深いね。

横溝　桜のステッキ持っていたなあ（笑）。

松野　こんな学校の生徒みたいなね。そうしたら水谷君はなにかジャンパーみたいなのを着てさ。僕はちょっと沽券にかかわると思った。

水谷　沽券とはひどいね。

松野　いや、あんまり若いのでね。

江戸川　いや、あんた（松野氏）も若かったよ。

西田政治、横溝正史「新青年」の寄稿家となること、並びに馬場孤蝶の講演のこと

江戸川　横溝君が森下さんのあとを引き継いでやりかけてからね、ガラッと新しいモダニズムを入れたね。あれについては意見があるだろう。

横溝　そうすると、やっぱり僕の探偵小説の経歴を述べなければならないね。

江戸川　いいよ。やって下さい。

横溝　僕は、小学生時代から好きで、三津木春影の読者なんだ。押川春浪にはなじめないんだ。僕の時代は春影だった。『813』ね。あれを、三津木春影が訳していた。題はなんだったか忘れたけれども、前篇しか読んでいないのよ。わしゃ小学校時代だったな。

江戸川　『奇巌城』じゃない。『813』の訳で、〔邦題は〕『古城の秘密』だよ。

城『奇巌城』だろう。

横溝　わしゃ探偵小説が好きだからというので、姉の友だちが貸してくれたのね。それが前篇しかない。後篇は、どこを探しても絶対に手に入らないのさ。それで神戸二中に入って、神戸二中は運動できない奴を「モッサリ」というんだね。わしあ「モッサリ」なんだ。二年生の時、「モッサリ」だったものだから、寒稽古がこわいのよ。朝やるでしょう。サボッていたのよ。そこで出会った男が、西田徳重（西田政治氏の弟）なのよ。これがまた

『８１３』の前篇しか読んでない。後篇、読んでない。大いに、意気投合しちゃったのね。
そうすると、中学三年の終りに、とうとう徳重が借り出して、読んじゃったの。
　その時分はね、日本は、探偵小説の暗黒時代でした。「新青年」の出ない前ですから。
谷崎先生の「金と銀」読むとね、オーギュスト・デュパンという、名探偵の名が出ているでしょう。あの探偵はどこに出てくるんじゃろう、というので、西田徳重と毎日古本屋探していたの。そうしたらポーの難しい、何とかイマジネーションというのあるでしょう。それパラッとめくっていたら（手をパチンと叩いて）あるじゃないの。これが原著だよ。あるじゃないかといってね。兄さんの西田政治が、「新青年」に八重野潮路《しおじ》という名前で書いてるのがそれですよ。
江戸川　西田さん、ポーを訳したの？
横溝　訳じゃないんだ。原作を読んで、翻案さ。「林檎の皮」という短いの。
江戸川　投書したんだろう。
横溝　投書じゃないんだ。寄稿したんだ。それがのっているのよ。われ読むわね。大いに、いよいよ熱あおられちゃったわけさ。
江戸川　そのころ西田政治さんとは会っていなかったの、まだ。
横溝　政治とはまだ会っていないの。これからお話しますがね。神戸二中というところはわりに厳格なところでしてね。ソバ屋にでも入ったら休学なのよ。

江戸川　そうだったね、当時。

横溝　だからスシ買ってきて、齧りながら歩くのよ。わしァ店の金くすねてね。ノリ巻きのこんなのを買って、齧りながら裏街を歩くのよ。西田徳重と二人で古本屋五軒でも六軒でも廻るんだ。そのとき発見したのはビーストンの載ってる雑誌で、それから「フリーマンの」ソーンダイクを発見したよ。三軒目のところで、ランプのともったところに本がある。これはわしのやぜ、と西田徳重がいうんで、口惜しくってさ。そのとき、「呉田博士」の原作がわからなかったんだ。シャーロック・ホームズも入っているけれども、他の作家のものもなにか入っているということはわかっていた。中学五年ごろでしょう。それが誰だかわからなかったの。そこで、ソーンダイクを見つけて、これだッというわけだ。それを徳重に見つけられて、負けちゃったんだ。そして、徳重が持っていってこの人（森下氏）に送っちゃった。そうしたら、馬場孤蝶さんが神戸の図書館に来ることになった。

水谷　送ったというのは、原本を送ったのか。

横溝　これ（森下氏）が原本を見せてほしいというので、兄貴の西田政治さんが手紙を出して、わかったといって送っちゃった。それを馬場孤蝶さんがご覧になった。僕の同級の徳重は中学出ると死んじゃったんだ。それから兄さんの西田政治と親しくなって、また二人でしょっちゅう古本屋まわりをやった。

水谷　徳重自身は、翻訳なんかしなかったのか。

横溝　しなかった。
水谷　なにしていたの。
横溝　中学出ると死んじゃったからな。
水谷　ただ読むことが面白かったのか。
横溝　そうなんだ。非常にいい案を持ってたね。でも『死後は如何』〔メーテルリンク〕とか、そういうことになっちゃったな。哲学的になっちゃった。徳重が死んじゃったとき、政治さんがわしに手紙をくれたんじゃ。それから心安くなったんですけどね。〔孤蝶が講演に来た時〕政治と一緒に神戸図書館へ行ったんですよ。そうしたら馬場孤蝶さんが講演の中で、この土地に非常にいい探偵小説の愛読者がいるらしい。わたしにソーンダイクの本を貸してくれた人がある。この中にいらっしゃるんじゃないかというんだ。しかし、こっちは恥ずかしいので、黙っていた。それで、そのままになってしまったのよ。
「新青年」ができたのは大正九年ね。九年に中学を出たのね。その時分に投書していた。「恐ろしき四月馬鹿《エイプリル・フール》」というのを投書して一等当選してね。昂奮したんやぜ。僕はよくおぼえてるんだけども、森下先生からほめられたでしょう。これァ感激だったね。フワーッと浮いちゃったね。よその本屋で見たのよ、わしが一等当選というのを。
水谷　「エイプリル・フール」か。
横溝　うん。

江戸川　はじめて投書したの？

横溝　いや。小さいときから俳句や和歌はしょっちゅう投書していましたよ。わたしァ風流人ですから（笑）。俳句でも、和歌でも、絵でも、なんでもできるんだ（笑）。「エイプリル・フール」〔の当選〕は湊川の本屋で見ちゃったのよ。それから西田のところへすっ飛んでいった。もう政治さんしかいないんだ。そのときにはもう本当にね、よく谷崎先生が荷風先生からほめられたら、フワーッとしたという、あんな気持だったね。

　それから薬専〔大阪薬学専門学校〕へ行きだしたのね。でも、投書はやっていた。西田さんがまた面白くて、翻訳すると、わしを教育する気持があって、自分の訳したものを「新青年」へ送るまえに、僕に送って読ましてくれるんだ。そのころ、わしも投書はできるけれども、寄稿するのはまだ恥かしいんだね。それで、西田さんの寄稿の封筒の中へ、自分の訳をちょっと入れて送っちゃったんだ。するとそれが御採用になった。そんなことしなくてもいいんだけれども、恥かしいからね。それが、あれだ、エレベーターが下りてくる奴、「二つの部屋」〔ロバート・ウィントン〕の訳。あれをコッソリ入れといたの。そうしたら、雨村から直接手紙がきたのよ。

水谷　十枚ぐらいのものだろう。

横溝　西田さんが、短いものを求めているらしいというから。

江戸川　ああいう短いものが今あるといいんだがね。

横溝正史・森下雨村・江戸川乱歩と初対面のこと、並びに横溝・江戸川・東京旅行のこと

横溝　それからしばらくしたらね、この人なんだ。乱歩さんなんだ。

江戸川　あんたも相当書いとったよ。

横溝　いやいや、その時分、僕のブランク時代。

江戸川　翻訳は相当やってただろう。

横溝　やっていなかった。僕は大いに家業に精を出そうと思って、薬専へ行ってたんだ。

水谷　道楽はやるまい、と（笑）。

横溝　そう思ってたら、西田さんが「新青年」を持ってきてね。江戸川さんがそれに載っているんだ。江戸川乱歩、どっかで聞いたような名前だなと思ったんだけれど、わからないのよ。気になるとそれが解けるまで寝られない男だからね。二、三日気になったのよ。あれは〔文体が〕宇野浩二だと思ったのね。そのことをあんた（江戸川氏）にいったね。しかし、乱歩という名はどっかで聞いたと思ったら、アッ、エドガー・アラン・ポーだ、と気がついた（笑）。ピシャッときちゃったのね。ポーなんて向うの作家のペンネーム使う奴は下らん奴だ、と思ったんですよ。それからしばらくしたら、薬専の卒業試験だったね。喫茶店に集ると、新聞にあれが出たの。宇野浩二さんの推薦文〔「愛読する人間」〕。報

知新聞だったな。
江戸川　神戸に報知新聞が行ってたかね。
横溝　喫茶店に置いてあったのね。あなた（江戸川氏）のことを書いてあった。それでまた尊敬し直しちゃったのね。好きになっちゃったの。宇野浩二は大尊敬してたからね。その直後だったね。この人（森下氏）がきて、神戸で宿をとったのね。西田さんに、会いたいって手紙をよこしたらしいんだね。
江戸川　僕が神戸へ行く前か。
横溝　あれより前かあとか、わからんけれども。
江戸川　前かもしれん。
横溝　前かもしれんね。いや、あとかもしれん。西田さんていう人は度胸のある人だけれども、人に会うのはちょっとこわい人らしいんだな。で、わしを連れて行くんだよ。この人（森下氏）に会ったの。どこだったかな、あれは。
森下　海岸通りの武林という船宿だった。
横溝　自信があったのよ。けれども、煙にまかれちゃったのね。西田さんは、横溝君は度胸わるいなあといって、いまでもおぼえている。そのとき森下さんがこの人（城氏）の話、してくれたんだ。
江戸川　城君もう書いてたんだね。

水谷　そうかい。第何巻だい。
城　大正十三年ごろ。
横溝　この人（森下氏）は、話うまいでしょう。城君の処女作らしいよ。
城　「その暴風雨《あらし》」という奴らしい。
横溝　おぼえてる。その話、してくれたんだよ。わしは大いに嫉妬を感じたね。
江戸川　三、四年たっているんだね。はじめて投書してから。
横溝　投書してブランクのあとだから。それから、江戸川さんが、関西で会を作ろうというので、森下さんに問い合わせたんです。すると、関西には西田政治という奴がいるという返事がきたので、江戸川さんが、西田さんのところへ、会いたいという手紙をよこした。
江戸川　森下さんの返事には、西田政治と横溝正史と、二人書いてあったよ。
横溝　そうしたら、西田政治がまたわたしのところへ相談にきたのよ。あの人、お坊ちゃんだから、心細いんだね。じゃ、行こうというので、あのとき、行って、いまでもおぼえているよ。狭い応接間で話したんです。わし一人喋っちゃってね。それでこの人（江戸川氏）に惚れられちゃったの。
森下　その席にわたしもいたのかな。
横溝　いやいや、いない。それから惚れられちゃって、関西作家クラブが起こっちゃったんだね。

水谷　それが初対面か。
江戸川　僕が訪問したんだよ。水谷君が僕のところにきたのと前後しているんだよ。僕もあんた（江戸川氏）のところへ訪ねたの。
水谷　そうなんだよ。あのとき、横溝さんと知り合った直後らしいね。
江戸川　奥さんに会いに行ったんだね（笑）。まだ結婚してなかったから。
横溝　それから、いろいろあってさ。六甲苦楽園かなんかに行ったときがあったな。沢正〔沢田正二郎〕の愛人の渡瀬淳子一座がページェント〔野外劇〕をやった。あのとき、この人（水谷氏）に会ったんだ、わたしは。そのとき、川口松太郎にも会ってね。
江戸川　あれはページェントのあとの宴会の席だったかな。
横溝　そのとき僕は、川口君をケチョンケチョンにやっつけたのよ。盲蛇に怯じず、だから。それに川口君が惚れちゃったらしい。横溝というのはえらいね、といって認められたんだ。川口松太郎君ですよ。いまでもおぼえているよ。（水谷氏に）あんたも来たね。
水谷　おれは行かないよ。
横溝　そのときね。この人（水谷氏）連れて来たのよ、神戸の町へ。ノート見せたのよ。僕は絵、描いていたから。あんた（松野氏）のような絵、好きだったのね。わしは絵心あるんだよ。ここはこういうふうに画くんだといって水谷君に見せたんだ。この人（松野氏）にそっくりの絵を画いてたんだ。それから「キング」に当選したんだよ〔「三年睡った鈴之助」」。
江戸川　そうそう、あのとき五百円もらったね。
横溝　一等千円で、二等五百円なんだ。
江戸川　いまでいえば二十万円か。
横溝　五百円もらったのよ。七十枚書いちゃってね。それが、根岸の里は向島にあるという小説なんだよ（笑）。
城　大変な小説だ。
横溝　筋が面白かったんだろうね。マゲモノだよ。いまでもおぼえているけれどもね。郵便局に持って行って、投書するのが恥かしいんだね。こうやって、ポストに押しこんじゃった。おぼえているよ。しめ切りの日だったね。どうせだめだろうと思ったら五百円。それで、この人（江戸川氏）に話したら、五百円で東京へ行こうじゃないかというんでね。あんたはあのころ、大阪市外の守口にいたんだよ。じゃ、行こう、行こうというので、二百五十円持って行ったの。二百五十円はお袋に渡しちゃって、店の改造費にしてくれ、ってね。それもって上京して、あなた（森下氏）にお目にかかった。あなた（水谷氏）にも、あなた（延原氏）にも、あなた（松野氏）にも。
城　そのとき丸ノ内ホテルに泊ったんじゃないの。
横溝　そうそう。

城　そのときはじめて、僕はお目にかかった。森下さんに、二人〔乱歩と正史〕が丸ノ内ホテルに泊っているからといわれて、ああというんで、出かけたんだ。それで二人に会ったんだ。あのときは、本位田君も一緒にいたじゃないか。

横溝　わしゃそのときはよくおぼえているんだ。大阪で江戸川さんと一緒になってね。オイ、二等に乗ろうじゃないかというんで、ＯＫといって二等に乗っちゃった。そのときに、僕はとっても、東京っていうとこはやるせないとこだと思ったな。品川あたりに来るとみんな家の外側が板でしょう。上方あたりは壁でしょう。なんとまあ……と思ったねえ。

江戸川　震災後だからね。

横溝　後だけれども、焼け残ったところだよって、あんたいってくれたよ。

森下　震災後、君たち来たのか。

江戸川　後ですよ。震災前の博文館は、僕は知らない。

横溝　大正十四年。

森下　それから博文館の小石川時代ね。

横溝　二人で東京へ出てきて、みんなに会ってうれしかったのよ、ね。丸ノ内ホテルに泊ってておったのね。なにかいろいろあったあとでさ、清水谷公園で。

松野　なんという家、あれは。

水谷　なんてったかなあ。貸席。

城　牛肉のスキヤキなんだよ。

横溝　その席で馬場孤蝶さんが色紙を書いて下さる時に、江戸川乱歩氏、保篠龍緒氏、横溝正史氏と書いてくれたんだよ。うれしくてね。

［註、この間に、横溝、江戸川両人上京のとき、江戸川がスチームで喉を痛めて、丸ノ内ホテルから、本郷の旅館に移ったことなどの思い出話いろいろあり］

横溝正史、江戸川乱歩のプロダクション計画にだまされて上京のこと、並びに博文館入社のこと

城　博文館はいきなり「新青年」に入ったの？

横溝　「新青年」。

水谷　いきなりって、別に博文館へ入るためにやってきたわけじゃないんだろう。

横溝　この人（江戸川氏）にだまされて東京へやってきたんだよ（笑）。

江戸川　それはもっとあとだよ。大正十四年に二人で上京したときから一年ぐらいあとだったよ。

横溝　最初来たのは大正十四年なのよ。それから十五年になって、この人（江戸川氏）が、なにか映画会社のようなものを作るというんだね。本位田と二人でね。それでお前はどうしても一役買えというんだ。ウソやと思ったがね。それで一人で上京して、神楽坂の駅で

おりて、ポコポコ坂道をのぼっていったんだよ。江戸川さんのうちへさ。そうしたら奥さんが、アーラいらっしゃい、横溝さん、といってくれたね（笑）。

水谷　なんだ、いまと同じじゃないか。

横溝　アラなにしにきたのって顔はしなかった。アーラいらっしゃい、横溝さんっていってくれたから、実にうれしかったね（笑）。筑土《つくど》八幡の家だよ。

水谷　もう筑土八幡にいたの。

城　乱歩さんがまたどういう動機で映画会社をこしらえようとしたんですか。

江戸川　そのころ、僕のうちへ本位田君がしょっちゅうきているだろう。本位田君がその話をもちこんだんだよ。プロダクションを作ろうってね。金はどっかから出るっていう、夢みたいな話なんだ。そして、本位田君が勝手に神戸の横溝君に電報打っちゃったんだよ。

横溝　ともかく出てこい、という電報なんだよ。

江戸川　とにかく一ぺん遊びにこい。顔が見たいという意味なんだよ。

森下　それが、二度目の上京になるんですか。

水谷　一度目と二度目の間は、どのくらい期間があったの。

横溝　一年ぐらいね。そして筑土八幡にきたのよ。そうしたら、この人（水谷氏）も、江戸川さんのうちへきていて、「よう、きたねえ」と、なんか馬鹿にしたような顔しやがんのよ（笑）。そのときは、もうギョッとしたね（笑）。

城　たしかに、いやらしかったよ、この人（水谷氏）は（笑）。おれ初対面のとき、変な男だなと思ったことがある（笑）。
水谷　いまだってあんまりよくないだろうけどさ（笑）。
森下　そんなことないよ。わしが水谷君に小説書けというて、小日向台町《こひなただいまち》の家へきてもらったことあるね。そのとき原稿持ってきたんだ。きれいな若い衆でね（笑）。ちょっとまあお上りというて、話したね。酒は飲まさなかったけれども、抱いてやりたいようなきれいな人だったよ、その頃は。
城　なかなか、横さんが編集長になるまで〔の話〕にならないな。
横溝　それは、実にうれしかったからね。二度目にさ、上京してきた。本位田とあんた（江戸川氏）に、だまされて上京してきたのさ。筑土八幡町に。奥さん、あんたも聞いてなきゃいけないよ。そうしてね、三日ぐらい泊って、〔そのうちに〕映画はだめになっちゃって。するとこの人（江戸川氏）が、お前に清元教えてやる、というんだよ（笑）。
江川　清元じゃないよ。河東節《かとうぶし》だよ（笑）。
横溝　鳥が啼くぅ……というとこ、教えてくれるんだよ。鳥が啼くぅ……、鳥が啼くぅ……といってね（笑）。それで夜が明けちゃって（爆笑）。おばあちゃんがね、太郎ねなさいというてきて……。しばらくして、神楽坂の神楽館に下宿したのさ。そうしたら、雨村先生が留守中にきて、博文館へ入れっていうのね。森下さんが、筑土八幡の乱歩さんのところへいって、そこで話がきまっちゃったらしいんだ。わしとは無関係にね。

水谷　さっきの映画の話は、事実無根か（笑）。

横溝　流れちゃったんだな。実にね、アンタンたるものだったよ、わしは（笑）。そうして、二人の間で、わしの入社の話ができたらしいんだ。横正、うちに帰ったってつまらないから、博文館に入れよ、というて。わしは入ったのよ。そのとき、いまでも覚えているよ。あんた（松野氏）のこと。久世山《くぜやま》の上に広っぱあったでしょう。あそこであんたキャッチボールしていたのね。

松野　あのときの横さんの顔、いまホーフツとするよ（笑）。水谷さんもいたんだ。

水谷　おれはまだいないよ。

松野　延原さんと、平林（初之輔）さんもいた。僕らがキャッチボールしてたら、広っぱにチョコナンとうずくまって、実にやるせない顔してたぞ（笑）。

横溝　いまでもおぼえている。

松野　なにかさびしかったのかい（笑）。

横溝　それはやるせないさ（笑）。

水谷　せっかくの映画会社が、なあ（笑）。

横溝　そうしたらこの人（森下氏）が、アア横溝さん、きたかといって、いたわってくれて、うちへ連れていってくれて、入らんかといってくれたときの欣喜雀躍、いまでもおぼえているな。
松野　そのときからきまったのかい。
横溝　きまったの。そのまま入っちゃったの。入っちゃったきり神戸へ帰らなかったのね。
江戸川　神戸の薬屋の店はどうしたんだい。
横溝　店はお袋がやっていたのよ。
森下　そのとき月給いくらもらっていた。
横溝　六十円。
森下　仕事はなんじゃった。
横溝　なにか細君がないっていうんで、この人（森下氏）が、細君世話しそうに言うんだ（笑）。わしゃもう決まっているんだ、といったらね、七十円に上げてくれたよ（笑）。
城　すごいね。
水谷　不公平だなあ、おれは文句いうよ（笑）。
森下　だから今でも、横溝は俺をいつでも泊めて、飲ましてくれるわ。
水谷　あのころの七十円といったら大したものだよ。
横溝　大学出ても四十円って時代だ。
森下　それはまちがっているね。それより安かったと思うな（笑）。
横溝　それからね。みんな、この人（森下氏）もこの人（江戸川氏）も、責任を感じたらしいんだな。代作をやらしてくれたんだ。代作というのはうまいんだね。森下さんのも代作したたね。あんた全部くれたらしいな、四十枚書いたらね。百六十円くれたのよ。
森下　ちょっと上前はねたかもしれんな。
横溝　くれたよ。この人（江戸川氏）のも書いた。七十枚書いて二百何十円。四百円ぐらい一ぺんに入っちゃったのさ。場所は神楽坂でしょう。しかも本位田って奴はあんな奴でしょう。ウカウカ浮かれちゃったのさ。それから、この人（横溝夫人）もらいに行ってね。結婚して。

横溝正史、神楽坂の下宿にて渡辺温と初対面のこと、並びに西洋漫画発見のこと

森下　そのときお前のポストは「新青年」か。
横溝　「新青年」さ。
森下　わしの助手か。
横溝　うん。そのとき神田さんという人がいた。
松野　神部さん。
横溝　編集部の押入の中に「ライフ」とか「ニューヨーカー」が一ぱいあるのよ。マンガ雑誌が一ぱい。これ、どうしてほっとくのかと思ってね、使ってもいいかというと、かまわないというんだ。じゃ、これをやろうじゃないかというんで、外国漫画を載せはじめたんだよ。だからこの人（森下氏）は、そういう雑誌があることは知っているが、その利用法を知らなかったわけね。押入を開けてみると一ぱいあったよ。あちらに「太陽」の編集机、こちらに「新青年」の編集机がある。「太陽」と並んでいるのよ。この人（森下氏）は野心満々、博文館を牛耳ろうというときなんだよ。あとでわかったんだけどね。

森下　若いときは、そんなこともあったかな。

横溝　神部さんは外交でしょう。わし一人なのよ。だから、この活字は何号だとか、どうするんだとか、わたしは「太陽」で聞いたのよ。あんな編集長はちょっとないだろうね（笑）。

江戸川　あんたが助手になってから、いろいろなことはじめたんだね。マンガでもなんでも。

横溝　そうやそうや。革命おこしたんだ。そういってもいいでしょう。うれしかったね、あの時分は。

城　あのとき、これからの世の中はナンセンス文学だといったら、乱歩さんがとてもいやがって、激論を戦わした。

水谷　彼は激論を戦わすんだよ。いつでも、ナンセンスに対しても。

横溝　くさりやがんの。

江戸川　あのころはナンセンスとプロレタリア文学に圧倒されてね。
水谷　森下雨村はあんたを入れてすぐ総編集長になったの？
森下　まだ間がある。
水谷　でも、すぐこの人（横溝氏）の責任編集になったんだろう。
横溝　名義上は助手だったよ。
江戸川　助手時代は一年か二年だろう。
水谷　いや、もっと短いですよ。大体横溝はそんなに長くやっていやしないもの。
森下　大正九年創刊で、昭和二年の中ごろまで僕が名義人やって、横溝にうつした。昭和三年の十一月に延原にうつって、それから延原から水谷にうつったのが、昭和四年の七月。
延原　一年やらなかったのかい、やっぱり。
森下　延原くんも十一月から翌年の夏の七月までしかやってない。
水谷　僕は昭和三年の七月に入ってますからね。延原さんと一緒に入ったんですよ、ほとんど。勿論延原さんは一月ぐらいさきでしょうけれども、ほとんど一緒ですよ。
江戸川　マンガ使ったというところの話までいったよ。
横溝　そうして、「ニューヨーカー」なんかのマンガ使ったんだが、しかし、やっぱり川口（松太郎）君てのはえらいな。それより早く「苦楽」であれを使ってたでしょう。
江戸川　使ってたね。

横溝　それをこっちでもやろうじゃないかというので、そのときの相棒がよかったのね。マンガの説明文で、僕のわからないところがあると、変な奴が横にいて、それはこういう意味だよといって、笑っているのさ。

水谷　渡辺温《おん》ね。

横溝　あの時分わしは神楽館にいたのね。そとから帰ってくると、階段上った曲り角で、横正の「広告人形」を読んだと話してる奴があるのさ。それが聞こえたもんだから挨拶に行ったのよ。それが宮田新八郎だった。扇谷《おうぎや》〔正造〕の前の「週刊朝日」の編集長さ。

江戸川　その下宿にいたの？

横溝　そいつが八畳の部屋に頑張っている。そいで挨拶に行ったのよ、こちらから。そうしたら、そこに慶應の学生がいるのよ。「苦楽」の懸賞に渡辺温が「影の人」というシナリオで当選した。谷崎潤一郎が選者でね。その渡辺温が慶應の学生だということを知ったので、渡辺温のこと聞いてみたんです。そうしたら、知っているというんだ。会わしてくれというと、会わしてやるよというんで、あそこで会ったの。ちょうど森下さんが勢力拡張時代で、君がいいと思うなら入社させてもいいよというんで、渡辺温を入れたのよ。オンチャン（渡辺温の愛称）がいなかったら、「新青年」はああまで新しくならなかったよ。それまで雑誌というものは、ベテランじゃないとできないと思われていたんだね。それが素人のわしにできたわけよ。そういうことだったと思うな。

延原謙、入社匆々金一封を貰い横溝正史をくやしがらせること、並びに海野十三を紹介すること

江戸川　それから延原さんにバトン渡したんだね。

横溝　それはこういうわけよ。わしがやっているうちに、あんた（江戸川氏）から「陰獣」もらっただろう。あれでもっとやりたかったのさ。

江戸川　昭和四年ぐらいだろう。

水谷　三年だ。

横溝　「文芸倶楽部」は博文館の看板雑誌だから、やったらどうかというので、それじゃやりましょうといって、「新青年」から移っちゃって、これ（延原氏）にバトンを渡した。

水谷　つまり「文芸倶楽部」というのがあって、博文館の一つの看板だったんだよ。それがそのわりに栄えてなかったんだね。だからなんか一カマおこしたかったんだな。それで「新青年」に横溝というのが入って、なかなかやるぜというので、あいつに「文芸倶楽部」を任したらやれるのじゃないかという話が出たんじゃないかな、想像するに。そうするとその後釜は誰かということになると、横正の判断で誰かにきめるということになって、延原謙が候補に上ったんだろうと、思うけどな。

江戸川　延原さん入社したときはどの雑誌にいたの？

延原　いきなり「新青年」だ。
横溝　くやしいんだよ、あれは、もう。
延原　僕がやったらね、いきなりそれが再版になったんだ。
横溝　そうそう、それがくやしいんだ。
延原　それで、社長からいくらかもらったよ。
水谷　金一封もらったなあ、俺も一緒に。
延原　銀座へ行って酒飲んだね。
横溝　われわれの企画した最後の号なんだよ。
延原　はじめて入ったその次の号が、自分でできるわけがないよ。雑誌というのは連綿としてつくっているんだからね。
横溝　それで口惜しいんだよ。
水谷　雑誌の再版というのは、大変なこってすよ。
横溝　「陰獣」は、増刊号から出しはじめた。それが三回目で再版になったの。そこで本位田君と相談して、「文芸倶楽部」で怪談号をやろうじゃないかというので、おぼえているだろう。表紙に化け蜘蛛退治の絵を画かして、怪談号を出した。そうしたらその号も売り切れちゃってね。ただ「新青年」をおびやかしちゃいけないというので、再版はがまんしてくれといわれたから、口惜しかったね。だからわしは雑誌つくる名人みたいに思われていたんだよ（笑）。
水谷　そういう感じだったな。
延原　横溝のプランで原稿も方々にたのんであったのが集ったやつを、僕が印刷所に渡しただけの話だ。それが、再版になったわけだ。いま森下さんの話によると、八カ月ぐらいやったらしいね。当時「朝日」という雑誌が出て、その方をやらされることになった。
江戸川　「新青年」時代に、なにか話ないかね。
横溝　わしが話する。ああ、そうそう。海野十三《じゅうざ》の話をしましょう。
江戸川　海野君は、あんたの時代かい。
横溝　そうだよ。海野十三という人は延原謙を知ってたんだね。どういうわけかわからないけれども。
延原　早稲田工科の僕の後輩だ。
江戸川　あれは最初あんた（延原氏）の世話で出て来たの？
延原　そう。
横溝　延原さんとわたしと真向いに住んでいた時代があったの。これ読んでくれというて機関誌みたいなものを見せてくれて、それが「しゃっくりをするコウモリ」という小説。それはトリックがあるのね。こうもり傘を、こうやる（開く）と、パクッとこうなる、という話で、これはいいねえといったのさ。会ってくれというから会ったのさ。延原さんの家、いまでもおぼえているよ。真向いの家だったなあ。あそこで会った。ぜひ書いて下さいというて書いてくれたのが、「電気風呂の怪死事件」。ところが、僕はあの人にとっても悪いと思っているの。そのときは文章がまずいと思ったんだねえ、本郷春台郎という男、あれに半分ばかり書き直してもらったの。それをいまだに後悔してる。ちょっと手を入れたぐらいじゃない。書き直したんだからねえ。わしゃ舌かみきって死にたいぐらい悪いな。

江戸川　それからブレーン・トラストがだんだん増してきたね。

横溝　この人（水谷氏）もいたけれども、院外団も持たなきゃだめだよというんで、上塚君（乾信一郎氏の本名）がいい院外団だったな。

延原　僕は改造社からね、『世界大衆文学全集』というものが出た。小型の赤い本、あれが十七万部出たんだ。一冊五十銭だけれども、十七万だから印税を四千円もらった。当時の四千円はちょっとしたもんだよ。それをもらったから、ふところに入れて大阪へ遊びに行ったんだ。そうすると、森下さんから電報が来た。何度も何度も電報が来るので、帰ってみたら、お前は「新青年」の編集をやるんだ、という。とても編集やれる男じゃないから、といったけれども、水谷君がついているから、というんで。

江戸川　水谷君も一緒？

水谷　一緒に入ったんだよ。横溝正史の推薦だよ、俺が入ったのは。

森下　将来のあるいい若いものだから、ぜひ入れなさいというて。

横溝　こっち（水谷氏）は、おかしいんだよ。こんなふう（前髪を下げた恰好）してたでしょう。あの恰好、この人（森下氏）はきらいなのよ。それをわたしは諫めてやったのよ（笑）。

森下　その時分から、わしは古いからな。

横溝　なんかカリプソじゃない。シスターボーイみたいな恰好してるのよ。

延原　そこで、入ったらすぐに雑誌をつくらなければいけない。雑誌をつくったところ、それが再版になったというんで口惜しいといっているわけなんだ。なんら、僕の功績じゃない。これ（横溝氏）のつくっておったのを引き継いで、そのまま原稿が集まってきたんだから。

水谷　それは野球でいうとね、大学の年度代りで替って、替った途端に優勝しちゃったっていうようなもんなんだよ。別に力があって優勝したんじゃなく、前の財産を受け継いで優勝しただけなんだけれども、いかにもわれわれが優勝したという風な感じだったんだなあ。ただ、「新青年」の名誉のためにいいますが、再版というのは、もう一度あるのよ。その時でなくて、野球の特別号出したときに、再版したことがある。だから必ずしも一度じゃないんだ。前の号とは全然性質が違うんだね。

水谷準のフランス趣味「新青年」の新風となること、並びに現「宝石」への忠言のこと

城　じゃ一つ、ソロソロ水谷さんの方にバトンを。
水谷　俺は「週刊朝日」の別冊に大分書きまくっちゃってね〔「懐かしき『新青年』時代」〕。もういうことないよ。大体わかってるわね。
江戸川　あんたがやる時分にはもうブレーン・トラストは揃っていたね。
水谷　ああ、揃っていたね。森下さんの時代から翻訳陣はキチッときまっているし、横正の時代から、横正というのは妙に人の才能をめっけるのがうまい男で、チョコチョコッといろんな奴を、つまり院外団的にスタッフをつくっていた。
本位田　そのときには僕はわからなかったけどね。今ごろ思ってみてね。「新青年」の隆盛ということは、これはやっぱしフランス文学のあなた（水谷氏）がね、僕なんぞには全然わからなかったけれど、フランス風の味を組み入れたんだね。
横溝　そや、そや、彼の功績だよ。
本位田　そこへもってきて、映画というものね。映画人があああいうふうな方向へね、みんな行っておったことがね。
水谷　偶然だよ。一種の偶然だよ。

本位田　一種の偶然かもしれんが、そういうふうな功績は、あなたにあったと僕は思うんだ。

水谷　それは俺はまとめ役だったけどもね。さっき森下さんがいってた、つまり自分がやるときに探偵雑誌のできる機運があったんだということを一番先にいったけれども、同じことを僕もいいたいんだよ。

森下　だがね。それについてはね。

水谷　ただそれは、機運だけを待っててもできるもんじゃなくて、やっぱり先鞭はつけなきゃいけないんです。どっかでね。

森下　そういう機運がどっかでできているものなんだ。「新青年」が本当に横溝、水谷時代からよく売れ出したというのは、時代感覚というものが探偵小説以外にくっついてきたからだと思うんだ。それがやっぱり一つの温床、上げ潮だったんだ。その一つは谷譲次だ。

城　そう、谷譲次だ。

水谷　一番先に書いたのは谷譲次なんだから。それを「週刊朝日」に僕は書いているんだ。

森下　谷譲次の翻訳の短いやつ、あれが受けたんだ。彼は「中央公論」に書き出し、「読売新聞」に書き出した。あれが洋行できたのは、「新青年」で売り出したおかげなんだ。『テキサス無宿』ね。『テキサス無宿』から、その他の小ちゃい一口ばなしの翻訳というものが「新青年」の読み物にあったということが、一つの温床なんだ。

本位田　それはあった、たしかに。

森下　それから、横正や水準のような頭のええ近代的センスが飛びこんだことが、「新青年」に、探偵小説以上にそこに息吹を吹きこんだということはまちがいない。

水谷　だから乱歩さん、一言ここでいいますが、現在の「宝石」を一つの雑誌にし、確実にするためにはね、今までのことは九分でいいんですよ。あとの一分をですね、なにかこの、新しい、といったって別に尖端という意味じゃないですよ。その一分を、ひっぱるものをなにか発見してほしいんだ。それであなたの役はすむんだよ。われわれは偶然にそこにあたったんだ。

江戸川　それはたとえば？

水谷　それはわからないよ。やってみなきゃわからないさ。それはナンセンスでもいいよ。いま本位田君がいった映画、あのとき映画というものは一つの新しい仕事ですからね。新しい芸術ですよ。それがなんかポイントを見つけようというときに、「新青年」というものがそこにあったんだな。映画関係のものがまあ、今日でいえば幼稚なものであるにせよ、「新青年」が横溝、延原、水谷という、なにかあの雑誌やっているぜ、あれは映画で行けるんじゃないか、というのがきっと、何というのか、ポイントだったと思うんだ。いまの乱歩の仕事に望むものは、九分のうちのあとの一分ね。

森下　時代感覚というものがなければ、どんな雑誌もだめだ。

水谷　尖端というものじゃないですよ。昨日ネールを聴いたんです。ネールに何かあるですよ、やっぱり。あの諄々乎《じゅんじゅんこ》としてね。わりに訥弁《とつべん》ですね、思ったより。その感覚が非常に何か新しい、まあ動きだな、という感覚を彼は与えるですよ。
松野　銀ブラマンの雑誌に、持って行ったのは水谷君だ。
江戸川　それでね。牧逸馬をはじめとしてブレーン・トラストは、いってみると、誰だい。温ちゃんがいただろう。
水谷　ブレーン・トラストはキリがないほどおりましたね。
江戸川　その中でめぼしいのは。
横溝　それはやっぱり生活を保障してやれなきゃだめだからね。
水谷　延原謙だってみんなブレーン・トラストですからね。
江戸川　社員でなくてさ。
横溝　それがほしいの。それを院外団とわしは称していた。
水谷　中村進治郎、長谷川修二、土岐雄三ね。今いった映画の関係にもいますよ。飯島正。
本位田　まあ、そういう特定銘柄はともかくとしてね（笑）。あのときもやっぱしあなた（水谷氏）の感覚がよかったんだよ。それはフランス的ななにか……。
水谷　いや、フランスというのは今でもそうなんだよ。ア・ラ・モードなんていったでしょう。

本位田　あのとき正木不如丘《まさきふじょきゅう》という人の随筆が非常に売れたんですよ。『診療簿余白』なんてものを書きましたね。ところがあれはフランスにあったということをその後に聞きましてね。どうも日本人の読書感覚というものは、フランス人にひどく傾倒しておったような時代だったんだね。それがなにか渾然としてね、「新青年」の編集に集約されておったということがいえると思う。

水谷　フランスの感覚というものは、一言でいうと折衷する感覚ですよ。つまりね。イギリス風のぐっといくやつと、ドイツ風の非常に機械的なものとを折衷するのは、いつもフランスなんだ。あの国の感覚ですよ。

横溝　こういうことをいえば一番正しいだろう。つまり巻頭言を水谷君に書いてもらったのよ。それから温ちゃんがやっていた。そしたら大阪でさ、女学校でモダンボーイの投票やったのよ。わしはトップさ（笑）。温ちゃんやこの人（水谷氏）のことを知らないで、わしの味だと思ったんだね。「新青年」は、片岡鉄兵なんかと並んで五人のモダンボーイというわけさ。

城　それは書いているものについてなの？

横溝　じゃなしに、「新青年」でしょう。「新青年」〔自体〕の魅力でしょう。書いていたものは、変なものを書いていたんだからね。

江戸川　だけど水谷君ね、二十年やっていてね、その間にいろいろと変化はあるわけでしょう。

水谷　あるですね。僕はもう三年でだめでしたよ。大体三年から六、七年にもう一つの破局がきますね。

横溝　三年続けばあとは続くね。

水谷　もうね、あとは惰性ですよ。それは松野さんをいじめたってなにも出て来ないんだもの（笑）。

松野　本当だよ。

森下　松野さんの苦労話をちょっと聞こうじゃないか。

松野　いや、まあ別にないですよ。

江戸川　博文館が新館になってからね。あんたたちのやりあっているところへぶつかったことがあるんだよ。表紙についてね。水谷君が松野君に相当こっぴどく文句をいっているんだ。松野君、よく怒らないと思ったね。あとで怒ったかい。

松野　とにかくねえ、顔の俳句を画けというんじゃからね。俳句ったってなかなかこれキャッチするの大変ですよ。

水谷　こっちはね、デパートの図案主任みたいなものですよ。この一年はこんなのでいこう、というプランができるでしょう。そうするとやっぱり松野さんに何かやってもらいたいんだな。思い切ったことを。ところがこっちの思っていることと、松野さんの感覚がやっぱりズレるですよ。一緒にこないですわ。そうすると、ああ、どうしてこれがわからないかということになっちゃって、そこでケンカしたんですな。

森下　松野君も、おしまいごろはキッチリとモデルをもってきて、モデルを前において表紙を画いたね。

江戸川　とにかくあれだけ長い間一人で表紙を画くというのは大変なことですよ。苦労しただろうね。

城　ずっと女の子の顔ばっかりになっちゃったから大変だね。

江戸川　それだって、いろいろ違えてある。

松野　最も店頭でアッピールするものはなんだというと、いろんな画材を利かせるよりも、当時のモダンガールのね、いろいろの種類といったようなものを列挙した方が最も効果的であろうということだな。なあ、水谷さん。結局そうだったね。

水谷　こっちも迷っているんだからね。なにも国家主義みたいな、そんなきちんとしたものがあるわけじゃないんだから。たえず迷っているんですよ。すぐガラリガラリ変るんだ。それを松野さんにお尻を持って行くわけですよ。何かしてくれというわけですよ。こっちは台所の注文を聞く料理人みたいなものですよ。これはちょっと塩辛い。もっと甘くしてくれというんだ。松野さんはつらかったでしょう。

松野　途中でずいぶん投げようかと思ったけれどもね。これはおかしなものでね。古女房というような感じになってきてね。

江戸川　では、このへんで。時間もずいぶんたちましたから、速記をやめることにします。どうもありがとう。

（「宝石」一九五七・十二／『復刻版新青年別冊』国書刊行会、一九八五）

〔註「新青年」編集長各在任期間：第一代　森下雨村（一九二〇・一創刊～一九二七・二）／第二代　横溝正史（一九二七・三～一九二八・九）／第三代　延原謙（一九二八・十～一九二九・七）／第四代　水谷準（一九二九・八～一九三七・十二）／第五代　上塚貞雄（乾信一郎）（一九三八・一～十二）／第六代　水谷準（一九三九・一～一九四六・九）／第七代　横溝武夫（一九四六・十～一九四八・三）／第八代　高森栄次（一九四八・四／五～一九五〇・七終刊）〕

Ⅱ 対談・鼎談

E氏との一夕

稲垣足穂

本社（編集部）　同性愛、いわゆる「美少年」については、昨今、この方面の職業人の進出に依って、一般の認識も改まった様でありますが、従来の文学等に現われた異性間の恋愛のみを取り上げる傾向のためか、アブノーマルな遊戯として考えている人がいまだ一部にあることは、まことに遺憾に存じます。稲垣先生の持論である理想的な産児制限法としての同性愛やニーナルエロティーク、そういう実利的方面は別としましても、精神的にも又文化的にも重要な位置を占めている同性愛について、両先生の蘊蓄を傾けていただきたいと思います。

稲垣　上野公園や日比谷公園辺りでは、かつて外国の土産話として耳にしたようなことが現実に行われている。そういうことがあってもよい。あるべきだということに、近頃やっと気が付いてきた。これは我々にある宇宙的郷愁の一形式、イデアの世界からの投影で、第三秩序に属するプラトニックラヴのカリカチュアである。そういうことを私は江戸川さんに聞いて貰っていたのです。

江戸川　じゃ僕が一般論をやるかな。文学においても性慾を取扱うことは必要だ。今日の裸レビューは全く遊戯化されている。性慾は今までは罪悪視されて来た。もっと昂然たるものとして扱うべきです。

稲垣　近頃の女の子は実によくワイ本を読んでいる。戦争中この方面がお留守になっていたんだから、無理はない。

江戸川　アメリカの小説の中に、お母さん同士が、お宅の娘さんはお医者さんのお話すみましたかとたずね合う会話が出てくる。これはいいことだと思ったね。金持の奥さんや令嬢がたは、ふだん小説を読んでいらっしゃる。妾《わたし》もそうであったらこんどのようなしくじりはなかったろう。そういって貞操を失った女中が嘆いたという話がある。ところで、奥さんや令嬢にはかえって小説類に親しんでいたがために、好奇心の実験が起り易いという人がある。文学の必然から生れる性愛描写は差支えないと思います。

稲垣　伏字というものは子供の頃魅力がありましたよ。

江戸川　性的の読物は写本やなんかで、子供という者は読むものです。あらわに読まれているか、ひそかに読まれているか、どっちかなんだ。

本社　探偵小説なんかは殺人事件だとか、そういうたぐいが多く取扱われて、性的犯罪を扱ったものが案外少ないという。
江戸川　そんなことはありません。戦争前にエログロ時代というのがあって、探偵小説はエログロの代表者みたいに思われたものです。
本社　性的犯罪者というのは窃盗犯より教化がむずかしいそうですね。
稲垣　それは人間の自然性に出ているからでしょう。
江戸川　しかし泥棒だって本能ですよ。誰のものであろうと欲しいものを取って食うのが、原始時代の普通のやり方ですからね。法律や習慣でこれを禁じて罪悪ということにしてしまったので、その点では性慾も食慾も差別はありませんよ。
稲垣　しかし性慾の方が直接的で、且つ普遍性を有《も》っていましょう。
本社　それがいわゆる変態性慾というものですね。
江戸川　エエ変態性慾はむつかしい問題です。普通の性慾の場合は他に予め方法があるのだから、金さえあれば犯罪はやらなくてもすむ。経済問題です。物の場合でも同じです。有名な宝石を盗むのは女の場合よりもむつかしいでしょう。
本社　現在、いわゆる同性愛ですね。あの方面の商売は相当に行われているのでしょうか。
江戸川　同性愛者パーセンテージは昔から大して変化ないのじゃないかと思うが、パンパン嬢が増えたと同じに、この方には食うためにそういうことをやる者が増えてきているのでしょうね。しかしこれは何も戦争後にだしぬけに起った問題じゃないのです。

稲垣　江戸の全盛期には江戸中で六百人くらいだった。つまりお女郎みたいな存在がね。ところで現在上野界隈で三百人、他に銀座、日比谷、新宿、池袋と見積って行くなら、現代の方が隆盛だといえやしませんか。

江戸川　そんなことはない。女の場合でも遊廓以外に売色者がないかというと、決してそうじゃない。他にも機関がある。それと同じことで、むかし同性愛の遊び場所が公然とあった時代には、非公式なものが沢山あった筈で、この点は昔の方が盛んだったでしょう。徳川時代にはそれが社会的な常識のようになっていた。常識化されていた時代の方が無論実行者も多かったに違いない。

本社　ドイツ辺りじゃ、あの商売に社会的な地位が認められているのじゃないですか。

江戸川　そういうことはないでしょうが、殆んど公然とやっていたようですね。戦前まではパリとベルリンが一番盛んだったといいます。やはり性格的に女性分子の多い男がそうした商売人になるのですね。みんな年寄なんです。三十以上のも多いそうです。ドイツなんかへ留学した者がそれを見てぞっとして帰ってくる。

稲垣　カイゼル髭を生やした堂々たる稚児さんがあるのだから。

江戸川　それでも客があって、商売が成り立って行くのだからおかしなものだね。

本社　それは日本の場合のように、稚児さんが可愛いという妥協的な見方で何するというより、むしろテクニックの点でしょう。

江戸川　そうなんだろうね。

本社　元来同性愛が生れて来たのは、どういう所からでしょう。

江戸川　一般的な動機ですか、これは太古からあります。人間の性格にあるのですよ。つまりワイニンゲルがいっているように、人間というものは男でも女でも、女には男性分子がいくらかあり、男にも女性分子がいくらかある。その本来の性と違った分子の非常に強い者が、やはり変態的になるのですね。これは動物社会にすらあります。西洋にはそういう性格を理解して、弁護論をとなえた学者がいろいろいますね。例えば、ドイツの前世紀のウルリックスという人、この学者は全国を遊説して廻った。沢山の著書もある。これがおそらく近代における同性愛弁護の嚆矢《こうし》だと思います。クラフト・エビングだとかハヴロック・エリスだとかヒルシュフェルトなどは、ウルリックスよりあとです。同性愛者は決して悪をやっているのではない。彼らは同情すべき人間なのだという弁護論ですね。この方の研究はドイツが一番多い。

稲垣　人間の性慾と名付けられた不思議な衝動は、ただ数を増やすだけの目的でなく、完全な人間像を求めて働く。飲食の場合と違って、これは全人間性をバックにして、美しき未来に向って動いている。その努力は、創造というよりはむしろ恢復《かいふく》の道である。女は好ましいけれど、いやな所もある。男だってその通りだ。双方の欠点を取除いて組立てた人間性のモデルとは何か？

まず人間が最も美しく賢明な時期、いい換えると十二、三から十五、六歳の少年が暗示しているものだという他はない。少年愛好の根拠をこう見てよいと私は思っています。美少女にしても差支えない。けれども婦人はもともと人類の質的向上については常に刺戟者の位置にしか立つことができなかった。そのために美少年という原型が先に採用されて、当然両立する筈の美少女があと廻しにされた。しかしギリシアを曙にする文明が美少年に始まったのなら、来るべき新文明は美少女の理想に向って踏み出されるのかも知れない。そうしてそんな第二のプラトンが出ることが期待される。精神的価値としての人間を見るならば、美少年ないし美少女の理念は、あえて同性愛者に限らず、何人にも当然うながされてよいことだと思う。

江戸川　文学的な近世の例には、ジイドに『コリンドン』という長い論文があります。非常にいい論文です。トーマス・マンの『ヴェニスに死す』これは少年愛を描いている。同性愛の理解がない人が読んでも非常に面白い。マンにはその外にも沢山ある。ちょっと古い所へ行けば、J・A・シモンズというイギリスの作家、それからヴェルレーヌやワイルドは勿論ですね。ポオにもその傾向があったということを、最近知ったが、これはフランス人の書いた伝記に出ている。ホイットマンがそうですね。外国の文学者にはこれを讃美した人が多い。あらわに書いていないけれども、ジイドの『贋金つくり』なんかも、この思想を知らないで読むと本当には判らない筈です。ジイドがいっています。スタンダールの『アルマンス』のことをね。あれはインポテンツの主人公を扱っているのですよ。普通に読むと判らない。ジイドの作品もこれと同じで、同性愛を知らなくちゃわからない所がある。マンでもそういう所がある。同性愛の思想はそれ程一般的なものなんだけれども、世間は何だか下品なもののように考えているのですね。

稲垣　江戸川さん、お序でにギリシアと日本文学上のそれについて述べて下さい。

江戸川　文学上に同性愛が最も多く取り入れられているのは、古代ギリシアと、日本の室町から元禄にかけてですね。実際上の方面でも盛んだったと思うが、元禄前後の文学にこれが現われていることは世界に類がないと思う。西鶴を初め浮世草子は全部と言ってもいい程同性愛を書いている。

稲垣　浮世草子ですね。謡曲がそうですし、芝居がそうですね。

江戸川　芝居はお国の女歌舞伎が一番早い。これが風紀を紊《みだ》したので禁止された。その代りに少年が芝居を演じることになり、若衆《わかしゅ》歌舞伎が生れた。ところがこれがやはり風紀を紊した。若衆趣味というものが当時一般に流布していましたから。そこで幕府は若衆の前髪を剃らせて野郎頭にしたが、役者の方では紫頭巾をつけて美しくした。これが野郎歌舞伎です。やはり弊害はあった。野郎を買うという言葉が出来たくらいですから。能の方でも足利将軍が奨励して盛んになったのだが、その裏にはやはり能の子役の美少年を愛する趣味があった為に、いっそう盛んになったのですね。観世二世の世阿弥、能楽史上最大の人物で、能の美学を書いた人ですが、この人自身が少年時代に将軍の寵愛を受けた。ギリシア悲劇のソフォクレスがやはり美少年で有名ですが、そういう点でこの二人は似たところがある。芝居が盛んになった裏面にもやはり同性愛の色気というものがあるのですね。色気によって皆がわいわい騒ぐ、それが芸を盛んにすることにもなった。浮世草子なんか見ると、男役者にうつつをぬかしているのは、女でなくて、主に男なのですよ。

稲垣　バカヤロウという言葉が現に残っている。これは実際にそんな馬鹿野郎がいたのか、振られた客の腹いせの言葉でしょう。きみ、ぼくというのも、島津城下に生れた同性愛専用語の敷衍《ふえん》でしょう。

江戸川　野上豊一郎さんは能には同性愛はないと断言しているが、これは可笑しい。能ほど同性愛思想に満ちたものはない位です。

稲垣　野上さんは同性愛に反撥を感じておられるのでしょう。いつか謡曲「天鼓《てんこ》」のことをあなたと話しました。あれは観阿弥でしたか、資質が良くて非常に嘱望していた愛子を失った時に、「天鼓」が作られたのだと聞いています。これを聴いてると、星きらめく下、呂水《ろすい》の堤の夜は更けて、阿波に美少年の姿が浮び上ってくるようで、うすら寒い気持になる。ギリシア語かラテン文で綴られていたなら大したものでしょう。単なる父子の関係を超えた、永遠の美少年の形相がそこに彷彿としている。リアルに見せてやりたいものです。

江戸川　元禄以前から文化文政頃まで美少年の売色というものが盛んだった。これは京坂に始まって、江戸にも移って盛んになったのですね。元禄前後には、それが女遊びに厭きた粋人の最も贅沢な遊びとされていた。遊ぶ場所や服装なども非常に凝った豪奢《ごうしゃ》なものだったらしい。無論生来の同性愛者だけが遊びに行ったのではなく、文化の爛熟した現象だったのですがね。その頃の舞台子との遊びなどは、遊女の松の位の太夫を買うよりもっと高価だったのです。

本社　要するに女は不浄だというような……。

江戸川　いやそれよりも爛熟の果てなんですね。当時の客は必ずしも性格的に女が嫌いな人ばかりじゃない。女をきたないと感じるのは、それは本物の同性愛者だけですよ。びんつけ臭い、白粉《おしろい》くさいという。少年は梅花の香りだというのですね。

稲垣　女の場合は美人に限るというわけでない。女でありさえすれば大抵の所で我慢もできる。ところがこちらは絶対に美少年でなければならない。一般の少年は使いものにならぬ。そこに美学的条件の差異がある。

江戸川　徳川時代には武家にもお小姓という優美な役目があったりして、一般に少年の身だしなみがよかった。明治時代でも子供に熨目《のしめ》の紋付きを着せ、派手な袴など穿かせたものだ。

稲垣　あれは室町頃から起った美少年主義の一等おしまいのものであった。新しい美少年のイデアは、まだどこにも現われていないようだ。

江戸川　女性の方で言えば、女性のイデアはキリスト教以来マリア様であった。ある時期には聖母マリアに恋愛的信仰を捧げたんだね。中世の騎士道がそれに結び付いて、騎士道的女性愛という理想的なフェミニズムが生れた。しかしこういう女性崇拝は後世のことで、古代ギリシアで信仰と結び付いていたのは同性愛なのです。ギリシアの大神ゼウスが鷲になって美少年ガニメデスを掠《さら》ったという神話は有名ですね。それから愛の神キューピッド、これがギリシア語ではエロスで、元来女性愛ではなくて、男の同性愛の神様なんだからね。女性愛が昇華されて、信仰となったものがマリア崇拝の形を採り、同性愛が昇華されて、エロス崇拝となるわけですね。

稲垣　けれども、いわゆる男ではない。人間性の永遠の模型です。

江戸川　それをギリシアでは男性が代表していた。哲学者の方ではプラトンのエロスが最初のもので、エロスを知っている者が始めて昇天できるという「パイドロス」の哲学ですね。しかし当時のギリシア人は女性を知らなかったかというと、そうじゃない。女性愛はつまり子供を生む手段、女房は家庭の道具であって、精神的恋愛の相手にならないという考え方なのですね。その点も徳川時代と似ているのです。

稲垣　江戸川さんは新プラトニズムとグノーシス派の匂いがする。「一寸法師」や「黄金仮面」や「陰獣」を媒介にして、古代ギリシアの理想を恢復しようとしているようだ。新ギリシア主義を逆説に裏付けようとするのが、江戸川乱歩の文学だとはいえないかしら。

江戸川　いま気がついたからいうが、同性愛の精神というものが、そもそも物事を抽象化する精神と同じですね。
稲垣　私はこういうことをかつて思った。童話にはメタフィジックなものと自然主義的なものとがあるが、前者などは明らかに少年愛の影響を受けた顕著な例だと。さっきのポオにおける同性愛云々も、あそこに取扱われている女性を顧れば当然だと思われます。ポオの女性は抽象そのものです。
江戸川　具体的なことはいわない。隠すわけじゃなく、性格上そうなるのだ。同性愛的な性格の人は男でも女でも抽象性が強い。この抽象性と同性愛的なものの関係は、普通人にはちょっと判りにくいけれどもね。同性愛というと変態的なものを連想するけれど、稲垣君もいわれるように中性的なものを愛する心ですよ。中性が理想なんです。男と女に分化されてしまえば具体的になるが、もっと抽象的なもの、男女未分化の人間への憧れ、中性への憧憬といいますかね。
稲垣　中性というと男女両性を薄めて、突きまぜたようで消極的だけれど、原型への郷愁だということからいえば、むしろ超性と呼ぶのが至当だ。恋愛は宗教であるということがここに初めていえる。少年像とは男や女という場合とは全然別な秩序に属するものです。
本社　それなら江戸川先生は、少年愛の方ではなく、いわゆる一般同性愛なのでしょうか。
稲垣　そうとも限らないでしょう。いまもいったように江戸川さんの芸術は新ギリシア主義の旗じるしの下に置かれている。そこには永遠の人間像への憧憬と、その再建への悲願がある。

江戸川　同性愛の原理はなかなか哲学的な所があるわけだね。

稲垣　ところで同性愛だってそうだが、男女のことにしても話はとかく下の方へ移る。けれども厳密な意味の愛、カリタスとはそんなものでないでしょう。純粋な愛の経営に当って肉体はむしろ邪魔になる筈だ。といって差し当りどんな具体的な方法があろう。ここに問題がある。この難点について話し出したら夜が明けてしまいます。

江戸川　プラトニックラヴというと、一般に男女間の理想恋愛のことだと考えているが、これは語源的にいうと理想的同性愛ですよ。プラトンはそういう意味に使っていたのです。実行するともうこれはおしまいです。男女の恋愛だってそうですからね。ショーペンハウエルは同性愛という一項を書いているが、ああいう風に抽象されたものがいい。今のようにパンパンボーイなんかが出て来ては興ざめですよ。実行できないからこそ文学に昇華されるのです。ホイットマンが後世疑われて、稚児さんは誰だったろうと詮索したりするけれども、そんなことはどうでもいいので、彼の哲学的精神を理解すれば充分ですね。

僕が一番感心しているのは、J・A・シモンズの「ギリシア道徳の一問題」という本だが、これは最初十冊しか刷らなかった。キリスト教国ではこれを非常に罪悪視して、昔は同性愛者は火刑に処せられたものです。その十冊を問題に関心を持つ知友に配ったのです。

その中にはアラビアンナイトの英訳者リチャード・バートンなども入っていた。この本は後年諸国で五十部百部と増刷され、僕もあとの版で一冊持っているが、調子の高い、いい本です。いつか訳したいと思っています。これには古代ギリシアの哲学、悲劇、喜劇などの同性愛に関する文献が詳しく出ています。

中世から近代にかけての文献は、ロシアの医学者ターノフスキーの『ヨーロッパの同性愛』という本、これはクラフト・エビングなんかより早い研究書として有名ですが、この巻末に詳しい文献表があって、文学作品も沢山入っています。近代で目立っているのはワイルドの『ドリアン・グレーの画像』、ヴェルレーヌの作品、ジイドの『贋金つくり』『一粒の麦もし死なずば』その他でしょうね。ジョイス、プルーストなどの作品でもこの精神が濃厚に入っているし、オルダス・ハックスリーの『ポイント・カウンター・ポイント〔恋愛対位法〕』なんかにもある。更に抽象的なのはホイットマンの『草の葉』、ペーターの『ルネッサンス』など……これらは知らないで読むと、判らない。

稲垣　ペーターは書いている。ダ・ヴィンチは少年の頃非常に美しい子供で、いつもいい声で即興で歌をうたい、フィレンツェの街を歩く時には鳥を買って籠から放してやり、赤い縞柄の派手な衣服と活気ある馬を愛したと。

江戸川　そう、ルネッサンス時代にも多いですね。ミケランジェロの彫刻は女でも男性的で、筋張っているのだ。彼は女性分子の非常に多い人なんです。何とかいう彫刻、筋骨逞しい男に彼自身が踏み付けられている。あれなんかミケランジェロ自身の同性愛的マゾヒズムを表わしたのだというんだよ。
稲垣　ダ・ヴィンチは自分の学校へ生徒を入れるのに、容貌で選んだという話が伝えられている。
江戸川　好きな少年弟子にはいろいろ物を買ってやっている。そのメモのようなものが発見されて何かに発表されたことがある。それからフランスのヴェルレーヌは同性愛のために入牢し、ワイルドも実行家で、やはり牢へほうり込まれた。
稲垣　ヴェルレーヌの方が同情されます。道徳苦悩がないようなものは、いかに美的弁明が付こうと人間的存在だということはできない。
江戸川　ワイルドはひどく遊戯的だったね。町を歩いていて美少年を見るとホテルへ引っぱって行くのだからね。そのため裁判になって、そういう少年達が皆証人に呼ばれてひどい目に逢っている。それから又昔に戻るが、ルネッサンス期ではあらゆる人がそうだな。ヴェンヴェヌト・チェリーニ、当時の有名な彫刻家です。これがやはりその方の大家です。ギリシア、ローマに遡ればもう数え切れない。紀元後三世紀のラエルチオスの『哲学者列伝』という本が残っているが、これにはギリシア哲学者の同性愛事件が沢山出ている。後世のギリシア研究の種本は、この本とアテナイオスでしょうね。やはり三世紀の初め頃の人で、『宴会の学者達』という本、これが又虎の巻です。

ギリシアとなると材料過多で困るのだが、例えば悲劇詩人のソフォクレス、彼は同性愛を扱った劇を書いているし、実行家でもあった。ある時一人の少年を郊外へ連れて行って、マントを敷いてその上で話をした。そしてうっかりしていい気持になって、うたたねをしている暇に少年が自分のマントと取り換えて逃げてしまった。ソフォクレスは仕方なく少年の小さな汚いマントを引っかけて帰った。同じ三大悲劇詩人の一人エウリピデスがこれを聞いて、自分もあの少年を可愛がったことがあるが、外套を盗まれたりしなかった。君が余り甘いからだと揶揄した。するとソフォクレスは皮肉な詩を贈り、君は人妻を盗んだじゃないかとしっぺい返しをしたということが、アテナイオスに出ている。もって一般の状態を知るべきでしょう。しかしギリシア人は同性愛を罪悪と考えなかった。原始的無邪気さで朗らかにやっていたわけですね。

稲垣　サッフォーのことを話して下さい。

江戸川　女詩人のサッフォー、これが女性同性愛の元祖です。だから女性同性愛のことをサッフィズムといいます。又、サッフォーはレスボス島の人だから、レスビアンラヴともいうわけです。沢山の女弟子を持っていたが、その中の美しいのを愛した。そういう年少の愛人を歌った詩が残っている。それから大分後になるが、ルキアノス、例の滑稽随筆家のルシアンですね。この人の作品は沢山残っています。プラトンやソクラテスが同性愛的に揶揄されている。

ギリシア愛の精神はね、当時の女性というものは智識的な、又は精神的な話相手にならなかった。ところが男性は年が若くてもそういう話相手になる。男性同志の交友は深い話ができる。そこで真の愛情の相手は男性ということになる。話相手であっても肉体的にも美しい方が無論いいのですが、その理想からいえば、精神的に緊密に同感できるものがあれば、美醜などはどうでもよかった。それで同性愛というものは単なる友情と非常に近寄ってくる。逆にいうと普通の友情の中にも無意識には同性愛的感情があるのですよ。意識したら恥しくなるが、意識しないから何でもない。妙にうまの合う友達というものがあるでしょう。その裏には恋愛感情がどこかにあるのですよ。

稲垣　大谷光瑞氏の二楽荘には、ホワイトロシアの少年もまじえて、五人の侍童がいたそうです。学生の面倒を見るとか、生徒を教育するとかいうことの奥にもやはり同性愛的感情が働いている。そうでなければ偽善家だという説も成り立つ。もう一つ、ギリシアと日本とよく似ている点がある。両方とも戦争を強くする為に同性愛を奨励したような形があるのです。日本の戦国時代がそうです。

ギリシアでは武士に三人ずつの組を作らせた。戦友という言葉があるけれども、あれです。年下の者と年上の者の組合せで、一方は稚児さん、他方が二世さん、ギリシア語ではパイデカとエラステースという。そういう組合せで戦場へ出る。そうすると愛人の見ている前では卑怯な振舞はできなくなる。お互いに非常に勇敢になる。もし少年が卑怯な真似をしたら、兄分の方が代りにみんなの制裁を受ける。それ程責任を持ち合うのですね。当時の政治家がそういう組織を意識的に作ったのです。スパルタの軍隊はそれで非常に強かった。アテネの方は思想的、スパルタの方は実行的に同性愛を取入れたわけ。

日本で戦国時代にこれがあった。戦場へ女を連れて行ったって仕様がないので、小姓という制度が生れた。森蘭丸の如き例が見られる。主の方も稚児を守るというわけで、それが戦いを強くした。これには有名な平田三五郎物語があります。世界的に知れていますよ。巌谷小波《さざなみ》がドイツに留学中、日本の同性愛の歴史を書いて発表しました。それをドイツの同性愛学者が引用して著書に入れてから、〔エドワード・〕カーペンターなども英訳するし非常に有名になって、日本のホーマーだといっている。三五郎物語は九州の田舎の人が書いたもので文章はうまくないのだが、外国人は筋だけ読むのだから、なるほど『イリアス』みたいな所があるのです。

稲垣　その他には「秋の夜の長物語」「鳥辺山物語」「幻夢物語」などに代表される稚児宗の月光界、涙にひたれる耽美主義とも名付くべき種類がある。

本社　耽美主義と同性愛とは密接な結び付きを持っているのでしょう。

江戸川　どこかで繋っていますが、耽美主義が直ちに同性愛というわけではないでしょうね。

稲垣　『コリンドン』は十冊くらい出したんですってね。

江戸川　確か十二冊ですよ。フランスは同性愛にそんなに神経質でないのだが、ジイドの性格がそうさせたんでしょうね。『一粒の麦もし死なずば』なんかも最初は限定版で匿名で出している。
本社　こんどは『制服の処女』についてどうか……。
江戸川　あの映画は別に原作はないでしょう。いいものでしたね。堕落した意味ではないセンチメンタルな所が。
本社　実際はああいうものと全然違うのじゃないでしょうか。
江戸川　いや大部分はあれですよ。有名な本があるね。『ウェル・オブ・ロンリネス（孤独の泉）』というやつ。僕も持っているが。
稲垣　女同志の愛だってやはりイデアに対する郷愁に発している。それが現世のお父さんかお母さんに対する条件によって、いろいろな形式を生み出す。
江戸川　精神分析学的にいうと父親錯綜、女の場合はマザーコンプレックスかな。男の子の場合はお母さんに無意識恋愛を感じて、お父さんを競争相手としてお母さんの愛を争う。意識下でお父さんを憎むのですよ。その潜在意識がいろいろな形で現われる。女の場合は逆にお父さんに恋愛するのが多い。何処の家庭でも女の子はお父さんに甘える。男の子はお母さんに甘える。潜在意識にそういうものがあるからだと精神分析学ではいうのです。これは本当だと思う。

しかしたまには男の子の中にもお父さん子というのがある。こういう男の子には女性分子が多いのだね。だから同性の父の方に惹かれる。同じ様に女の子でお母さん子であった者は男性分子が多い。女性同性愛の場合は男性分子の多い女の子、つまり男みたいな女の子が同性愛に於ける男の立場を採る。普通の優しい女の子が女の立場を採る。男の場合と逆です。男の場合は愛する方は普通の男で、愛される方が女性的男子。女の場合は愛される方が普通の女で、愛する方が男性的なんです。そういう性質の子が女学校なんかで同性愛を始めるとこれが流行になって、そんな性質のない者も真似るのですよ。子供の遊びみたいな無邪気な気持で真似るのですね。それが出発点でだんだん深刻になって行く場合もあるけれども、どちらかといえば、単に無邪気な遊びに終る方が多いと思う。ですから某の女学校では同性愛が流行っているなどといっても、精神的なものが大部分だと思います。

稲垣　つまり『制服の処女』です。

江戸川　同性愛は菫《すみれ》だという秘密がそこにある。

稲垣　ジイドでもシモンズやホイットマンにしても、この人達のそういう思想の文学も、実行しないからこそ生れてくるのだ。実行してしまえば書けなくなる筈です。抑え付けているから、昇華されて、文学として現われるので、こういう方向がまあ理想的な方向だね。

江戸川　同性愛は古来、質的方面の発展に多大の寄与をして来たとカーペンターがいうのは、そこです。

江戸川　『ヴェニスに死す』、あれは実行しないで、実に深刻な恋愛をしている。プラトニックラヴという言葉そのものが既に実行を伴わない恋愛という意味でしょう。同性愛というものは、本当に最も高尚なものなんだね。プラトニックという言葉がそれをよく表わしている。僕らの犯罪小説についていってもね。犯罪をする人は書いたり読んだりする必要はないのです。同じように、恋愛を実行している人間には恋愛文学なんか必要もなければ、生れもしない。何か不満のあるものが初めて昇華されて出てくる。同性愛は殊にそうです。そこから昇華された文学が生れる。稲垣君の如きはそういう文学者の一人ですよ。稲垣君、結びとして、キタ・マキニカリス精神について何か……。

稲垣　キタとは生命、マキニカリスはマシーン、機械、からくり、仕掛、つまり宇宙博覧会の機械館という程の意味です。キタ・マキニカリスの理想は、美少年と美少女の結合の上に生れるコバルト色の新文明です。美しい肉体は人々を惑乱に導くが、そういう目標よりはむしろ愁いなき光の美しさ、誰もが淋しさを覚えずに驚嘆し、これにあやかることを願求するに到るような、こんな精神美こそ基調にしたい。

江戸川　「永遠に美少年なる者我等を引きて行かしむ」の境地だね。

稲垣　そうなのです。同性愛は常に一つのWeltgeheimnis《ヴェルトゲハイムニス》（世界秘密）でした。

（「くいーん」一九四八・一。原題「その道を語る　同性愛の」／「ユリイカ」一九七四・十一）

［註　江戸川乱歩による付記「同性愛文献虎の巻」は本文庫巻末参照］

幽霊インタービュウ

長田幹彦

まえがき

心霊実験について世間ではいろいろな説を言う人がおります。この対談も心霊実験を信用する、信用せぬに話題の中心がおかれていますが、一体心霊実験とはどういうものでしょうか、概略の説明を附して読者の参考に供したいと思います。

一般にいわれてます心霊実験というものは、実験の部屋の隅に蚊帳《かや》のような暗幕（キャビネットと称してます）を天井から釣り下げ、その中の椅子に霊媒を腰掛けさせて、立会人が霊媒の両手足を厳重に縛った上、精密な検査を行います。その後で部屋の明りを全部消して、真暗闇の中に、ただ位置を示すための夜光塗料が蛍のように青々と燃えております。

蓄音器のメロデーに乗って、約四十秒位経つと、暗幕が前後左右にはげしく揺れ動き、また暗幕の周囲で呟くような叩音《こうおん》（ラップと称してます）が起ってきます。するど新しい画紙を巻いて作った何本かのメガフォンが急に動き出して、その何本かのメガフォンが全部空中で乱舞し出したり、空中にあるメガフォンからいろんな人間の発声（霊言現象と称しております）が聞え出します。また部屋に置いてある重い卓子《テーブル》が浮揚したり、夜光塗料を塗ってある人形が蓄音器のメロデーに合せて踊り出すといった諸現象が起りまして、その間に物質化現象と言われております幽霊の顔や手足が暗闇の中に浮び出るのです。

この心霊実験は霊媒によって時間がまちまちですが、平均約一時間半から二時間位続き、やがて霊言現象や豆懐中電灯等いろいろな方法で実験の終りを示します。実験が済むと立会人は別室に退き、熟練した婦人マッサージ師が二十分から一時間位霊媒を介抱して覚醒させるのです。

ではこの心霊実験について、江戸川、長田両先生の意見を聞いてみましょう。〔編集部〕

幽霊の後押しで執筆⁉

江戸川　やあ、近頃どうです。元気のようですね。

長田　ええ。まあ、このとおり元気です。

江戸川　貴方とは随分やりましたね。心霊の対談だの座談会だの……。
長田　どうも心霊の話なんか、ホーム・グラウンドでないとね、料理屋じゃ具合が悪いですよ。
江戸川　血色がいいじゃありませんか。
長田　ええ、まあ……。ときに江戸川さん、私は背後霊が出ると、仕事が進むんですよ、筆にスピードが掛って、よく書けるな、と思う時には、あれが出て来てるんです。
江戸川　それはどういうのですか。昔の人物ですか。
長田　ええ、判らないんですがね。霊媒に言わせると、私には五人の背後霊がいるというんです。その中の一人は非常に勝れてるというんですな。霊媒が来て「ああ、先生、出てますね、重なって出てますよ」なんて言いますけれども、そういう時には、原稿へ書く字が違ってますよ。
江戸川　それはいいなあ、それが出さえすれば速度が出て書けるというのは……。別に人に迷惑をかけることじゃないんだから……（笑声）。
長田　霊がかかって来ると、一日に八十枚位書けるんです。『天皇』を書いてた時には百枚位書きましたよ。
江戸川　自分でお書きになる？
長田　ええ。握り飯をそばへ置いて、独り言をつぶやきながらやってるんですな。朝からはじめて晩の十時頃に、もう出来ちゃうんですな。ただ夜は仕事ができないんですよ。
江戸川　どうして？
長田　電灯の光りでは絶対にいけないんですな。
江戸川　貴方のほかに、心霊現象を信じてるのは……。
長田　そうですな。徳川夢声君。
江戸川　ああ、夢声は信じてる。
長田　それから倉田百三さん。
江戸川　ほう、信じてましたか。
長田　これはもう完全に信じてましたよ。実は死ぬ時に、「俺はもう死ぬ。死んだら必ず霊界から通信してやる」そう言ってたんですからね。それから霊媒に、倉田さんを出してくれって言ってるんですけれども、まだ出ないですよ。
江戸川　倉田百三がそういう意思を持って死んだのに、霊になって出ないというのはおかしいな。
長田　いい霊媒にかかったら、出るんじゃないかと思っているんですがね。それから、出るべき人は石原純さんですよ。
江戸川　理学博士のね。
長田　あの人は最後まで口惜しがってたんですよ。「長田さん、困るねえ、科学者が原理を説明できないで承認するわけにゆかないからな」と最後までそう言ってました。霊媒のKが一番いい時代でしたからね。密封した封筒に何か書いて入れとくと、片端から読んで見せましたからね。ある時私が当時新聞によく出てた米国のギャング王のアール・カポネ、あの名前を書いて、角封の中に入れて、更に新聞紙に包んで、石原さんに渡したんですよ。それで石原さんがポケットの中へ入れといて、いよいよKへ渡したら、ちょっと触って、「これはほっぺたに傷のある男で、日本人じゃありませんね。ネ……ポ……カと書いてある」そう言いましたよ。逆に読んだんだな。美事でしたよ。すると石原博士が「透視が出来るんだな。それじゃ俺に一遍やらせろ」と私の机の上に積んであった手紙の中から一通を抜いて、それを新聞紙に包んで、「これは何んだ」と言ったら「松竹本社から来た手紙だ」。その通りでしたよ。「これは疑えないことだ。しかし原理が判らないんじゃ、承認するわけにゆかないからな」と言ってましたが、しかし私の事務所を使って二十回位見ましたら、遂に「これは原理が説明できないから困るけれども、承認することは承認する」と言ってね。「楽しいなあ、俺が死んでも霊魂になって遺《のこ》るとなると、実に楽しい」なんて、よく言ってましたよ。

江戸川　承認しましたか……。しかし今の霊媒はダメだな。

長田　今の霊媒のなかにはダメなのもいるですよ。すぐ宗教臭を出しちゃって、教祖になったり、神様ですからね。

霊言はトリックか？

江戸川　最近はどうです、実験はおやりになりますか。

長田　ええ。この間日本心霊科学協会が津田霊媒を呼んで工業大学の写真の実験室を締切ってやったんです。私の家の実験の時には、写真機をそこへほうり出しておいたら、それが自分でチャンと組立てをしまして、スーッと向うへいって、それからまた戻って来て、フラッシュを焚いて、見物人の方を写したんですな。それは美事でした。その時には二十ワット二つ位の明るさの中でやりましてね、蛸が歩くみたいな恰好で写真機がカチャカチャって歩いてゆくんです。非常な拍手喝采でしたよ。

江戸川　心霊現象といっても、どの霊媒がやるのも同じ様なものですな。人形が踊ったり、メガフォンから声を出したり、机が動いたり……。

長田　ええ、これ（大きな卓）が宙へ上りますからね。

江戸川　それから人の顔を出したり、鼻から白いものを出して、エクトプラズム（霊素）だなんて言ったり……。でも、こっちから誰の霊を出してくれって言っても、なかなかその通り出ないですね。

長田　出ないですよ。特定の人間を呼出すなんていうことはむずかしいですよ。

江戸川　だけども、その人の死んだお父さんとか息子とかいうのは、割りに出るようですね。

長田　出ます。ある大学の学長さんですがね、非常に謹厳な人なんですよ。一遍心霊を見せろっていうんで、御長男さんと奥さんと三人で来られたんです。そうすると、こっちはなんにも知らないんですけれども、メガフォンから御次男さんの名前が出ましてね、低い声でしたけど、出たんですな。それで、自分が死んだ当時の状況を言ってね、輸送船に乗って台湾海峡までゆくと、そこで敵に襲われて沈められた。三十分くらいはだんだん傾いていって、自分は甲板に縋っていたけども、とても縋っていられなくなったから跳んだら、両脚を折った。その時に「お母さん、お母さん」って言ったけれども聴えなかったか、というようなことを言いながら、メガフォンがその奥さんの首の所へ飛んでいって、まつわりつくんですよ。その奥さんというのは賢夫人らしい、涙なんか見せる人じゃないんですけれども、たまりかねてダーッと涙をこぼして泣き出しちゃってね。

江戸川　あの紙で拵えたメガフォンがですか。

長田　ええ。愛撫するようにまつわりついてましたよ。メガフォンっていうのは、トリックしないように、ケント紙の大判のやつを買って来て、霊媒さんが自分で筒みたいに巻いてね、それをちょっと糊で止めて、それへ夜光液を塗ったやつでさあ。それを立てておくと、スーッと空中へ上って、津田君のやった一番多い時には九本でした。九本が乱舞するんでさあ。カタカタとぶつかったりしながら、時どき発声するんですね。私の所でやった時は、隣りの部屋まで飛んでいって、そこで声を出したことがありますよ。二十七尺さきです。いくら離れたって、それをエクトプラズムで繋いで、そのメガフォンの中へ発声機関を拵えて、そこから発声する、という説明なんですがね。これはトリックでない、ということだけは言えるんですけれども、どうしてそんなことができるかは判らない。
江戸川　それはしかし、霊媒が発声してるんでしょう？
長田　いや、遠くへメガフォンが飛んでいって、そこでもって急に声が変って来て、まったく無縁な女の声なんかが入って来ることがありますね。これはオッシログラフで見ても全然異なったもんで、霊媒が発言してないんです。
江戸川　メガフォンが遠くへ飛ぶというのはどうなんです。私は実験で人の並んでる後ろまで飛んでいったのは、見たことがないですよ。それが見られたら面白いけれども……。
長田　私は近頃は坐って見ていないんです。立って、どのへんまで飛んでゆくか、どのへんでスピードが落ちるか、ということを見てます。そうすると、人がたくさん並んでる上では、プルプルふるえていますね。それを過ぎるとスーッとゆきます。
江戸川　その点、私はまだ信じない。霊媒が手で持ってるとしか思えないんだ。
長田　あなたが見てた時じゃないかな、菓子を配って歩いたのは。
江戸川　知らないですね。
長田　ああ、そうか、医学博士連中が見た時だな。約十八人くらいでしたかな、この部屋に三列に並んでたんですよ。その時に私の所の人形、信子ちゃんていうんですがね、これは実によく踊るんですな。しなやかに、実にうまく踊ります。あんまり美事なんで、早川雪洲氏が感心してサインをしましたけども、私の娘だといってるんですな。これが金属製の菓子皿にビスケットを載せたのを両手で持って、並んでる人の膝から膝へ渡って来たんです。誰それさんに二つやってくれとか、三つやってくれとか言うと、その通り、ビスケットを分けてくれたんですな。仁科という医学博士が弱っちゃってね、こんなことをしちゃ困るなあ、なんて言ってましたがね。その時の霊媒は萩原さんでした。

心霊実験は手品である！

江戸川　僕は死後の霊魂ということについては、これはなんとも言えないんです。否定もできないと思うんだ。宗教でいう永劫回帰だとか輪廻だとかいうことも、否定できないだろうと思うんですね。しかしエクトプラズムとか、死んだ人間が写真にうつったり、或いは暗闇の中で顔を出したりする、これは信じないんです。いわゆる霊媒のやることは信じないんだ。今までのところ、僕は信じられるようなものに出っ会《く》わしたことがない。

長田　そうですか。残念だな。

江戸川　それからテレパシイですね。これも信じられない。つまり自分の親戚か何かが遠くで死ぬと、何かの現象が現われる。例えば時計が止るとか、夢を見るとか、変な幻を見るとか、そういう話がよくあるんだけれども、これはそういうことがあった場合だけを言うのであって、それと同じ現象があっても、肉親が死なない場合も多いと思うんです。その方が何千倍、何万倍と多いと思うんだ。ただ、その何万倍の方は肉親に異状がないから取立てて話をしないだけなんだ。ただ人間の中にも人間以上の感覚を持ってる人がいて何かをする。霊媒なんか多少そういう感じの人なんだろうと思うけれども、そういうことは否定しません。例のコナン・ドイル、これは吾々探偵小説の方の先祖なんだが、ドイルは若い時からテレパシイを信じていて、テレパシイから入って晩年には非常に心霊現象を信じていたんですね。

長田　イギリスは心霊研究が盛んですよ。

江戸川　彼は自分に何かテレパシイ現象があったんですね。それから色々の文献を見たらしい。それでだんだん信じて来て、晩年にはほんとうに信じちゃって、実験もやるし、写真も撮ったんですね。自分が厳重に監視をした乾板で写させて、それへ心霊の姿が現われたものだから、理論的にどうしても信ぜざるを得ないということになったらしいんだ。

ところが、そこに何かドイルの気づかないトリックがあったんじゃないか、ということを、われわれは疑うんですよ。例えば、アメリカにフウディニという、非常にうまい手品師がいましたね。もう死にましたけれども。これは各国を廻って、ほんとうの牢の中へ入れてもらって、絶対に出られんようにしておいたのを、ちゃんと破って出て見せたんです。

それから金庫の中へ入って、そとからダイヤルをクルクル廻して、その数字のコンビネーションを合せなければ絶対に開かないようにしてもらっておいて、ちゃんと出て来たんですよ。そんなことをやった男だけども、これは巧妙なトリックのある奇術なんだ。出来るんですよ。

長田　カーペットを敷いておいて、その下を一瞬にサッと潜りぬけた、ということもやった人ですね。

江戸川　そのフウディニが、自分は霊媒と同じことをやって見せる、と言ったんですね。日本の手品師も言うんだ、霊媒のやるようなことは出来る、だから手品師以上のことをやって見せてくれなきゃ信じられない、と言うんですよ。

フウディニはイギリスへいった時に、ちょっといたずらをしましてね、心霊現象を信じてる人の所へいって、私は霊媒だ、と名乗り出たんですよ。そうして霊媒のやる通りのことをやって見せたら、これは実にいい霊媒だ、といって感心しちゃってね。その席にいたドイルはたいへん感心しちゃって、論文を書いて雑誌に発表したらしいですね。ドイルの全集にはそれが入ってますよ。これはそんなふうに胡麻化し得るという実例だね。心霊現象を信じてる人が手品で胡麻化されたわけですよ。

それからね、霊魂が出てくるにしても、それが机を動かすというようなことは信じられない。それは必ず霊媒が動かしてる。坐っている隣の人の顔さえ全く見えないまっ暗な中でやるんだから、霊媒が動きまわっても少しも見えないのですよ。
長田　しかしイギリスのH・G・ウエルズの「生命の科学」の中には、テーブルの飛んでる実験がありますよ。霊媒が自分の手で動かすというが僕は信じないな。何度もみているとそれはわかりますよ。
江戸川　写真は作り物の場合があるんでね、自分でやってみなければダメなんだ。霊媒の持ってる心霊写真はダメだな。
長田　二重露出のトリック写真は、いくらでもあるんです。だけども、近頃私の所で実験するのは、赤い電灯じゃなくて……。
江戸川　どんな光りです？
長田　五ワットの裸電灯ですよ。
江戸川　そういうのは見たいね。そういうのを見れば、僕は信じるかも知れんよ。
長田　赤いのは眼がチラチラしていかんです。それで近頃は裸電灯を使うんですよ。「きょうのは裸電灯でこのくらいの明るさですけども、ようござんすか」って、暗幕へ入る前に、ちゃんと諒解を得ておくんです。
江戸川　赤いヤツはいけない。写真現像の暗室と同じで、よく見えないんだ。エクトプラズムだなんていって、鼻からヘンな白いのを出したりするけれども、あれは紙か布か何かですよ。あれを手に握らせてくれて、われわれに確めさせてくれなけりゃ。

長田　あのエクトプラズムというのは、素人考えだけれど波長の非常に短い電気的なもので説明がつくと思いますよ。私は今大いに勉強してるんですがね、どうも特殊な脳の構造を持ってる人から、そういう波長の短かい電波が出るんじゃないか。そういうことで解釈できるというように……。
江戸川　電波みたいなものが出るということはあるかも知れませんがね、それで机が天上するというようなことは、僕には考えられない。無理だよ（笑声）。
長田　いや、なんとかして、そこへ持ってゆきたいんだ、僕は（笑声）。亀井霊媒がやったのは、非常に重いデスクを上げたですよ。事務用の四十貫くらいあるデスクを上げたんです。強い力のエクトプラズムが働いてることは事実だな。原子核の破壊なんかみるとね。
江戸川　それは霊媒が手で支えてるんですよ。その時に机の下を探らしてくれりゃいいけども。
長田　石原博士がその時いて「このまわりにぶら下ってもいいか」って訊かれて、いいっていうんで、みんなでぶら下ったんですよ。あれだけの重い物を支えることは、とてもダメでさあ。机が四十貫、それにわれわれがぶら下ったんだから……。
江戸川　補助機関は使いにくいだろうけれども、使うことも不可能じゃない。
長田　あんな重い物をあげるにはずいぶん大きな仕掛けがいる。
江戸川　それとね、見てるほうがやや催眠現象になってるんだ。だから、ほんとに力を入れて引っ張ったかどうかも疑問だと思うんだな。ちょっと引いてみて「こりゃあ重いや」と思っちゃったかも知れない。

長田　それは宮城音弥氏の説だ。

生きている幽霊説

江戸川　僕は真実を探りたいと思うから今まで探ってみたけれども、今までの経験では僕の思ってた通りなんだ。これは萩原さんのやった時だけど、「暗くなってから、人形が動いてる時に、手を出して探ってもいいか」って言ったら、いいって言うんですよ。霊媒は暗幕の中にいて、手は括られている筈なんですよ。だけども、僕は縄抜けして出て来ると思うんだ。まっ暗な所で、隣りに坐ってる人の顔が見えないくらいですからね、縄抜けして出て来たって判らない。出て来て人形を動かしているにちがいないと思ってパッと握ったら、布で包まれた柔い温いものがあったから、「手があったッ」って言ったら、パッと人形を捨てちゃって、手をふりきって、引っこめてしまいましたがね。暗幕の所に垂れてる幕越しに手を動かしてるんですよ。もしパッと明りがついても、黒い布越しにやってたほうが安全でしょう。あれは手で動かしてるんですよ。

長田　手の届かないような遠距離の場合はどうしますかね。石原さんはさすがに科学者だから、アームチェアに両手を離してクサリで縛りつけて、結び目へ紙を貼って封印をつけたものですよ。脚も残酷なくらいに縛ってやらせたんですけれども、亀井君はいい現象を出しました。
江戸川　だけども、物が動くのは、出て来て動かしてるんですよ。
長田　それはね、文部省の連中が来た時に、みんな裸になって、霊媒のやる通りに動いてみたんですよ。私もやったんです。ところが、どうしても手足の動きで風が来て判るんですな。密閉してあるでしょう。それからどうしても音が聴えるんです。暗幕を出て来ることはありませんでしたよ。これは確実です。
江戸川　いや、出てますよ（笑声）。だから、暗幕の中へ僕を入れてくれって言ったんだけれども、それを許さないところをみると、ダメだな。今までやってるのは、どうも児戯的だな。
長田　ええ。子供じみているのは事実だ。マンネリズムですね。もっともこの部屋でやってて、私は次の次の部屋に本を置いてるんですがね、そこから本を持って来て、この机の上へポーンと置いたことがあるんですよ。これは美事でした。けれども、その過程はよく判らない。僕は実験に新機軸を出す霊媒を探しています。
江戸川　新しい実験を見たいと思っても、なかなかやってくれませんね。自由にならないでしょう？
長田　ちょっと御覧下さい。これは薄明るい中で、初めに筆が直立して、それから寝せて、書いた字なんです。「和」という字ですがね。あとで心霊科学協会でもう一度赤外線写真で撮ってみたら、筆の動いてるとこが撮れてるんです。

江戸川　こういうものは、訓練によって出来ますよ。とにかくこの心霊問題は一朝一夕に解るこっちゃあない。机が空中へ上ってる時に、その下へいって触らしてくれりゃ、そうして霊媒が支えてるんではないということになれば、僕は心霊現象を信じますよ（笑声）。僕は今までに幽霊というものを見たいと思うんだけれども見たことがない。火の玉も見たことがないんです。火の玉なんていうものは、随分いろんな種類のものがあるらしくって、見たという人は多いけれども、それでさえ僕は見てないですよ。見て怖がりたいと思ってるけれども、ダメなんだ。

長田　私は死んだ妹の幽霊も見てますよ。これは家内も見てるんです。ちょうど婦人の都会議員が来て話してる時でしたがね。それから私の先祖だというのが、これは霊媒によって何度も出てますしね。幽霊を見る人には特別な心理的要素があるんですかな（笑声）。

江戸川　そういう性格があるんですね。僕は子供の時は非常に怖がりでね、お化けを信じてたんです。それは童心があったからで、今は童心がなくなったんだな。作家なんかは怖がれる性格のほうがいいと思うんだけれども、墓場へいっても、怪談会へいっても、ちっとも怖がらしてもらえないんですよ（笑声）。

（「オール讀物」一九五三・十一／『江戸川乱歩推理文庫64』講談社文庫、一九八九）

問答有用

徳川夢声

このあいだ、東京会館大ホールの、還暦祝賀会に行って、私はまったくびっくりしてしまった。私の経験では、あのホールに、あれだけ各方面の名士たちが集まった会を、前にも後にも知らない。なんという、交際の広さ！

むかしの乱歩さんは、白昼、蔵の中にたてこもり、ロウソクの灯で原稿を書き、人間にはなるべく会わないようにしていたと聞く。どうも大変な、病的な人間ぎらいらしかった。

それが戦後、探偵作家の会で芝居をやるについて、ウイスキーのビンを土産に、拙宅に見えた時は、なんだか別の人がやってきたのではないかと思ったほどであった。ただ私が、その場で口をあけて飲もうとしたら、そんならもって帰ると私をたしなめたところに、乱歩演出らしいものを見た。その時、私は身体を悪くしていたからである。

霊媒なるものに対し、彼は全然否定的であるが、私は相当肯定的であるので、この論争はなかなか壮観なのであるが、この対談には割愛した。（夢声前白）

徳川　探偵作家になるまえに、いろんな商売をしてるんだね。
江戸川　大学出たのが大正五年で、処女作を書いたのが大正十一年だから、五、六年だな。その五、六年間に、職業を二十やったよ（笑）。当時、いい世のなかでね、失業したって、つぎつぎ就職できた（笑）。とにかく、月給生活には不適格でしたね。朝起きるってことが、実につらくてね。作家は、朝寝をしとってもいいから助かる。
徳川　締切りさえなければいいがね。
江戸川　うん、締切りはこまるな（笑）。
徳川　いちばん長かった職業は？
江戸川　神戸の鈴木商店、あすこの鳥羽造船所で書記をやったのが一年間だ。
徳川　鈴木商店へよくはいれたね。
江戸川　あの時分だもの、どこへでもはいれたさ（笑）。それに、わしは秀才だったんだぞ。ふつうの試験はよくなかったけど、卒業論文が非常によかった。うまいこと書いたんだ。西洋の本をいろいろアレンジしてね（笑）。

徳川　どういう論文？

江戸川　経済学よ。わたしア経済学やったんだ。経済学もね、貿易だの貨幣だの、そんなものはおもしろくない。最初にやる経済原論というのは、人間研究なんだな。人間の欲望とはいかなるものであるかというような、根本的なことをやるんだから、それに興味をもっちゃった。実ははじめ、押川春浪の影響をうけて、政治家になろうと思ってね、政治科へはいったんだ。ある日、たまたま議会を傍聴したんだよ。ちょうどそのとき、けんかがあった。理論もなんにもなく、ただ感情的にけんかしてるんです。ああ、政治とはこういうものであるかと思って、政治家になるのをよしちゃったんだ（笑）。

徳川　議会というものは、議する会だと思ってると、なぐる会だからね（笑）。

江戸川　ところが、あとで考えれば、そこで失望するのはあさはかなんだ。だけど、若いときだったから、そう思いこんで、経済のほうへ転向いたしましてね。で、卒業論文だが、経済上の競争ということについて書いた。これがうんと点をかせいで、卒業の成績は三番よ。

徳川　うん、そりゃあ秀才だ（笑）。かわった職業では、シナそば屋をやったこともあるんだろう。

江戸川　そう。古本屋もやったしね。

徳川　団子坂だな、古本屋は。

江戸川　ええ、「文学書肆《しょし》」と称してね。あれは仕入れがむつかしいもんでね、安い本を高く買ったりしちゃう。本がすくなくてみっともないから、しまいには本だなに本の箱だけならべたりしてね（笑）。
徳川　学生時分から、探偵小説は読んでたわけ？
江戸川　読んだ。経済学の原書と探偵小説と、併読したね。
徳川　探偵小説ずきってのは、人間のどういう性格からくるんだろう。経済原論みたいに、探偵小説原論てなものはないかね（笑）。
江戸川　ぼくはね、数学きらいなんだよ。どっちかっていうと、語学のほうがよかった。そのぼくが、理屈っぽい探偵小説がすきだっていうのは、ふしぎだけどね、これはあたかも、科学者が降霊術を信ずるがごときもんじゃないかね。
徳川　それにちょっと共通した点もあるだろうな。
江戸川　だからね、数学的才能のあるひとが探偵小説を書くのは、かえってよくないんじゃないかと思うよ。あの論理的な学術をやってるドイツ人が、探偵小説書かないで、むしろ怪奇小説を書いとるものね。
徳川　作家がものを書くのは、自分にないものを求めるのかな。
江戸川　文学なんて、そういうものじゃないかしら、いちおうは。だから、書いてるものを読んで作家を想像して、本人に会ってみると、かならず意外でしょう。

徳川　まあ、だいたいね。

江戸川　いまでもぼくなんか、「あんたはやせて目がギョロッとして、頭の毛がふさふさしてるひとかと思ってました」といわれることがあるね。実物をみると、非常な好々爺《こうこうや》だから、失望するらしいんだ（笑）。

徳川　あんまり好々爺でもないが（笑）。すこし、探偵小説の話をしよう。小説や物語の主人公でいやに強いやつをぼくはきらいでね、『西遊記』の孫悟空なんざ、強いことは強いけども、あぶない目にあうと、すぐ観音さまのとこへ、「助けてくれえ」っていくからすきなんだ。だから、ルブランのアルセーヌ・ルパンなんぞはきらいだね。男っぷりがよくて、かならず勝つなんてえやつは、ごめんこうむる。シャーロック・ホームズのほうが、まだいいね。

江戸川　ぼくらはしかし、ルパンもおもしろい。ああいう英雄主義もいいがね。

徳川　男性としては、そのほうが健康な心理だろうね。ぼくのは、すこし変態かもしれない。

江戸川　英雄主義はすきだが、ぼくの書くものには、英雄主義はないな。だから、読むほうでの趣味と、書くほうですきなこととは、ちがうものなんだね。ぼくは外国の本格的な探偵小説をしきりに読んでるけども、そういうものを書きたいかというと、そうじゃないものね。だから、作家が読者の立場になっちゃうのは、こまりものなんだ。いま、ぼくがそれだよ。

徳川　愛読者になっちゃった（笑）。

江戸川　まあ、すこしずつ仕事しようとは思ってますがね。

徳川　読者をアッとたまげさせ、後世に残るというようなものを、今後……。

江戸川　いや、そういう覇気は、若いときだけのものだな。ほかの芸術においては、年をとるにつれて老熟するというんだが、探偵作家も老熟していいかどうか、これは疑問だけどね。だから、探偵小説というものは、一生に六つしか書けんとヴァン・ダインがいってるのは、もっともだとも思うんだよ。インスピレーションが猛烈にわくということが探偵小説には必要なんだが、これは若いうちのものだし、それから、個性が強く出ることが必要だけど、これも年とともに個性が平均化され、鈍化されるんじゃないかな。鋭角的な個性はなくなるだろうね。

徳川　新しいトリックなど、もう考えられない？

江戸川　それは考えられるけど、「これが新しいんだ」といって、みせびらかしたいようなもの、それがなかなか出てこない。

徳川　「屋根裏の散歩者」なんか、ぼくはあれを読んで、天井裏というものの一種の怪奇さを知ったな。それから、「人間椅子」ね、ああいうものが毎月ひとつずつぐらい出てくりゃあ、たいしたもんだ。

江戸川　あの時分、わりに出たんだよ、二年ぐらいは。

徳川　乱歩作品のベスト・ファイブを自分で選んだら、どれとどれになる？

江戸川　ときによってちがうが、まあ、「心理試験」「陰獣」「押絵と旅する男」「パノラマ島奇談」「鏡地獄」なんかだろうね。

徳川　「パノラマ島奇談」は、なかなか好評だったね。

江戸川　「新青年」に連載したときは、それほどでもなかったが、あとでいろいろほめてもらった。いちばんほめてくれたのが萩原朔太郎よ。

徳川　ところが、ぼくは「パノラマ島」には感心しなかったな。

江戸川　どういうところが？

徳川　空中高く、人間を花火で破裂さして、その血しぶきがあんなにかかるものかってことを考えちゃうんだ。

江戸川　それをいわれるとこまる（笑）。どうせ現実じゃないんだから、血しぶきをかけたほうがおもしろいじゃないか（笑）。

徳川　それから、「人間椅子」というのは、非常にエロなもんだったが、あのイスのなかへ、ほんとうに人間がはいれるもんかナという疑問がおこってね。

江戸川　ぼくの書いたものは、みんな現実にはできないこったね。屋根裏だって、あんなに自由にはいれるもんじゃない（笑）。

徳川　このごろの安ぶしんじゃあ、おっこっちゃう（笑）。

江戸川　探偵小説というものは、できないことをさもさもできそうに書くのがいいんじゃないかと思うんだ。

徳川　しかしね、ありえないことが根底にあって、そこから筋が出発するのはけっこうなんだが、そのあと発生する事件に矛盾があっては、こまるんじゃない？

江戸川　ぼくのは出発点だけじゃなくて、全体がそれなんだよ（笑）。

徳川　全体が、ありえないことの連続？

江戸川　そうよ。だから、ぼくの小説を読んで、その手口をまねして犯罪したやつがいるといって、非難されたりしたけどね、ぼくのものはまねできないという自信があるよ。ぼくのものだけじゃなく、いったいに探偵小説の犯罪はまねできない。まあ、できないことやありそうもないことをほんとうらしく書くということも、一種のリアリズムだと思うんです。日記だけがリアリズムじゃないという意味でね。

徳川　そういえば、シャーロック・ホームズなぞは、なかなか実在性がある。いまだに、ホームズ氏あての手紙がくるそうだからね。

江戸川　ドイルの初期の名作に、「花婿紛失」ってやつがあるんだ。おやじが自分のむすこにばけて恋人に会って、恋人はそれに気がつかないという、非常に不自然なことが書いてあるんだが、その不自然さが非常におもしろいんです。その意味で、シャーロック・ホームズものでいちばんおもしろいのは、初期の「ホームズの冒険」と、「ホームズの思い出」だな。
徳川　ドイルの短篇というものは、どのくらいあるの？
江戸川　わずかに六十だよ。チェスタートンはドイルよりも多くて、百以上だろう。だから、野村胡堂には感心するんだよ。四百ぐらい書いてる。おんなし主人公を四百も書いたのは、外国にないと思うんだ。「銭形平次」は、世界に類のないもんだね（笑）。
徳川　ポーの探偵ものは？
江戸川　探偵小説と称し得るものが五つだが、そのうちの純探偵小説は、「モルグ街の殺人」「マリー・ロージェの秘密」「盗まれた手紙」の三つで、「お前が犯人だ」と「黄金虫」がそれにつぐもんだね。その五つのなかに、実にたくさんのトリックの原形がふくまれてるんだ。その後、ポーのつくった原形以上に出るものがないといわれてるくらいでね。ドイルは、ポーのまねをして成功したわけよ。
徳川　江戸川乱歩という男は、むかしは非常な人間ぎらいだってことになってたけども、こないだの還暦のお祝いなんぞみてると、人間ぎらいとは思われなかったな。
江戸川　戦争のおかげだね。戦争のときには、負けたらこまると思って、末端において協力する気になったんだよ。町会長やったり、警防団長やったりしてるうちに、酒をおぼえた。警防団、酒が飲めるのよ。あのころから、ひとといっしょに飲んだりすることが不愉快でなくなって、ひとづきあいがよくなった。これは作家として、いいことかどうか、疑問ですがね。
徳川　むかしのような作品はできないだろうな、そうひとに会ってちゃあ（笑）。
江戸川　用事のとき以外はひとに対面しないという方針がかわったわけだが、これはよくないことだろうね。また、方針をかえなきゃいけない（笑）。
徳川　座談会などへも、気らくに出てくるようになったね。
江戸川　書かなくてもいいから、らくなんだ。放言してりゃいいんでね。あれだってね、酒がきらいだったら出ませんよ。座談会へいきゃ酒が出るナってことが、まず頭にくる（笑）。どうもいかんね。ぼくの性格は、八卦《はっけ》の本に書いてあるのがよく当ってる。「ウマ年うまれは、はでやかで、ひとづきあいがよくて、実は小心翼々で……」（笑）
徳川　うん、ぼくもウマ年だが、おもしろいほど当ってるよ。ぼくはおおぜいを目のまえにおいて話をしたり芝居したりする商売だから、人間がすきでもあるんだけれども、たいへんきらいな面もある。
江戸川　ぼくの小心翼々というのは、自分の書いたものに嫌悪を感じちゃうんだ。朝日新聞に「一寸法師」を書いたときなど、実にくだらんものをよくも書いたと思ってね、もう作家をよしちゃおうと思った。半年のあいだに、十日ぐらい休載してますよ。
徳川　そういうふうに小心翼々たる一面に、どっか、ずうずうしいとこがありゃあしない？

江戸川　それはね、小説書くことにおいてのずうずうしさじゃない。ほかのことのずうずうしさだ（笑）。ぼくは牧逸馬に同情するね。実にあつかましく書いたようにいわれて、原稿料のことなんかでも憎まれてたろう。かれの若い時分を知ってるけども、非常におとなしい文学青年だったんだ。さだめし、おれ以上の苦労をなめとるだろうと思って、同情するんだよ。ぼくには、かれほどジクジたる気持がないのかもしれないな、まだ生きてるとこをみると（笑）。

徳川　これもウマ年のせいだと思うんだが、よくくさるくせに、ひとにほめられると、うん、そうかナと思っちゃうだろう。

江戸川　いや、作品についてはそうは思わない。「一寸法師」だって、読者の評判はよかったんだ。市場価値はあるんだナというような、第三者的な考えかたはできるけど……。ぼくは書いてるものにいやけがさすと、すぐ休んじゃう。こういうことを読者にいっては、ぐあいがわるいがね（笑）。とにかく、作家になってから三十年たつが、執筆してるのは十年ですよ。

徳川　十年間の作品で、あと二十年間を暮らしてるってのは、運がいいね。

江戸川　ああ、運がいいことだけはみとめる（笑）。

徳川　ぼくは三越の名人会で、はじめて「宮本武蔵」の風車のくだりをやったときなんぞね、ちきしょう、なんてヘタクソなんだと思いながらしゃべった。富崎春昇だのなんだの、ほんとうの名人のあいだにはさまって、かくのごときチャチなことをやったかと思うと、すんだあと、停酒の身を忘れて、いっぱいやりたくなったですよ。

江戸川　ほほう、あんたもインフェリオリティ・コンプレックス（劣等感）があるんだね（笑）。

徳川　インフェリの大家だよ（笑）。

江戸川　これは意外だった。

徳川　大胆不敵、ときには鉄面皮のようにみえて、実はそうじゃあない。鉄仮面だね（笑）。……それから、四、五日は憂鬱だった。ところがね、それが芸術祭参加だったんだが、ぼくは「風車」で賞をもらっちゃった。そうすると、ヘタでもないのかナなんて、思いなおすんだよ。そこが似てるんじゃないかと思って、いまの質問をしたんだ。

江戸川　わしア思いなおさないんだ（笑）。

徳川　活字になって残ってるからかな。しゃべるほうは、消えてなくなるけども。

江戸川　あんたのはやはり名人芸で、第三者からみると、劣等じゃない。だから、いろいろ賞が出るわけよ。

徳川　こんどはまた、ところもあろうに、税務署から表彰されてね。

江戸川　キチョウメンなの？

徳川　気が小さくって、払うものを払ってしまわないと、心がおちつかないんだ。その点、乱歩氏も似てるようですね。ぼく以上に、あわてて払っちゃう。

江戸川　ぼくはね、功利的な見地から払うんだ。さきへ払ったほうが有利だから、ちゃんと払う。そういうずうずうしさはあるんだ。借金するというずうずうしさは、功利的にもってないけどね（笑）。そういう商売人みたいな一面があるんですよ。

徳川　そりゃあ、シナそば屋になろうなんてのは、なみたいていの神経じゃないだろうからね。

江戸川　そういうことは平気だね。職業に貴賤の別なしなんていうふうに、大所高所から考えるわけじゃないけども、人間に差別はないと思ってる。この男はしんから尊敬するというのもないし、女でいえば、この美人にはまいっちゃうってのもない。

徳川　まいっちゃうような女は皆無？

江戸川　ま、女房にはわるいけどね（笑）。そういう不感症みたいなとこがあるから、どんな職業でもやれるな。

徳川　ぼくなんか、シナそば屋をやる度胸は、ちょっとないように思うがね。

江戸川　あんたはわしよりも、順調にそだってるでしょう。

徳川　いや、かならずしも順調じゃないですが……。ぼくの劣等感てものは、いったいどっから出てるのかな。

江戸川　あんた、小学校時代にいじめられっ子だった？
徳川　そうだ。
江戸川　そこからくるんだよ。
徳川　おばあさん子でね。
江戸川　ぼくもそうなのよ。七つになるまで、おばあさんの乳を吸ってた（笑）。
徳川　おばあさんの乳は、劣等感をそだてる（笑）。
江戸川　小学校へはいって、はじめてこどもの社会に出された。桜の木の下に、しょんぼり立ってたよ。器械体操はできない。木馬もとべないしね。
徳川　中学生になっても、木馬がとべなかった。みんなさっととぶのに、ぼくだけできない。とべないのをはずかしがっておそれいるんなら、救いがあるんだけども、とべないのを誇張して、おどけてみせて、みんなを笑わしちゃってね。
江戸川　ああ、そうか。それはこまるね（笑）。あんたはうわべをかくしてるから、相当つらいな。
徳川　悪質だね（笑）。
江戸川　ぼくはつらくなると、学校休んじゃった。
徳川　原稿を休むくせも、そのへんから出たのかな（笑）。
江戸川　おどけてみせるというとこに、徳川夢声の性格があるね。ぼくはただ、はずかしがってるだけで……。

徳川　そこが、乱歩と夢声のわかれめ(笑)。

江戸川　学科の成績はよかった？　ぼくは小学校じゃ優等生だったが。

徳川　成績はごくわるいんだ。こまったことに、できる問題でも、まともに答えないくせがあった。中学二年のとき、「ヒストリ・アンド・ジオグラフィ」ってのを読まされて、わざと「ヒステリ・アンド・ジオグラフィ」と読んで、みんなを笑わしたりね。

江戸川　ませとるよ、そりゃ(笑)。

徳川　ところで、理想の女がなかったっていうんだが、恋愛はしなかったの？

江戸川　こどものときに、恋愛に似たようなことはあったけど、性欲をともなわない恋愛で……(笑)。ものごころついてから、恋愛しなかったね。青春時代、金がなくて恋愛するいとまがなかったってこともあるし、インフェリオリティにもよるんだが、やっぱり、理想の女がいないということなんだな。命を捨ててもというようなのがいない。はなはだ非ロマンティックで、小説家としては恐縮なんだけども(笑)。第一、性欲は実にけがらわしいもんだということが、頭にはいってたからね。

徳川　むかしの教育はそうだったね。

江戸川　いちばんきたないところから、人間がうまれる。そういうことが目的である恋愛なんてものは、真に尊敬できなかったんだよ(笑)。ああいう教育はいかんな。やっぱり、きれいなもの、神聖なものとして教えなくちゃね。
徳川　同性愛はどうだった？
江戸川　それもこども時代のことだ。性欲以前だよ。
徳川　これもやはり、けがらわしいもの以前か（笑）。
江戸川　プラトニックな同性愛は、わるくないね。同性愛というものに関心はもってるし、文献的に研究もしていますよ。実行はあまりしないがね。
徳川　あんまりしないってのは、多少はするということ？（笑）
江戸川　そういうことへの興味が、ないわけではない。
徳川　なかなか文学的表現だ（笑）。
江戸川　女性に対しても男性に対しても、興味は感じるけど、実行のほうはいっこうだめだな。
徳川　しかし、あの還暦祝いの席なんぞみると、一流どころの芸者衆がきて……。
江戸川　女の子といっしょに酒飲んだり、肩をだいたりはするがね。
徳川　プラトニックに肩をだく（笑）。
江戸川　結局、人生は遊戯なりという解釈よ。ニヒリズムからの変形だろうね。小説も遊戯だし、生活も遊戯として考える。まあ、わしは遊戯だけの人間だろうね。だんだん正体を暴露しちゃ、ぐあいがわるいかな（笑）。だけど、しんはそこだね。ほかのなによりも、遊戯に真の価値をみとめるんだ。遊戯というものは、軽蔑すべきもんじゃないと思ってる。あんたなんかだって、広い意味ではそうじゃない？

徳川　むかしの戯作者のように、浮世を茶にするというほどにはいかない。ムキになっちゃうね。人生は遊戯なりということばには、ぼくは一種の反発を感じるな。

江戸川　遊戯といっても、人生はパチンコなりとか、競馬なりとか、そういうふうな遊戯じゃなくて、芸術も遊戯なり、スポーツも遊戯なり、政治も……。

徳川　いまの政治は遊戯以下だね（笑）。

江戸川　これは功利をふくんだ遊戯だ。芸術は功利を無視した遊戯だな。

徳川　人生は遊戯なりで、かたづけちまうのと、もうひとつは、人生を非常に荘厳なものであるとして、かりそめにも笑いばなしをしたり、シャレをいったりすることを、頭から軽蔑するのがあるだろう。

江戸川　しんから尊敬できる男や、しんから恋愛できる女がいないのとおんなしで、人生をしんから貴重がることはできないんだね。なんのためにうまれたのか、割りきれない。神さまってものが理解できない。自殺するか、遊戯論者になるか、ということなんだね。

徳川　論理のうえでは、二律背反で、こっちが真理ならば、こっちは真理でないなんて、簡単にいうけれども、実際の現象はそうじゃない。だいたい二本だてだな。

江戸川　ほんとうはね、わしは理想主義者なんだよ。だからすべてに失望するんだね。こういうひとは、非常に多いんじゃありませんか。哲学者なんか、自分の哲学をあみだして、それを超克したわけだがね。
徳川　ぼくなぞも、たいへんな理想主義だったんだ。
江戸川　インフェリオリティ・コンプレックスがあるなんて、理想主義の証拠よ。理想にあわせて考えて、自分を劣っとると思うんだ。
徳川　理想主義者であるから、いいものを選びそうなもんだが、ものを買いにいっても、なんとかしていちばんいいものを選ぼうとするひとたちの努力が、おろかなものにみえてしょうがない。まず手にふれたものを買っちゃうというやりかたなんだ。
江戸川　商人を信用したら、時間と精力をむだにつかわんだけ、そのほうがトクよ。
徳川　一生懸命さがして、かえってつまらんものをつかむこともあるだろうしね。円タクの運転手がかせぎたがって、ビュンビュン走らして、ほかの車をぬく。ストップの信号にひっかかって、いらいらしながら待ってるうちに、さっき追いぬいた自動車が横へきて、そいつのほうがさきに出ちゃったりする。結局、あぶない運転をした車と、安全な運転をした車と、目的の地点へ着くまでに、ものの三分とちがやあしないんだ。
江戸川　かれらのかせぎ高だって、そんなにちがわないな。
徳川　かりにぼくがそういう円タクに乗って、座談会へ三分早く着いたって、べつに謝礼がふえるわけじゃないし（笑）。

江戸川　座談会の時間といえば、ぼくはいつでも定刻より早くいって、ひとを待つほうだ。五分まえに会場へいって、十五分間がまんして、それで集まらなかったら、すっと帰っちゃうというひともいるがね。

徳川　早くいったって、おちついてむだばなしでもしてりゃあいいんでね。

江戸川　正しい時間にいくと、損してるようにみえるけど、損じゃない。ひとりやふたり、早くきてるひとがいて、ゆっくり話せる。そのうち、みんなが、ぽつぽつやってきて、ちょうどいいんだよ。

徳川　早いひと、遅いひと、いろいろある。みなこれ、よろしいではないか（笑）。

江戸川　それが遊戯精神だ（笑）。

（「週刊朝日」一九五四・十二・十二／『江戸川乱歩推理文庫64』）

幸田露伴と探偵小説

幸田文

買う雑誌は「新青年」だけ

江戸川　探偵小説専門雑誌の「宝石」を、しばらく、わたしが自分で編集することになりましたので、毎号、探偵小説に興味をもっておられる有名な方々と対談をやるわけです。しかし、わたしにはは徳川夢声さんのようなうまい話はできませんので、相槌《あいづち》をうつ役に廻って、主として相手の方に喋っていただくという虫のいい考えなんです。そこでまず第一回に幸田さんにお願いしたのですが、これは噂を聞きましてね。あなたも探偵小説がお好きだし、お父さんの露伴先生もお好きだったという……。

幸田　ええ、ええ。親父から好き（笑）。

江戸川　そうですってね。

幸田　一体にうちじゃあみんな好きじゃないのでしょうかしら。
江戸川　みなさんというと。
幸田　叔母（音楽家・幸田延子）なんかも、叔父（文学博士・幸田成友《しげとも》）も好きだったようですし。
江戸川　叔父さんというのは。
幸田　キリシタンの方と経済史や書誌学をやっておりました。
江戸川　文筆家ではなくて？
幸田　すこし随筆など書きました。もうみんな亡くなりましたけれども、むかしの「新青年」はみんな読んでいました。従弟などもみんな。
江戸川　従弟っていうのはどういう方。
幸田　いま放送局におりますのや……。
江戸川　その叔父さんの息子さんですか。
幸田　叔父の娘もおりますし、いまヴァイオリンを弾く叔母がのこっておりますし、その叔母のこどもたちも好きだったのですよ。
江戸川　そのいまのヴァイオリンを弾かれる方は。
幸田　安藤（幸子）といいます。
江戸川　ああ、安藤さんね。

幸田　叔母は読んだかどうだか知りませんけれども、叔母のところじゃみんながそうです。
江戸川　幸田露伴先生がお読みになったことをお聞きしたいのですが。
幸田　「新青年」は買って読みました。たいていの雑誌は寄贈になるのですけれども、あれはどういうものだか寄贈にならない（笑）。
江戸川　露伴先生がお好きだとは知らなかったでしょうからね。そういうことを知ってたら寄贈したんだろうけれども。「新青年」読んでお話なんかなすったですか。
幸田　ええ。
江戸川　あなたの非常に小さい時分ですね。
幸田　小さくもありませんね。十五、六からはたちすぎぐらいまで。
江戸川　「新青年」がお父さんのところにあるからあなたも読んだという……。
幸田　誰でも興味をそそられるんじゃないでしょうか。
江戸川　ええ。しかし探偵小説の読者はそれほど多くないですね。政治家なんか非常にえらい人で読むのもおりますし、特殊な読者もおりますけれども、誰でもというわけじゃないですね。
幸田　何か父が書いたものの中にも、やっぱりいくらか……。
江戸川　当時の小説というのはみんな筋がありますからね。筋を考える。筋の上でそういう探偵小説的なサスペンスを盛るというようなこと、ね。

幸田　「白眼《はくがん》達磨」とか「自縄自縛」というようなものがそうじゃないかと思います。

江戸川　短篇ですか。

幸田　「自縄自縛」の方はちょっと長いものです。嘘つきが嘘をついたら、その通りの殺人事件がほんとにあったという話です。よくお酒飲んだり何かしたときに話してくれましたけれども。

江戸川　自分でお書きになったものをですか。

幸田　それを敷衍したりしてね。まあ、ああいうスリラーものの方に余計いってたんじゃないでしょうかね。

江戸川　そうでしょうね。それで怪奇小説のような味もおありになってね。私は「対髑《たいどく》髏《ろ》」というのがね、非常に好きなんですよ。西洋のシューパナチュラルの小説にね、似たのがあるのですよ。露伴先生のは東洋的なものですが、あれに似たのが西洋にものちに出てますね。むろん味は違っていますけれども、あれはしかしなかなかいいものでしょう。
発表当時も評判になりましたね。

幸田　自分ではあまり好まなかったのですけれども、やはり書いたんですから、その時分にはそういう気分が濃厚にあったのでしょうね。それに一体に父には、不思議っていいますか、こわさといいますか……。

江戸川　不思議という味はありましたね。

幸田　ポーの渦巻の話ありましたね、樽の。
江戸川　渦巻の中でグルグルまわる話。
幸田　あれなんかのこともよくいってました。そういう意味では水の不思議さっていうかこわさっていうことで、小説に仕立てられるものがいくつもあるっていっていました。
江戸川　お書きになったものでそういうものなかったですか。
幸田　「幻談」がそうですが、あれは雑誌社が速記で取ったんです。そんなに年とってからはできなかったらしいのですね。若いときにはそういう興味が勝っていたらしい、書くのが。ことに釣りをするものですから、夜の水なんかっていう、面白い話があるんだということをね。また実際に遭遇したこともあったんじゃないでしょうか。

趣味・信仰・映画

江戸川　水を見て直接感ずるところはたくさんあると思いますね。非常に多方面でしたね、お父さんは。
幸田　わりあいにね。
江戸川　碁か将棋かどっちだったか……。
幸田　将棋。
江戸川　強かったしね。

幸田　はあ。

江戸川　釣りは上手だったらしいし。

幸田　強情っぱりで自分でやりたいものしかやらないようですけど、ですから釣りは川のすずきだけが専門になってほかはやりたくなくて。

江戸川　芭蕉の連句の解説をたくさんお出しになっているでしょう。あれは非常に面白いですね。

幸田　あれなんかも好きでやったことなんですけれども、短い中へ圧縮して入れるっていうのが面白くて。あのなかに「曙《あけぼの》の人顔《ひとがお》牡《ぼ》丹霞《たんかすみ》にひらきけり」という句がございます。これを五七五の俳句に読めといったって読めません。父は評釈で、「曙《あけぼの》の領《えり》は丹《たん》霞《か》にひらきけり」と読み改めているのですが、探偵小説なんかの解読法につながる一種の興味だともいえますね。

江戸川　それと露伴先生のお作には経文の文句が非常に出てくるんですが。漢文の経文をよくお読みになっていますね。ですから、仏教精神のようなものもむろんおありになったんだろうけれども、信仰はなかったのですか。

幸田　正式に何かによらなければならないから仏教にしてるようでした。でも私のうち、お祖父さんがヤソ教なんです。早ぁい、明治のね。父の若いとき、植草正久さんにうちじゅうが洗礼をうけましたが、父だけはうけずに、ですから何でも平気らしいのです。

江戸川　本当の信者というものにはおなりにならなかったのですね。あなたはいかがですか。

幸田　私はヤソ教の女学校にいきましたから、若いころにはその教えの中に縛られている方が安全なような、頼りのあるような気がしましたけれども、やっぱり信者にはなれないようですね。

江戸川　で、露伴先生の話ばかりでなく、あなた御自身の探偵小説をお読みになったはじめのところを……。

幸田　はじめは映画じゃなかったかと思うのです。探偵映画ってものじゃなかったですけど。

江戸川　いつごろかなあ。

幸田　エディ・ポロのころですよ。

江戸川　『名金《めいきん》』ですか。

幸田　『名金』だとか『的の黒星』とか。

江戸川　『名金』って面白かったですね。

幸田　六巻〔一巻十分全四十四巻〕ずつやって、あとは来週のおたのしみっていうのですね。あとどうなるということで、当てっこすることからはじまったんだと思います。

江戸川　お友だちと。

幸田　いえ、親父と(笑)。

江戸川　露伴先生もごらんになったのですね。

幸田　大変な映画好きで、先へいっちゃうのです、こどもたちより。それで、俺は先にみてきた、お前たちはあとからみてこい、来週はどうなるか当てようじゃないか。……父は少年だったころは芝居好きで、すぐ上の兄（のちの郡司成忠《しげただ》大尉）といっしょに、「文弥殺し」か何かをはじめて見に行って、このあとはこうなる、こうならなくちゃならないと当てたことがあるそうです。そんなところから脈を引いてるんでしょうけれども、父のそういう教育で、スリルの味ってものを私はおぼえたかと思います。

編集部　「新青年」はそのころですか。

幸田　「新青年」はまだあとですね。

江戸川　『名金』の時代には「新青年」はまだ出ていなかったですね。

幸田　いつからですか。

江戸川　「新青年」の創刊は大正九年です。『名金』っていうのはもっと前です。たしか大正五、六年でしたね〔実際は四年〕。『ジゴマ』の映画はごらんになっていませんか。フランスの映画でした。

幸田　『ジゴマ』っていうのは『名金』の……。

江戸川　ずっと前です。

幸田　名前だけは聞いてますね。

江戸川　僕はその時分名古屋にいて、小学校の上級か中学校の下級だったです。それまでは活動写真ってものはあまりみてないのです。はじめの活動写真というのは汽車がずっと走ってくるのだとか、日露戦争のものなんかあったけれども、それは劇とはいえないものでした。ところが『ジゴマ』ではじめて面白い劇映画っていうのをみたって感じなので、わたしは同じものを三べん見にいきました。『ジゴマ』は時代が違うからみていらっしゃらないですね。

幸田　そのころ私が興味をもったのは、手が鉄でできている男が活躍する……。

江戸川　『鉄の爪』ですか。

幸田　ああ、そうそう。それが人を、硫酸だか何だかのタンクの中に入れるんですね。そうするとズブズブズブッと煙が出て形がなくなっちゃう。それがどういうことになるかが、わかるかわからないかというので、父と喋ったことをおぼえています。

江戸川　お父さんと。

幸田　ええ。骨がのこるかしら、のこらないかしらっていうんで、結局どうなったんだかもう記憶はありませんけれども。

江戸川　あれは実際の事件があったのですね。十九世紀の終りごろ、アメリカで……。

幸田　塩酸ですか、硫酸ですか。

江戸川　どちらでしたか、ともかく「強」のつくやつです。それをタンクの中に充たしてその中に死体を放りこむという実際の犯罪があったのですよ。そういう装置をつくって、特殊の建物を建てたんですね。アメリカのどっか、ニューヨークじゃありませんが。そこへ殺した人を放りこんでは消していたわけなんです。有名な事件ですね。
幸田　そうすると残るんですか。
江戸川　残らないですよ。
幸田　骨まで？
江戸川　ええ。ただ洋服の金属のボタンだとか金歯などが残るんですよ。
幸田　それじゃやっぱりだめですね。
江戸川　それをどう処理したらいいかということを、アメリカの探偵小説の随筆で書いた人があるんですがね。この方法は人間を消すのには一番いいにはちがいないけれども、ただその設備をつくるには、これは大変ですよ（笑）。設備が残っちゃうから、非常に大きな手がかりが残るわけですね。

探偵談義

江戸川　それで何かその当時お読みになったものはありませんか。涙香はお読みになりました？

幸田　ああ、涙香、これは大変読みました。それから江見水蔭《すいいん》さん。
江戸川　江見さんは涙香よりもずっとあとまで生きてました。
幸田　たしか江見さんにお目にかかったような気がするのですが。
江戸川　お会いになったでしょう。お宅へいっているでしょう。黒岩涙香は覚えてませんか。新聞記者としては恐らくお父さんにお目にかかってますね。
幸田　そうですね。
江戸川　涙香という人は「万朝報《よろずちょうほう》」の社長でしてなかなかやり手だったのですが、小説よりもその方が本職だったのですね。涙香の小説では何かご記憶がありますか。いまでも涙香の本は出てますよ。戦前にはポケット判が出ていましたし……。
幸田　私はどんな本で読んだかしら、もう本の体裁も何も忘れてますけれども、涙香を読んだのはもう十六、七になってからだと思います。
江戸川　挿絵をおぼえてますか。西洋の銅版のまねしまして、非常に何かエキゾティックな挿絵がついていました。こわい、ね。あれは非常に頭にのこるのですけれども、むろん元の本でお読みになったと思うのだが、大型の菊判の……。
幸田　父のところへはいつでも出版社の人が来ていますでしょう。それだから、お前読むんならといってすぐと、声かけてくれると、すぐと出てきちゃうんです、探すってことなしに。あたしはちっとも作者の名前も本の形もおぼえないんです。よくない習慣です。

江戸川　それからシャーロック・ホームズやルパンですね。あれは「新青年」以前に訳されていますよ。
幸田　ああ、そうでございますね。
江戸川　ポーなんかと一緒にドイルの短篇なんかチョイチョイ訳されていたんです。
幸田　私、父にやっぱり聞いたんですが、あのころホームズっていわないで、ホルムズといってね、話してくれて、あの風《ふう》が大変ね、おもしろい、風がわりな人っていうふうな印象でした。
江戸川　主人公の探偵がね。
幸田　そうです。
江戸川　大変エキセントリックな。
幸田　おもしろい人っていうふうな……。
江戸川　じゃその話はお聞きになったのですね。
幸田　はあ、父がお酒飲んでいるとき。
江戸川　露伴先生もお読みになったのですね。
幸田　それは私のこども、父からいえば孫に、くり返して喋っていたのですけれどもね。お前、面白い人がいるよなんていうのでございます。そして父の喋り方は大変に立体的な喋り方でしたから。

江戸川　目に浮ぶようにね。
幸田　ですからおそろしいところを強調されると……。
江戸川　こわい。
幸田　やりきれないくらい。
江戸川　お話の上手な方だったんでしょう。座談のね。
幸田　多分そうだったと思いますが、私の若いころに伯父が、お前のお父さんの話はそのまんま生きて歩いてくるから面白いんだって。伯父っていうのは変なことをやっていたでしょう。千島へ探検に行ったり……。
江戸川　有名な郡司大尉ですね。
幸田　ですから、もしお父さんが一緒にいったんだと、もっと活写ができるんだろうに残念だといってました。

小栗虫太郎を認む

江戸川　それから「新青年」に入りましょうか。「新青年」はどんな御記憶です？
幸田　「新青年」はS・S・ヴァン・ダインですか。それから『黒死館』――小栗虫太郎って方です。
江戸川　あれは「新青年」が創刊されてからずっとあとですが……。

幸田　『黒死館殺人事件』というのは昭和九年ごろでしたか。
江戸川　たしか九年です。
幸田　もっとずっと前……。
江戸川　そうじゃありません。九年ごろです。
幸田　父が小栗虫太郎さんのことをいってましたけれども。
江戸川　昭和八年に書きはじめて、その次の年に木々高太郎が出て、ちょっとエポックをつくったんです。
幸田　昭和八年ですか。
江戸川　九年ですね。八年に書きはじめて、『黒死館』は二、三篇書いてから書き出したのです。
幸田　さいでしたか。そのずっと前です、父が「新青年」なんか読んでいたのは。ええとあれは昭和のはじめに小石川に越して、その時分にさかんに読んでました。
江戸川　昭和のはじめごろもさかんでしたよ。わりに作家がゾクゾク出た時分ですね。
編集部　先生なんか一番活躍されたのは。
江戸川　僕は大正の末だもの（笑）。だからまだ「新青年」は出て間もなく、まだ本当のああいう形になっていなかったです。もうすこし違ったものが入ってました。もとは青年の海外発展というような雑誌だったのです。けれども増刊がね。増刊ご記憶ですか。翻訳探偵小説ばかりの増刊。
幸田　ああそう、ございました。
江戸川　あれは非常に好評だったのです。翻訳ばかり集めましてね。それで非常にさかんなような気がして僕らも書く気になったのですがね。で、小栗虫太郎なんか愛読されたのですか。『黒死館』みたいなのお好きですか。
幸田　あたくしはそんなに思わなかったのですけれども、父は、この人かたまりそうだっていうんです。それをかたまらないで、もっといけばいいのにっていってました。
江戸川　かたまりそうだってことは？
幸田　形ができてしまって、外へひろがらなくなりそうだっていうんで、それが気になるけれども、もっとひろがっていけば、面白いのにって。
江戸川　なるほど。それは非常に面白いお話ですね。小栗虫太郎はもう死にましたけれども ね。露伴先生が注目して下さったと知ったら、地下で喜んでいるでしょう（笑）。
幸田　何をどう読んだっていうようなことが特別あったわけじゃないのですけれども。そのときそのときでね。
江戸川　しかしヴァン・ダインなんかはご記憶があるのですね。
幸田　はあ。あのころは映画にもなりましたでしょう。
江戸川　ヴァン・ダインの映画もきたことはきたんですが、それはあまりよくなかったです。

幸田　何でもそんなような映画も、いって見てこい、見てこいというように申しまして、つまりおしまいまでキュウキュウやってみる人なんですね。

江戸川　そうすると露伴先生は、つまり理屈、論理的なことがお好きだったんですね。

名探偵露伴

幸田　鍵なんかのことも面白がってましたね。鍵のトリックっていったらいいんだか何だか、鍵の道理っていうの、どうやったらどうなるというようなことを大変面白がっていて。

江戸川　そういうこともお調べになった？

幸田　それから科学的な犯罪っていうことね。わりにそういった風な頭がいいんじゃないでしょうかしら。人間の心といいますか、魂といいますか、それには方向という意味のムキがあるということを、随筆に書いています。

江戸川　そうするといろんなナゾなんかを——昔からいろいろなナゾがありますね。遊戯的にやるナゾもありますし、第一将棋なんてものは一種のナゾみたいなあれがあるんですよ。ですから恐らくナゾもお好きだったんでしょうね。ナゾを解くことが。

幸田　父の将棋は模様の美しさを考えながら指すといっています。こう指すと手堅いが模様が平凡でおもしろくならないから、というようなわけでしょうね。模様を考えて指すような将棋は勝負師じゃないんで、おれは素人でいいんだって。晩年に書いた論文に、『参《さん》同契《どうかい》』という古い支那の書物のことがありますが、書いた人の名がどこにも書いてない。ほんとうはちゃんと書いてあるんですが、それが序文の文句のなかに隠されているんですね。長い間、学者が気がつかないで、わかったようなわからないような解釈をしてあったのが、そういうナゾだったということがわかりました。魏伯陽という人の名で、魏・伯・陽・造という四字が隠してあるんだそうです。この本は錬金術の本ですけれども。それから支那の扶鸞《ふらん》の術というもの、西洋ではプランシェットといいます。それから魔法というようなこと、そういうことを調べて書いた文章ものこっております。支那には泥棒の専門書もあるそうで、取り寄せて調べたりしたそうですが、さすがにそれについて書いてはいないようで……。それから古くからの易《えき》、人間の運命といいますか因縁といいますか……。

江戸川　それは非常に面白いお話ですね。作家というものは人生のナゾを解こうとしているんだから、根本的に謎と関係があるんですね。

幸田　心理的なナゾっていうようなこと、そういうナゾということではずいぶんいっていました。ナゾという言葉でね。ピアノを弾く叔母（幸田延子）には大勢お弟子さんがおみえになるんですけれども、タチのいいお弟子さんばかりじゃないのです。そこで、いいピアノ教師であるためにはいい探偵でなければできないんだっていうんです。その子がどういう子なのか、なぜそうなるかってことは、父母《ちちはは》まで及ぶわけでしょう。家庭の時間割まで当てちゃうんです。この子は多分こういう時間割だからレッスンなんかできないんじゃないかと、つまりできない子のナゾを解いちゃうんですね。父もその式でやりたいということをいってましたので、記憶に残ってますけれども。

江戸川　つまりそうすると、人間の心理のナゾを研究するということに興味をもたれたのですね。

幸田　そうです。現在の状態というのはどこからきたのかということが出てきます。

江戸川　父母にまでさかのぼるのですね。

幸田　はあ、そうです。

江戸川　お父さんのお書きになった短篇の中に、何か探偵色の濃厚なものはないかな。さっきおっしゃった二つありましたね。あれは僕はおぼえてないけれども、どういうものですか。

幸田「白眼達磨」というのは、目が入れてない達磨の話でした。そこから犯人が割れていくわけです。

江戸川　それが何か謎になるのですか。

幸田　与力だか同心だかがそれを現場で拾って、何の気なしに持ち帰って、それを見ているうちにナゾが解けていくというような……。

江戸川　ああ、そう。思い出しました。そのほかにも二つあるんですよ。純粋探偵小説としてお書きになったのは、「是は是は」というのと、「あやしやな」という、一つは西洋探偵小説みたいなものですよ。翻訳じゃなく自分で勝手に創案して書かれたんですが……。

幸田　「是は是は」の方は日本の古い探偵小説の、北条団水の「昼夜用心記」のなかから翻案して、鹿鳴館時代の話にしたものだそうです。「あやしやな」の方には、たしか昇汞《しょうこう》のことが出てきますが、父は薬物に興味をもっていまして、その前に書いたほんとうの処女作の「露団々《つゆだんだん》」にも、シンパセチック〔不可視〕・インキのことなんか出ています。それが晩年にはさっき申しました錬金術とか、いい忘れましたがマジック・スクエアーとか、魔方陣でございますね、その研究を十七歳のころにしたのがのこっていて、そこいらから易だの数字だの人相だのに入っていったのかと思います。よくわかりませんけれども。私に関係したことでは、「新青年」を読んでいる時分に、この式でどんどんやっちゃえというので、大分父と遊びました。

江戸川　この式でやっちゃえというのは？

幸田　なんでもさかのぼってみつけちゃえというのです。人相でも服装でも何でも、それでもって推定することができるようになる方がいいだろうというので。汽車へ乗っていても、あの人はなんだろうというのを当てていくんです。

江戸川　それはちょうどシャーロック・ホームズだね。シャーロック・ホームズはそういうことをやりますね。ある何かの点に着眼して、そこから割り出してあれは何商売だろうかとか、いまはどういう気持でいるだろうとか。

幸田　そうなんです。東京から軽井沢へいく時間は、五時間ぐらいあるでしょう、当時の汽車で。はじからやっちゃうんです、乗ってる人を。

江戸川　それでつまり向うにわからないようにコッソリ話しているわけですね。

幸田　あの人は何の部類に属する人だろうか、つまり商人《あきんど》さんだろうかとか学者さんだろうとか。

江戸川　それをあなたに解いてみろというのですね。

幸田　ええ。なかなかうまくいきませんわ（笑）。

江戸川　あなたの小さい時分でしょう？

幸田　いいえ、十七、八ぐらいの時分です。十七、八になっていたってなかなか、人さんを当てるってことはね。（笑）

江戸川　それで当ったか当らないかというのはどうして確かめるのですか。

幸田　わからないのですね。ところが父の方は、一つ一つ実際をおさえていっちゃう。たとえば煙管《きせる》があれだったから、あの煙管を使う人はこういう人だっていうんです。私は面白いと思いました、煙管なんてものは知りませんでしたもの。どういう人がどういう煙管を使うってこと。それで面白かったのは、今度向うから、信州から東京へ帰ってくるときに、一人だけ身分がはっきりしちゃった方があるのです。それがどういう人だか、父にも私にもキメ手がなくって、ついに上野駅の近くにきましたら、カバンを下して、中へ何かしまったんです。そのとき中のものを見てはっきりしちゃったのですけれども、裁判官なんですね。その帽子と法服をもっていたわけです。二人とも当らなかったですよ（笑）。

江戸川　どういうふうに答が出たんです、そのとき。

幸田　その人が読んでいるのは新聞だけだったですし、本当に地ぶくれ面していて、ちっとも動かない人なんです。それで摑めなかったのですけど、とうとうそういう法服をもっていたので、ははあということになって、でも果してその人の荷物かどうかはっきり聞いたわけじゃないのですけれども、そうなんだろうということで、つまりはっきりしちゃったわけなんです（笑）。

江戸川　そういうことをしばしばおやりになった？

幸田　私どもへみえる方も、どこの道歩いてきたんだろうなんてことまで。

江戸川　下駄を見て（笑）？

幸田　はあ。

江戸川　ますますシャーロック・ホームズだ（笑）。

幸田　いらっしゃるでしょう。それからまあ父のところへ、書斎なり茶の間にお通ししま
す。それからあとの仕事に、私はお茶を出す、煙草を運ぶってことで、それがすんでから
すぐやるんです。「失礼でございますが、ちょっと伺いますが、あの道を通っていらっし

ゃいませんでしたか」そうするとお客様は大抵おどろいちゃう（笑）。

江戸川　どこでやるんです？

幸田　やっぱり履き物なんかみてやりましたけれども。

江戸川　履き物についている土でしょうね。

幸田　父はニヤニヤしている。どうせ文子はやるだろうと思っているから。

江戸川　シャーロック・ホームズはそれとそっくりのことをやっているんですからね。法医学の方でそれをやりはじめたのはそんなに古くないですね。靴の泥を研究して泥道を歩いたということや、土の中の植物の種とかそういうものをみたり、土の性質でみたり、石炭なんかあるところだったら黒いものがあるからそれでわかるんです。そういうことを実際の捜査に応用したのはフランスのロカールという法医学者で、そんなに古いことではないのです。

幸田　ほめられたのは花粉でした。「お前何でやった」というから、椎の木があそこにあるからこの花粉はたしかにあの道だろうと思って。

江戸川　それはえらいですね（笑）。今いったロカールの著書があるのですが、その人がそういうことをやっておりました。それは戦争前まで生きていた人ですからそんなに古くないですよ。幸田さんは名探偵だね（笑）。

父娘相伝の探偵ずき

幸田　それから、夕立ちがあったときに駈けこんでいらしたお客さまがあったのです。そうしたら背広の背縫いが縮れていまして、私はどうしてもそれが気になって、奥様がミシンをよくなさるんじゃないかって聞きましたら、そうだっておっしゃったのです。
江戸川　つまり手製だってことを。
幸田　糸がつれるんですね。玄人《くろうと》さんと違って、ぬれるとね。そこはやっぱり玄人さんの仕立ては、糸だけが縮むなんていうことはない、上糸と下糸がうまく合っているのですね。
江戸川　やっぱりお父さんの薫陶よろしきを得てあなたも探偵眼が鋭くなったのですね。
幸田　読み出すと馴れてくるのですね。そしてまたしばらく放っておくと読めなくなりますね。それは若いときのひところの遊びですよ、ね。ですから、あとあとまで利いてたということはできないのです。
江戸川　その代り心理的にそれが発達したということですね。こわいな、これは（笑）。
幸田　そうでもないんですわ。父は写真が好きでしたから、写真のトリックもいってました。忍びこみの現場を自動的に写してしまう写真の装置のことなんか、『番茶会談』という子供向きの本のなかに書いていました。明治時代のものです。でも実際に父が写真やったときは、自分で乾板からやらなければならなかったときでしたから、大変な古さです。

江戸川　私もこどものとき、中学一年生ぐらいのときに、箱の型の写真器で、ガラスの乾板を入れて、一つずつ取り換えていくんですよ。乾板がパタン、パタンと倒れてね（笑）。

幸田　大変な音（笑）。

編集部　露伴先生はそういうハイカラ趣味といいますか、新しいものにとても興味をおもちになった……。

幸田　新しいもの好きでした。

江戸川　そうだろうね。古いものも新しいものも両方、ね。

幸田　そうですね。

江戸川　それで、あなた、いまお読みになっていませんか。翻訳探偵小説がさかんにいま読まれているのですがね。

幸田　創元社さんでもずっと……。

江戸川　本をさしあげているのでしょう？

幸田　頂いております。いま娘が読んでおります。

江戸川　あなたは？

幸田　このごろあまり読めないのですけれども、やっぱり読み出すとおしまいまで読んでしまう。みんなおっぽり出して。

江戸川　婦人の読者が非常にふえましてね。昔は探偵小説は婦人向きじゃなかったけれども、戦後はさかんに婦人が読むようになりましてね。アメリカなんか昔からそうですね。
婦人の読者の方が多いですがね。
幸田　ええ。不思議な気がします。
江戸川　少なかったですね、戦前は。
幸田　そうでございますね。私は面白いと思って読みました。
江戸川　そういう知識的な読み方をする読者っていうのは、婦人は少なかったです。涙香なんかになるとまた婦人の読者が多かった。私は母がね、涙香を読んで聞かせてくれたんです。それで病みつきになったんです。まだ字の読めない時分に。
幸田　あたしの場合は、父が一緒にたのしんでくれたのが、よっぽど食いつくもとになったんだと思います。あたしの読んだよりも、もっと誇張してというんだか、真に迫ってというんだか、話してくれるとさらによくわかって……。それから、どこの家でもなくなりものっていうのがありますね。
江戸川　ええ。
幸田　そういうものを出して行く出し方なんてのね。
江戸川　やっぱり探偵的に。
幸田　やっちゃう。もう一つ、これは父の学問的な仕事でもいえると思うんですけど、なにか調べものをするときに、しらみ潰しにやっちゃう。一つもあきがないようにピチピチ

ピチピチッと、はじからはじまでやってしまう。そのやり方で、そういう失せものを考えたりするときは、そのすきまのなさがちょっと気味が悪いほどでした。

江戸川　失せもの、うまく発見されましたか。

幸田　そううまく発見されませんよ（笑）。私の、それは早く亡くなってしまった弟ですけれども、その弟が茶目でして、どうかしてお父さんをやりこめたいのですね。わざと失せものをつくって、これがわからなければこっちが勝ったってわけなんですけれども、そんなことでよくやりました。

江戸川　よほど知的遊戯をやる家庭だったわけですね。

幸田　あるとき、どうしても変だと思うこともあったのです。それは父の眼鏡と万年筆がなくなったことです。別々にですけれども、黒い縁の眼鏡でした。これがないから大変不自由したわけです。ほかの替えの眼鏡もあるのですが、ツルの具合が悪いといって気にいらないのですよ。でも仕方がないのでそれで間に合わせて、二日も探してもないのです。一家中の憂鬱なことって、ほとんどどこ探してもないんですから、家中ひっくり返ったようになっちゃったわけです。それだのにあったのがね、しょっちゅうみんなが通っている廊下の、ちょうど三枚の板でできているところだったのです。拭きこんである廊下なんですよ。その節のところに、その眼鏡の枠がのるようになってフワッとあったのです。私が歩いているとき。でもそこは私が何べんも歩いたり、どんなに掃除したりしたかわからないのです。誰がおいたのかわからない。そのときは弟も夢中になって探していたんですけれども、父が「出たからいい。もうあとどうしてここにあったかいっちゃいけない」というので、気持が悪いなりにおしまいになりました。

ただそのときに、出たんだからあとはもう詮索してはいけないということが、私には詮索しなけりゃならん筈のもので、なぜ詮索しないいんだろうと、疑問になって残ったわけです。父が何といって説明したかというと、ダーク・ポイントは誰にもあって、それがときに一致するということを承認しろというのですが、無理な話なんですよ。受け合えない話なんです、とても若いものには。だけど無理に不問に付しちゃったのですけれども、このことはあとまで私に何か教えますね。

江戸川　それは廊下の端のとこですか。

幸田　いえ、真中なんです。

江戸川　真中のつぎ目のところですね。

幸田　一枚の板が三つあってできている廊下です。一枚の板の真中に節がある、その節のところに。

江戸川　節のところでカモフラージュされていたんですか。

幸田　カモフラージュされたようにおかれてあったと思えるのです、私には。

江戸川　わざとね。

幸田　けれどもどうしてだかわからない。
江戸川　真中でしたらうっかりしたら踏むんですね？
幸田　ええ、踏むんです。
江戸川　踏まなかったですか。
幸田　午後の光線でそこのところへすーっと筋の明りが落ちていて、ちょうどそこがみえるんです。発見したものが自分だったので、とってもいやな気持だった。節が二つつながって目のようになっている、そこへポコンとおいてあったのです。
江戸川　眼鏡と似たような節ですか。
幸田　同じような二つくっついている節です。私は手にとらずに、「ここにあった」といったのです。
江戸川　何か怪談めいてますね。それにお父さんのおっしゃったダーク・ポイントというのは、今の言葉でいえば盲点ですね。盲点ということもお考えになっていたわけですね。
幸田　よもや、あるなんて思っていなかった場所ですから。それが一つなんです。それからもう一つ、ペンがなくなった。というのは、父の机の上で、金ペンだったのです。それはちゃんとあとでわかってしまったことで、人が、……だけど持ちきれなくて変なところにおいたんですけれども。
江戸川　誰かもっていった。

幸田　それは家のものではなかったのです。これもニヤッと笑っただけで、「もうこれでおしまいにするんだ」というので、そのときもみんなね、そんなことってあるわけはないんだから、誰かがいるって。「その誰かってものを決していうべきもんじゃないんだ」というので、お互いに了承し合ったのですけれどもね。さがしものなんていうのは、一生懸命になってくるとケンカになっちゃうのです。うち中でも、誰がどうしたってことを突き止めていきますから。そうすると誰にもアイマイな時間があるの。

江戸川　ああ、アリバイですね。

幸田　お互いに、そのとき母さんはどうしていたとか、私はこうしたことをみていたとかいい出すでしょう。そうすると、説明ができない時間というものがあるんです、日常生活の中で。

江戸川　思い出せない時間ですね。

幸田　いわれた人は心外だっていうんです。そんなことを私がしていたのは記憶にないっていうし、こっちじゃたしかに見てたっていうし、甚しいのは犬がそのときどうしてたなんて変な関係のないことまでいって。

江戸川　アリバイ調べをやるわけですが、そんなにきちんと記憶していられるものじゃありませんよ。記憶がなかったからといって責任もつことありませんね。あれは困るんですよ。いつ幾日《いつか》の何時にどうしてたかなんて、誰だってわからないですからね。

幸田　ところが私は若かったもんで、人のことを許さないような時でしたし、それにかねてそういう遊びなんかしているから、許さずに人のことを押していくんですけれども、自分のわからない時間というのを押されたときは、ウソでも何でもついてごまかしちゃえという気があったので、雲行きが荒れました。このときに、人というのはおとし穴があって変な虚勢を張っちゃうものだ、これになっちゃ大変だ、もし逆に摑まれたら身動きできなくなっちゃう、そういうことを話して、「お父さん、ずいぶん変な気がした」ということを話すと、「そういうもんだよ」といって解釈してくれたので、固くならずに覚えましたけれどもね。

江戸川　大変面白いお話ですね。さっきのダーク・ポイントとおっしゃったのは、僕ら盲点といっておりますが、ポーの「盗まれた手紙」という小説は、目の前にあってわからない。それと同じような事件ですが、ちょうど節穴の上にあって盲点に入ったというのは面白いですね。

幸田　まあ、あれはいい気持じゃない事件ですね。でも、あれがあったんで、あんまり人を突きつめたってだめなものだってことが……。

江戸川　そうそう、それはやっぱり幸田先生がね、シャーロック・ホームズ的なんですよ。シャーロック・ホームズは調べる間は一生懸命調べるんですが、犯人がわかっちゃうともうどうでもいいんですよ。罰しようが罰しまいが、私はナゾを解くのが目的だっていうんですよ。

記憶のダーク・ポイント

幸田　やっぱり若いときでしたけど、私一人で電車に乗っていたら、となりにいい加減な年輩の奥さんがいましてね。私は癲癇というのはそのときはじめて見たんです。知識がなんにもなかった。

江戸川　電車の中でおこしたんですか。

幸田　こちらへ寄りかかってきて、非常にからだが固くなった感じでした。そうしたら震えてきまして、私の手を摑んでひっくり返っちゃった。ですから私も大変な力で……。

江戸川　支えていたわけですね。

幸田　というより一緒にひきずられて腰掛けから落っこったんですけれども、放してくれないんですよ。そのうち顔がおかしくなってきて、こっちはびっくりしたわけなんです。電車が止まったり、お巡りさんがきたりして、電車の中に私とその人が真中におかれて、みんなが遠いところにおかれちゃったために、変な晴れがましさになっちゃって、のぼせました。お巡りさんが手をとったりして、私はなんにも関係のない人だというので家へ帰っちゃったわけですけれども、帰ってきてその話をしたときには、「なぜそれだけで帰ってきた」っていうんですよ。そういう不思議なところへ出会ったら、自分はもしか何かのつながりがあるのかもしれないというので、おしまいまでちゃんと聞いてくりゃあよかったじゃないかっていうんですよ。

江戸川　でも、若い娘さんがそんなことはとてもできませんやね。

幸田　ただ、おどろいたんですけれども、それからあと、何かあって自分がもしつながりがあったら、おしまいまで聞こうという気持はもちますね。

江戸川　研究的態度をもつということですね。

幸田　それから帝銀の事件がありましたね、あのときに……。

江戸川　あのときはまだいらしたんですか。

幸田　父が？……、あれは何年でしたか。

江戸川　二十三年か……。

幸田　だったらいなかったです。私がそう思ったんですけれども、大勢さんが見てるわけでしょう。そしてあとで面通しっていうあれね。みんながよくわからなかったでしょう。あのときに私は思いました、多分わかんないだろうってことね。自分がそこにいて何か摑んでも、それは本当の、自分だけに都合のいい一つのコーナー、たとえば着物のはじとか爪の形とか、そんな自分に直接関係のあった一コマしきゃわからなくて、あれだけの事件をおこしている人のきめ手にはならんだろうと思う。

江戸川　あれは漠然たる印象でね。そうだろうというだけのことで、それはだれでもはっきり覚えているものではありませんよ。親しい友だちなら別ですけれども、一ぺん見ただけじゃ無理ですね。

幸田　〔服の〕カラーが白かったというようなことも、大変まちがいやすいもので……。

江戸川　そういう御経験ありますか。

幸田　ええ……っていうのは戦後でしたけど、いまのところへ家を建てて越したばかりに、大勢の人が入ってきちゃったんですよ、ね。泥棒っていうのもおかしいけれども、大勢で入ってくる……。

江戸川　あれに入られたんですか、トラックでくるやつ。

幸田　トラックじゃないけれども五人ぐらいで。咄嗟に見たんですよ、私はその人たちの三人を。だけどわからないの、あとでね。多少なりとも若いときにそういうつもりでいたんだのに、なぜなんにもいえなかったか。「白かったよう」としかいえない、「白かった」といえないの。そのじれったさというか、申し訳なさというか。どうもああいうことっていうのは、咄嗟にはなかなかできないもののようですねえ。

江戸川　特殊の記憶力のいい人がありますね。目に写った記憶が写真のように残っている人がありますけれども、それは病的ですね。ふつうは無理ですね。面通しのときでもいろいろ感情が加わる。そうでないというと、お巡りさんに悪いとか、だれに悪いとか、いろいろな感情が加わるんですね。で、迷っちゃってなお困るんですね。

私はあのときに帝銀事件には相当タッチして現場にもいきましたが、支店長代理というのが一番しっかりした生き残りなんですね。その証言は重要なんですが、頼りない。頬にアザかなんかあったといぅんですが、平沢〔貞通〕にはアザはないのですね。あのときに銀行の女の子が犯人を案内したんですよ。土間から上に上げるときに犯人が靴をぬいで上った。その靴を女の子が揃えたんですよ。ところが、それが長靴だったか、短靴だったか、赤かったか、黒かったか、なんにも覚えていない。

幸田　そうでしょうね。

江戸川　だから記憶というものは誤りやすいのですね。一人の証人が黒だっていっても、これは信用しちゃいけないというのは捜査の原則だと思います。数人の人がそういうことをいえば、いくらか信用してもいいかもしれませんが、だけど、あなたはそういう観察の訓練をなさったのだから……。

幸田　訓練っていうわけじゃないけれど（笑）。まあ、ものを見るっていうんでしょうかね。

江戸川　何でも研究的に見るってことね。森蘭丸ね。信長が刀の柄《つか》にまいてある紐が幾巻きかってね。それから、この家の階段は何段あるかってよくいいますが、あれだってなかなか無理ですね。

幸田　無理です。そして一度覚えたものはあと災いするのですね。階段は十二段だと思って見ちゃう。よく、十二段の家があったってことで。すると十一段の家がわからなくなるのですよ。あれは記憶というもののこわいところだ。それが文章書きましてもね。
江戸川　けれども小説を書く上に、そういう観察眼というのは必要でしょうね。
幸田　そうでしょうか。
江戸川　探偵的観察眼に限りませんが、ものを見たものが非常に印象にのこるという性格はいいですね。書くときに。
幸田　いくらかはね。風景はそうです。咄嗟に立ってくるものがあります。風景の中で一つだけ、この座敷でいえばあの庭の柳っていうふうに。だけど私は柳と見ても、人は石と見るかもしれません。その石と感じる感じ方、柳と見ないで石と感じる感じ方と、その人にたしかにつながりがあるのでございます、その立ってくるものというのは。私がよそへいったときに、風景っていうのはそんなに自分でこしらえられないから、こしらえればマンネリズムになるから、風景はよく見たいと思うのですけれども、そのときにメモするのに立ったところをメモすると、こっちの景色とこっちの景色、こっちは山の景色でこっちは海の景色なのに、同じものを見ているときがあるの。
江戸川　両方、一つに入ってしまうのですね。
幸田　そういうようなものがあって、自分を見て行くのには面白いですね。
江戸川　それと、小説家は服装をよく観察しますね。昔は、服装をくわしく書いたから……。

幸田　大変よく書いたから。その服装のことも父なんか、チリメンの重さを手で計るっていう訓練っていうのができているって聞かされましたけど、なかなかこの目方というのはわからないですね。

江戸川　よほど馴れなけりゃね。

幸田　呉服屋の番頭さんは目でこうして、産地と匁《もんめ》とあてるといいますけれども、そんなにいかなくても、女で着物のことを文句をいうんならば、手ざわりぐらいはわかってもらいたいとか、目方ぐらいはわかってもらいたいとかいってました。戦後そういうものが複雑になってわからない。男の方の服の地なんかもよほど気をつけなければ、自分とつながりがなければないがしろになってしまいますもの。そしていま靴下がみんなナイロンになって、女の人はほとんど靴下をつぐ感覚を忘れたですね。これはついこの間まであった感覚なんですよ。靴下をつぐ、そのつぎ方にどんなつぎをするかっていう、そういうことが本当に消えましたねえ。

江戸川　ナイロンはつぎ当てられないのですか。

幸田　当らないことはないけれども、丈夫で切れないから、穴があんまりあきませんから。ついこの間まではさかんについでいたんです。だから近頃はああいうことでも、やっぱりある一つの手がかりがなくなったわけですわね。

江戸川　どうも長い時間、たいへん面白いお話をありがとうございました。露伴先生やあなたがシャーロック・ホームズだってことは、あまり知られてないと思います。われわれ探偵小説好きには、実に興味深いお話でした。

では、これで、速記をやめることにいたします。

露伴先生はシャーロック・ホームズであった〔後記〕

幸田露伴先生が、これほどの探偵ずきとは、少しも知らなかった。又、幸田文さんが探偵小説を愛読しておられるというのも意外であった。読者諸君もおそらく同感であろう。

幸田文さんが、露伴先生のシャーロック・ホームズぶりを、たいへん上手に話して下さったので、この対談篇は予期以上に面白いものになった。本号の呼びものの一つだと信じている。

又、お話のなかに、露伴先生が、小栗虫太郎を読んで、認めておられたことが出ているが、これも初耳で、われわれにとっては感銘深いものがある。

地下の小栗君も、さぞほほえんでいることであろう。（乱歩）

（「宝石」一九五七・八／『増補　幸田文対話（下）』岩波現代文庫、二〇一二）

ヴァン・ダインは一流か五流か

小林秀雄

前記

評論家の小林秀雄さんが、一方東京創元社の重役をやっておられることは、知らない読者も多いかと思う。わたしは同社刊行の推理小説全集の監修者の一人になっているのだが、この全集は重役である小林さんが大いに推進して下さったもので、小林さんとはそのころから知り合いになった。そういう関係で今度もお忙しいところを、探偵小説問答に引っぱり出したわけである。

小林さんは、その昔「新青年」にポーの「メルツェルの将棋指し」を訳して寄稿しておられることは（その訳は無署名だったので）わたしも知らないでいたが、小林さん自身からそれを聞いて、その訳文を創元社の推理全集にも入れさせてもらった。また、ある座談会の席で、小林さんと向かいあって坐ったことがあり、そこで少しばかり探偵小説談を取りかわしたのだが、そのとき小林さんはクロフツの『樽』の原作の誤りを指摘された。その誤りについては、戦争直後、古沢仁君が詳しく調べて書いたことがあり、小林さんの指摘された個所もそれに含まれていたので、わたしは「探偵小説仲間では周知の誤りですよ」と答えたものである。そこで、この座談会も、まず『樽』の問題からはいったのである。何の前置きもなく突然問答になっているが、速記のはじまる前に、いろいろ雑談があり、両人ともお酒が少しまわっていたのである。

（乱歩）

『樽』の誤りを発見

江戸川　『樽』は読んでますね。

小林　読んで、間違いのあることをあなたに話したじゃないか。そうしたら、あれは有名な間違いだといわれてガッカリした（笑）。僕は、自分であれを発見したと思ったんですよ。

江戸川　手型のあれでしょう。

小林　いや、樽の中にさ、死骸を詰めて送ったところがあるでしょう。

江戸川　だから、樽に手型みたいな傷がある、あれの間違いでしょう。

小林　ええ。

江戸川　あれは訳者のまちがいじゃなく、原作のまちがいですね。

小林　原作のまちがいですね。この人達（編集部を指して）探偵小説の通でしょう。あれにはまちがいがあるよっていったんですよ。知らないんだよ（笑）。それじゃあ通が知らないんならもしかしたら江戸川さんも知らないんじゃないかと思って、言ったら、あれは有名なまちがいですっていわれちゃったんでガッカリしちゃってね（笑）。それからあそこにもう一つまちがいがあるんですよ。あれはあなたも知らなかったね。

江戸川　日にちのまちがいですか。

小林　そうじゃない。樽をね、いよいよ詰め替えするとこがあるでしょう。石膏を出しちゃってあとに死骸を詰めておいとくでしょう。そいつを馬車屋が持っていくわけだ。ところが死骸の詰まった樽がついたときに一人じゃ持てないんですよ、重くって。下ろそうと思ったんだけれども、下りないからあきらめて馬車の上に積んどくということが書いてあるんだね。それからあとでそれは重くって一人じゃ持てないんだって何度もいっているんですよ。

江戸川　それは僕は気がつかなかった。ところが運ぶときに一人で運んでいるのですよ。

小林　石膏は一人で運べるが死骸が詰まったら一人で持てないんですよ。それを馬車屋が一人で運んでいる。もし一人で動かせなかったら、執事は知らない筈はない。執事が手伝わなければ動かせない。執事は急に樽が重くなったということに気がつかなければならない筈だが、執事が知らない間に馬車屋がもっていっちゃったんだ。
江戸川　その、二人でなければ持てないというのは僕はうっかりしてた。
小林　それは何度も書いてます。とくに重い樽というのは怪しいということを何度も書いてある。これは僕が発見しなかったら、江戸川さんも知らなかったんだ。
江戸川　そのほかに時間的な問違いはいろいろあるんですよ。僕は気づかなかったけれども、古沢という研究家がずっと前に発表しているんです。手型のあれもそれに書いてあるんだけれども、いまの二人でなければ持てないということは書いてなかったかも知れない。
小林　今ちょっと思い出せないけれども。
江戸川　ああ、そうですか。それじゃ発表して下さいよ（笑）。
小林　小林さんがお読みになった探偵小説というのはそんなに多くないと思いますけれども。
小林　多くないです、僕は。
江戸川　クロフツは『樽』だけですか。
小林　僕は探偵小説というのはポーの「メルツェルの将棋指し」、あれは大学時代に訳したんですよ。
江戸川　その話、聞きましょう。
小林　それね、僕はポーが大変好きでね。全集を神田で買いまして読んでいたら、あんな話があったので、大変面白いと思って、そのころ金に困っていたから、それを訳して「新青年」に売ったんですよ。

江戸川　「新青年」に載ってますよ。あれはね。昭和四年の三月ごろ……。

小林　三年か四年ですよ。

江戸川　僕はあれをまちがえていたんですよ。小林さんが訳したって知らないから、乾信一郎君が訳したとばっかり思っていた。無署名でしょう。

小林　ああ、署名がなかったかもしれない。ただ原稿売ったんですから。あのころ僕は訳しちゃあ売ってましたからね。僕の大学時代です。

江戸川　大学の何年ぐらいですか。

小林　一年のときから訳してました。いろんなものを訳しました。ええ、もうファーブルであれ、モーパッサンであれ、何だって一枚二十五銭でやりましたよ。

江戸川　二十五銭。安いなあ。そんなものだったかなあ。

小林　そんなものだって、あのころ二十五銭とれば大したものでしたよ。

江戸川　「新青年」は二十五銭ということはなかったでしょう。

小林　もうちょっと高かったですよ。五十銭ぐらいでしょう。だけど僕は一月三百枚ぐらい訳しましたからね。

江戸川　それで学資をおつくりになったんですか。

小林　生活費です。あのころまだフランス語をやる人は少なかったわけですよ。だからフランス語の下訳の注文は選り好みをしなけりゃいくらでもあったのです。
江戸川　その訳すときは自分の好きなものを訳したんですか。
小林　そんなことはないです。あるものをやったんです。それが誰の名前で出るか、そんなこたあこっちは知らなかった。ポーはこれは好きで面白いと思ったから訳して売ったんです。どういう手蔓《てづる》で売ったかな。それは忘れちゃったけれども。
江戸川　その当時はたしか昭和三年だったら横溝君が編集長だったと思います。横溝君知ってますか。
小林　いや、知りません。そのころは知っていたかもしれませんが、もう忘れちゃいました。
江戸川　それはそういうエージェントみたいなものがあるのですか、大学に。
小林　それはあったんです。学校でも世話していたし。

人工頭脳とポー論

江戸川　それで、小林さんに今日伺いたいのは、ポーの作品、探偵小説に限らず、ああいう作品の文学史上における、いまから考えてどういう意義があるかというようなことですね。それを一つお話しねがいたい。これは探偵小説も関係があるんだから。ポーは詩もあるし散文もあるし、探偵小説もあるのですけれどもね。ああいうものが文学史上どの程度の地位をもつものかということね。

小林　それはやはりローマン主義文学の否定でしょう。文学を書く上でも知性の尊重でしょう。ポーの散文というのはみな異常な物語ですね。異常なことにポー自身非常に興味をもった。だけど、ただ異常なものが好きだったということじゃありませんね。

江戸川　私はあれは誰にもわかることだと思うんですよ。そういう意味で多くの人にわかることだと思いますがね。文体は別として、書いていることとそのものはね。

小林　あの人の散文は要するにたくさんな読者を狙って書いたものですから。たくさんの人に読まれて売れなければ困る。そういう条件でみんなああいう小説を書いたんですから。

江戸川　そういう意識があってですね。

小林　ええ、勿論あって書いたんです。ただ、やっぱりあの人はえらい人だったから、そういうふうなところで止まらないんで、そういう異常な物語によって、人間性の深いところにふれるところがあったのですね。人間のいわゆる無意識とかそういう普遍的な問題にふれて来ましょう。そういう意識があの人はあったんですね。

江戸川　そういうものの発見が非常に早かった。

小林　それが非常に早かったというところがえらいですね。だから探偵小説というものもあの人の人間発見の一つの手段だったとも考えられましょう。探偵小説というのは一つの異常な事件だから。ともかく推理とか分析というものは、あの人の持って生れた天才的能力だ。
江戸川　そうですね。だから「メルツェルの将棋指し」なんていうのにも、興味が持てたんですね。将棋というのはもともと……。
小林　「メルツェル」じゃ面白い話があるんですよ。私の友だちが今度東大の原子力の研究所の所長さんになったんです。この間ね、見にこないかっていうんです。見たって、われわれにはどうせ解りはしないんだけれども。今日出海《こんひでみ》がね、見にいかないかっていうんですよ。今の奴、誰に聞いたか知らないけれど、人工頭脳というものがあるってんだね。
江戸川　人工頭脳というものがあって将棋を指すっていうんですよ。
江戸川　オートメーションの一種ですね。
小林　そうですすよ。機械で指すっていうんです。とても強くて、相手は誰でも負けちゃう。大体二段ぐらいまでの奴はだめだねっていうんだね。僕はすぐこれは怪しい、ウソだっていったんだ。僕は「メルツェルの将棋指し」を思い出したんですよ。よく覚えていないが、ポーがちゃんと、そんなものは不可能だ、機械では不可能だって論証している。だからこれは必ず人間がかくれているって前提の下に推理を始めるんでしょう。機械じゃできない。そういうものは昔からあるんだ。そんな馬鹿なことあないよっていったんだけれども、今チャン聞かないんですよ。昔はそうかもしれないけれども、いまは原子力だっていうんだ。

できちゃったってんだ。将棋だって何だって、今日じゃそんなものできるのは当り前だって言うのさ。いや、それはだめだという議論になって、結局大岡昇平という男が将棋二段ぐらいの腕前があるんだよ。俺がいくっていうんだよ（笑）。それで大岡昇平を連れてみんなでいったわけさ。所長の菊池博士に会ってそういうと大笑いだ。冗談いっちゃいけませんよ、そんなものある筈はないじゃありませんか。文士ってそんなものかね（笑）。
江戸川　それはどういう誤伝かね。向こうであるといったんですか。
小林　あるといってやしない。どっからかそういう噂を聞いたんでさあ。このごろ人工頭脳というのは、何でもできるっていうことを皆んないうでしょう。学者だってそんな事言ってる奴がある。そんな馬鹿なこと。ポーに聞いてごらんなさい。
人工頭脳というのは、メカニズムですよ。ね。計算はするけれども、判断はしないね。だから計算というのは非常に早くできるってことだよ。数を計算するの、これが考えられないほど早くできるってこと、これが人工頭脳でしょう。だけどこっちにするか、あっちにするかということは全然範疇の違ったことじゃないか。これは判断でしょう。判断というのは、だから機械的にできないよ。メカニカルにはできないよ。この判断するためには計算しなければならんわけでしょう。だからあらゆる手というのは全部計算しなければならんわけでしょう。
江戸川　判断といいますけどね、たとえば五十種類なら五十種類の判断がある場合、一つずつ機械でやったら、どれかコチッと当るということでいくんじゃないですか。

小林　そうですよ。

江戸川　それはできるでしょう。判断……。

小林　できるが無限に多くなるんだ。その判断という奴が計算の途中で一つでも入ると計算はとても大きな数になるんですよ。二つ入れば又すごくなる。判断が入るごとにコンビネーションの計算の数というのは無限大に多くなる。だから判断というやつは、極力計算機には入って来ない様にしなければならん。

江戸川　将棋の高段者なんかも絶対だめだっていってますね。いくら機械でやってみてもだめだっていってますよ。

小林　だめですよ。計算は出来るでしょう。コンビネーションの数は無限と言っていいほど莫大だが限度はありますよ、だから計算は不可能ではない。その代り、大変な時間がかかるでしょう。計算の速力は無限ではない。

江戸川　それが判断まで及ぼすことがありうるかもしれない、というふうにちょっと考えることがあるんですね。

小林　だから百年後に結果が出る計算機なら、計算機の用はなさんでしょう。判断というのは要するに実行を離れて考えられない。計算は実行じゃない。まちがっていても、まちがっていなくても、判断して実行しなければならん。

江戸川　自然のメカニズムという奴ね。人間の判断のメカニズムという奴ね。それが非常に複雑にできているということですね。

小林　それは複雑なんでしょうけれど、それを複雑だなんていうことは、一体機械というものを元にして言っていることなんでしょうね。複雑という言葉はいけないんだ。判断というのはそれと違う別の性質のものだと思う。やはり判断は自由という考えが元なんだから。将棋は判断の遊戯だから、計算がついてしまったら、もう将棋ではなくなる。まるで意味が違ったものです。判断にも不徹底な計算は伴うが、計算の機械化とは全然意味が違うわけでしょう。

江戸川　それで、探偵なんかでも勘でやることがあるわけですよね……。つまり勘でパッとどっちかと判断する。多年の経験が勘になって判断するでしょう。あれは私は理論だと思うんですけれどもね。一瞬に早い理論が頭で組み立てられるんじゃないですか。

小林　無意識が理論的に働くと解釈できるでしょうね。心理学者はそんな風に言うかも知れない。

江戸川　正確かどうかはその時次第ということになるけれども、経験の累積ではあるでしょうね。

小林　そうでしょうね。そういうものですな。

江戸川　ポーですね。ああいう作家というのは、やっぱり本当に珍しい存在だったですね。

小林　あのころはないでしょうね。

江戸川　その後もどうですか。違う性質のものではいろいろあるでしょうけれども、ああいう性質のものというのは。

小林　ええ、やっぱり非常に頭がはっきりしているし。その後の探偵小説というのはあんまり読まないけれど、その後、そんなにいいものが、僕は、あまりないんじゃないかと思います。

純探偵小説とは

江戸川　私はね。探偵小説はじまって以来、ポーとチェスタートンがずっと一番好きですがね。僕はチェスタートンは非常に好きです。

小林　僕はチェスタートンは知らないのですがね。チェスタートンっていうのは、評論家のチェスタートンでしょう。

江戸川　あれですよ。

小林　あの人の評論は僕は好きなんですがね。

江戸川　小説も評論と同じに逆説的な文章ですね。

小林　読んでみよう、みようと思っているのですが。どんなものがあるのです？

江戸川　ブラウン物語です。筋に、非常に創意があるですよ、それがチェスタートンでなければ書けないような……ふつうの文体で書いたら変なものになっちゃうような筋ですね。

小林　やっぱり探偵小説というふうなものじゃないのですね。

江戸川　いやいや、探偵小説です。純探偵小説です。けれども、ふつうのドイルなんかとはちょっと違っているのです。

小林　僕はドイルは好きですよ。ドイルはどうもあれは探偵小説のポー以後のえらい人じゃないかな。

江戸川　そうです。ドイルが探偵小説というものをつくったようなものです。ポーは三つないし五つしか書いてないし、あのころはまだ探偵小説という名前はできてなかったし。

小林　ただドイルの魅力というのは要するにシャーロック・ホームズという人物だと思うんですよ。要するに人物の創造なんではないですか。あの探偵を読むといつでもシャーロック・ホームズという男が出てきてね。そいつが何でもやってくれるという観念があるでしょう。それからホームズという人が人格者で正義派でね。人間的魅力もなかなかあるよ。イギリス的な勧善懲悪の小説なんだな、根本は。あれは探偵小説というが根本の思想は勧善懲悪の……。

江戸川　一般の探偵小説はみんなそうですよ。

小林　ドイルが、それを確立したと思うのですよ。ホームズは変り者だが、英国紳士ですね。英国人に非常によく訴える人間なのだな。それから何とかいった医者があるでしょう。

江戸川　ワトソン……。

小林　あれいつでも出てくる。あれもティピカルな人間ですね。名コンビだな、それがドイルをあれだけ普及させた一番の大きな原因だと思います。

江戸川　その通りですね。

小林　それから文章に無駄のないこと。一種の名文だな。やはり、探偵小説の古典というとドイルですかな。ポーじゃないね。ポーっていうのはやっぱりあれは、ポーという人間があんなふうなものを書いちゃったというふうなものでね。本格的探偵小説という事になるとやっぱりドイルだな。

江戸川　ただシャーロック・ホームズのエキセントリックな性格はね、ドイル自身はむしろワトソンみたいなところをもっていると思うんですよ。ドイル自身が医者だし、ワトソンの方が、生き生きと書かれている。シャーロック・ホームズはつくりもので、自分と逆の理想的人物を書いたと思うんですよ。ポーの場合のデュパンとは生き生きさがやっぱり違うと思うんですね、そういう意味で。

小林　そうですかな。しかしね、まあ、ちょっとあれはロマンチックですけれどもね。あのくらいにしないと人間は出ませんよ。やっぱり一種のヒーローに仕立て上げる必要はあったんですね。

江戸川　むろんそうですが……。

小林　だからちょっと非人間的なところもある。それが魅力なんだよ、読者には。やっぱりふつうの人間じゃいけませんよ。すべてを捧げてますからね、探偵というものに。嬶《かか》ァもなきゃあこどももなきゃあ……。
江戸川　考える機械ですね。
小林　そういうふうなところが魅力ですね。結局僕は書けてないということはないと思う。僕はやっぱりあれはあれで立派な創造だと思う。ワトソンという男を配して、よくできていると思うんですよ、あれは。
江戸川　ドイルという作家がエキセントリックな作家じゃないでしょう。だから自分と逆なものを理想にして書いたんじゃないかと思いますがね。シャーロック・ホームズでは何がお好きですか。
小林　何がって、こまかいとこはおぼえてもいないし、大体同じような出来で面白いんです。
江戸川　前に書いたものほどいいですよね。やっぱり。
小林『バスカービルの犬』みたいなもの、ああいうふうなものは何かちょっとロマンチックだね。
江戸川　しかし、やっぱり短篇ですね。

犯罪心理小説へ移行

小林　短篇がいいですね。はっきりしたものの方がいいですね。僕はね、ヴァン・ダインというのは嫌いなんですよ。
江戸川　どうして。
小林　全然つまらない。
江戸川　どういうところが。
小林　どういうところがって、第一冗漫ですね。ドイルが一流なら、彼は五流くらいかね。あれはやはり探偵小説というものがゆき詰まって、ああでもない、こうでもないというところに来たものですからね。芝居っ気があってね。
江戸川　それはありますね。
小林　ドイルには必要以上の芝居っ気はない。沈着に書いている。ヴァン・ダインの心理的饒舌はかなわない。
江戸川　ペダントリーでしょう。
小林　ペダントリーですかな。ペダントリーまで達していますかな。まるででたらめな博識ではないですか。それから心理学のようなものを探偵小説の中に持ち込んだということ、これも賛成出来ない。心理小説では他に大小説が沢山ありますからね。

江戸川　そういえばそうだけれども。

小林　探偵小説家が心理学に迷い込むのは邪道ではないですかね。やはり探偵小説の推理の基本原理はアリバイですからね。僕はむしろこのごろのエラリー・クイーンという人の方が好きですね。ヴァン・ダインより後輩なんでしょう。後輩の方がいいですよ。大げさな身振りはないでしょう。やっぱり筋はちゃんと通っているしね。『Xの悲劇』の方が『僧正殺人事件』よりよい作だと思いますよ。

江戸川　私はね。ヴァン・ダインを最初読んだんですよ。そうしたらペダントリーが鼻について仕様がなかった。しかも日本のことを書いているんだ。絵のこと、雪舟を暁斎《きょうさい》か何かと同列に扱っているので、これはだめだ。そんなペダントリーはだめだと思ったのですが、そういうペダントリーが邪魔になりましたけれども、ヴァン・ダインを読んでいると、あれがなければさらにだめなんだ（笑）。あとになると逆にあれが魅力になってきましたよ。それから『僧正殺人事件』はね。童謡でしょう。童謡と殺人というものの組合せが僕は非常に好きだから、あれは好きなんですよ。そういうことはどうですか。

小林　うーん。

江戸川　童謡の通り殺人がおこるというのは、つくりものですよ。犯人が精神病者でしょう。大体彼の犯人は精神異常者が多いんだ。主人公が精神異常者というのはアンフェアだということをいわれますがね。気ちがいとすればどんなことでも書けますから、アンフェアじゃないかというんですよ。しかし僕は殺人と童謡の組合せは好きだから、あれは好きなんです。

小林　だけど探偵小説に心理的なものを入れていくというのは大変危険なことだね。

江戸川　ヴァン・ダインがその点で失敗したんです。彼の野心は最初書いた『ベンスン』とか『カナリヤ』にあらわれてますが、それは物的証拠でなく、心理的に犯人を発見しようとして書いた。それはたしかに新しい考えではあったのですが、結局やれなかったのです。犯罪は裁判にかけなければならんでしょう。裁判のとき心理的証拠じゃだめなんです。物的証拠でなくちゃ通用しない。それであきらめちゃってあとは心理的証拠ということはやめてしまったのですが、最初野心はあったのですね。

小林　そういうことはドストエフスキーがさんざんぶつかった問題ですね。心理的証拠と物的証拠というのが、いかに違ったものであるかということは、その人の心理を知れば知るほど大きなものになる。考えるのが人間なのか、行動するのが人間なのか。あの人の小説は、探偵小説は可能であるかという問題になりかねません。

江戸川　ドストエフスキーのね。

小林　ええ。あの人の観察や分析は心理に集中したから探偵小説が書けなくなっているのです。『罪と罰』のラスコーリニコフでも『カラマーゾフの兄弟』のミーチャでも、裁判というものの埒外にある人間でしょう。裁判には、物的証拠というのはなくちゃならない。

心理というものは全然当てにならない。もしも犯人が、気ちがいだとしたらおしまいだ。ところが気ちがいと常人の間はどこにあるか。常人の犯罪動機というものも、これを分析して行けばまことに曖昧なものになる。まるで動機のない犯罪が普通に行われているという結論に達せざるを得ない。サイコロジイの問題は、探偵小説家を五里霧中にしますよ。

江戸川　けれどもね。物的証拠で、あらゆるトリックを考えちゃって、種がなくなってきたんですよ。前に出たもののまねじゃ困りますからね。だからすでに使われたトリックの組合せを考えてやってますけれども、やっぱりそれでは創意が感じられない。だから心理的な方向で打開できないかと考えているのですが、まだできてないですね。このごろイギリス、アメリカで流行ってきたのは、犯人の心理を描く犯罪心理小説というふうなものですね。ナゾを解くんじゃなくて。しかし、それじゃやっぱり純探偵小説じゃないのでね。

小林　ええ。

『アクロイド殺し』について

江戸川　ポー、ドイル、クロフツ、ヴァン・ダイン、クイーン以外にはどんなのお読みになりましたか。

小林　沢山は読んでいません。僕は探偵小説というものを特にどうと考えていないのです。普通の小説の一部の様に考えています。例えば、ドストエフスキーもそうだと思うけれども、その中から探偵的要素だけを抜き出してきて、それだけを書いて面白がらせるというのが僕は探偵小説だと思う。

江戸川　ヴァン・ダインがいっているのですが、探偵小説の長篇というのは一生に六つしか書けんといっているのですよ。僕もそう思いますが、西洋で普通の小説を書いている人が、フッと探偵小説を書くんですよ。一生に一つか二つ書く場合ですね。そういうものは必ずいいんです。探偵小説はそういう書き方をするのが本当かもしれないのです。ポーでもあれだけしか書いてない。あれ以上は興味がもてなかったのですからね。

小林　いろいろ工夫すれば無理が出て来るというわけですね。探偵小説は僕の家内なんかもよく読んでますが、見ていると普通の小説を読むより速度が大変遅い。あれは非常に注意して読むものですな。

江戸川　そうですね。クロフツの小説なんか非常に注意して読むようにできている。

小林　注意して読まなければつまらんですね。ボヤボヤして読んでいたらわからない。読んでいて犯人は誰だかわかってこっちは考えながら、書いてあることを注意しながら読んでいくところに楽しみがある。エラリー・クイーンを読んでいて、『X』か『Y』かちょっと忘れましたが。

江戸川　『Y』というのはこどもが出る奴ですよ。

小林　じゃ『X』だ。針のことです。あそこで僕はすぐ変だと思った。あれはポケットに針の玉があるわけでしょう。ポケットに手を入れれば針にふれて死ぬというあれでしょう。ところがバスを待っているときにポケットに手を入れる。ポケットに手を入れたら針がささる。さされば死ぬ。死なないから針の玉はポケットになかったと断定しているわけです。この推理は粗雑です。ポケットにたとい手を入れても玉というのは針でしょう。針ならポケットの中で動くわけがない。どこか一定の場所にささっていて動かないわけだ。もしもこいつがポケットの一番すみにささっちゃって動かないとすれば、そのときに手を入れたって、ふれない可能性はたくさんあるわけだ。必ずしもポケットに手を入れたらふれるという必然性はない。ところがあれではポケットに手を入れたのを見た人がある。ポケットに手を入れてポケットをかき廻したのを見たのではない。だから針の玉はバスに乗ってから入れられたものと推断する理由はないわけだ。もしもポーが書いたらこんな風には書かないだろう。

江戸川　もっとこまかく書くでしょうね。

小林　あんな頭の粗雑な推理はやってない。

江戸川　いやいや、ポーにだってあるんですよ。「マリー・ロージェ」というのがあるでしょう。あれにはえらいまちがいがあるんですよ。

小林　そうかア（笑）。

江戸川　女の死体の着物から裂きとられて現場に残っていた布の寸法を書いているのです

が、それで換算していくとベラボウに大きな着物になる。そういう間違いなんですよ。

小林　しかし寸法のまちがいというのは、推理過程の致命傷になっていないのじゃありませんか。推理というのは厳格でなければいけないな。

江戸川　厳格にやるべきですね。よく一人の探偵作家が最後まで書きまして、それを中途まで別の作家に見せて、その解決篇を書かせ、両方を並べて雑誌にのせるという遊戯をやることがあるんです。そうするとね。最初書いた作家の解決よりも、ほかの人の書いた結論の方がもっともらしいものになることがあるんだ。いくつも結論があり得るということですね。そのくらいの大ざっぱさというのはやっぱりあるんですね。一応読んでそうかなと納得するように書いてあれば、まあいいということですね。

小林　だから探偵小説というものはそこに書いてあるだけのこと、あとは観察しないとして、書いてあるだけの事実を土台として推理が展開してくれなくては困るんですね。

江戸川　探偵小説がフェアでなければならないというのは、その意味ですね。

小林　そうでしょう。ところがこの間読んで癪にさわったのがありました。犯人が自分で書いている小説ですよ。何と言ったっけな。自分で人を殺しておいて、殺した当人が書いているんです。

江戸川　あれにはそういう非難があるのですがね。クリスティーの『アクロイド殺し』というのです。

小林　あれは癪にさわったね。
江戸川　アンフェアだという非難があるのですよ。
小林　アンフェアだな。
江戸川　僕なんかは、あれも一つの大きなトリックとして、アッといわされて、面白がっているんですがね。
小林　いや、トリックとはいえないね。読者にサギをはたらいているよ。自分で殺しているんだからね。勿論嘘は書かんと言うだろうが、秘密は書かんわけだ。これは一番たちの悪いウソつきだ。それよりも、手記を書くという理由が全然わからない。でたらめも極《きわま》っているな。あそこまで行っては探偵小説の堕落だな。
江戸川　僕はそれほどには思いませんね。
小林　あの文章は当然第三者が書いていると思って読むからね。あれで怒らなかったらよほど常識がない人だね（笑）。
江戸川　僕は怒らないですよ（笑）。こんなヘンテコなトリックを考え出した。それに先鞭をつけたのは面白いという。
小林　それは一般読者の考えじゃないですよ。あんたは作者だから、ふだん種に困っているから、そんなことを考えるんで、ウン、これはなかなか面白い奴だなって、作者に同情して考えるんで、一般読者はそんなこと君、考えるものですか。コンチキショーって思いますよ（笑）。

江戸川　あれは必要なデータを何行か抜かして書いてあるんですよ。三行か四行とばして。蓄音機みたいなものを置いておくところを、ひょいととばして書いているんですね。綿密によめば、抜けていることが読者にもわかるのです。

小林　後記を読んだんですよ。そうしたらヴァン・ダインはあの小説を探偵小説とは認めんと書いてある。

江戸川　そう、あれはヴァン・ダインの規則には反するんだ。

小林　その点で僕はヴァン・ダインに賛成する（笑）。ヴァン・ダインは嫌いだけれども、あれはヴァン・ダインが正しい。これは絶対探偵小説じゃないと彼はいっていると書いてある。あの犯人は何のためにどういう動機であれを書いたか、全く意味がない。荒唐無稽だね。犯人の動機としては気違い染みている。しかも作者はそれを伏せている。つまり犯人の動機というよりも作者の動機です。作中にトリックを用いるのはよい。しかし作者の動機がトリックでは困るのだ。読者はいい面の皮じゃないか。

江戸川　あれは作者と競争して犯人を探し出そうと思ったら、たしかに癪にさわるな。だからフェアとはいえないけれども。

小林　僕はあれは非常に評判が悪かったと思うけれども、どうして残ったかな。

江戸川　あなたと同じ説はさかんにいわれるんですよ。しかし多くの批評家はこれを世界ベストテンに入れてクリスティーの代表作とされているのですよ。

小林　そうかねえ。それはちょっと常識に反するね。僕からいわせれば、探偵小説ファンというのはそれだけ常軌を逸したものであるかと思うだけだな。

とにかく探偵小説が好きで好きでたまらない。蒐集癖みたいなもので、何でも集めている奴があるでしょう。何でも探偵小説なら読むという奴があって、これはちょっと風変りな奴だから、やっぱり別格に扱わなければならんとか……。これは絶対に探偵小説ファンの趣味であってね。僕みたいないわゆるふつうの愛読者はこれは怒るですよ。

江戸川　そういう説も多いんです。しかし、彼女の代表作は何かということになると、やっぱりあれをあげる人が多いんですね。

小林　僕はヴァン・ダインの説に賛成です。ヴァン・ダインという探偵小説の大家がこれは認めんといったのは、ヴァン・ダインというのはやっぱり一流の人だ。

江戸川　さっきは五流だったのが、こんどは一流になりましたね（笑）。だから結局読者が作者と競争して犯人探しをやるということだけが探偵小説の興味じゃないと思うんですよ。つまりギョッといわせるような新案をすると、発明みたいなもので、ああいうことをやったのは一種の発明ですからね。

小林　それはそうだけれどもね。

江戸川　それから探偵小説の読者というのは二種類あるんじゃないですかね。犯人を追及して一緒に考えていくタイプの読者と、最初からだまされたくて読む人とあるんですね。だまされたくて仕様がないという読者は『アクロイド殺し』なんか喜ぶんじゃないですか。そんな心理があるんじゃないですか。

小林　それはあるかもしれない。病《やまい》コーモーだな（笑）。

江戸川　最初から作者と競争して犯人を探そうとしない読み方もありますよ。むしろその方が素人で、競争する方が病コーモーですよ。

小林　そんなことはないよ。これは無邪気なものだよ。

江戸川　作者と競争して読むというのが純探偵小説の特徴にはちがいないけれどね。

小林　その方が健全ですよ。興味としちゃ健全なる興味ですよ。

独裁国に探偵小説なし

江戸川　話はかわりますが、フランスでは探偵小説の元祖はヴォルテールの『ザディッグ』だというのですよ。その前にずいぶんあるんですがね。バイブルとかいろんなところにナゾ解きの話はたくさんありますね。ところで、御承知かどうか知らんけれども、パリ大学で博士論文を書いた先生がいるのですよ〔レジス・メサック〕。ポーが出る前の探偵小説的な文学をギリシア文学なんかからひっぱり出して詳しく書いているんですよ。「エディポス王」は一種の探偵小説だなんて。それからアラビアンナイトやペルシャのいろんな伝説なんか引用して、こんな厚い本を書いているんですよ。僕はフランス語が読めないから、詳しくはわからないけれども、どういうことが書いてあるかというのは大体わかるんですが、そういうものをフランスではやる人がおりますね。それで博士になったらしいですよ。

小林　ああ、そうですか。

江戸川　その人はニック・カーターなんて非常に通俗的なものについても書いている。

小林　これはこどものときの映画でね。

江戸川　あれもその本の中の一章になっているんですよ。

小林　しかし探偵小説というのはそういうふうに広い意味であれしていけば……。

江戸川　古来の文学にそういう要素は非常にありますね。

小林　しかし、いわゆる探偵小説というのはこれはやっぱりデモクラシーがはじまってからのものですね。裁判の権威が確立してからの産物と考える方がいいのではないですか。デモクラチックな裁判がなければ探偵小説はありません。

江戸川　法律がよく守られている国に、探偵小説が栄えるという考えかたね。

小林　独裁国には、探偵小説が発達するわけがないね。探偵小説が英国で発達したということも、やっぱり法律観念というのが非常に早く発達したということでしょう。日本でなぜ探偵小説の流行が遅れたかという事も、そういう事からでしょう。推理の面白さというものが日本人にはまだぴったりと来ない。人情にからんだ捕物帳からなかなかぬけきらない。合法的な正義の観念の遅れているところから来ているのでしょう。

江戸川　アメリカやイギリスの人もそういうふうにいってますよ。いまのあなたの御説のように。

小林　ああ、そうですか。

江戸川　だから戦争のときにはドイツやイタリヤでは探偵小説を禁じたでしょう。それに尻馬に乗って日本も探偵小説が弾圧されちゃったですよ。僕なんか七年ぐらい全然収入なかったですよ。被害者の一人だけれどもね。僕は国は愛しているから、文句いわないで別のことで働いてましたけれども、そういうことを――たとえば戦争中ドイツやイタリヤは探偵小説を禁じていたじゃないか。ところがアメリカやイギリスは塹壕の中で探偵小説のポケット版を読みながら戦っていたじゃないか。これはちゃんと裁判を守る国だ。独裁国ではこういうものは流行りっこないということを戦争中にさかんに向うの人もいいました。

それからバートランド・ラッセルが、探偵小説の弁護論を書いているんです。つまり動物としての人間には本来残虐性がある。人のものはとりたい。憎い奴は殺したいという気持がある。スペインあたりでは闘牛なんかでその気持を満足さしているけれども、ラッセル自身はそういう古来から人間の心のすみに残っている残虐性を何でまぎらしているかというと、探偵小説でまぎらしているというのですね。つまりはけぐち、安全弁なんですね。

それで、どうですか。文壇の若い人が探偵小説をずいぶん書いているんですが。

小林　知りません。大岡昇平なんか書いているそうだけれども、読んだこともないです。

江戸川　それよりもっと若い人がたくさん書いてますよ。

小林　探偵小説の新人でいいのは出てこないですか。

江戸川　それがないんですね。それで僕は今度「宝石」の編集をするんですが、探偵小説の中心の雑誌がこんなに不振では困るというので、一つおもむきをかえて昔の「新青年」みたいなものをつくろうというわけです。しかし根本は金の問題ですからなかなか難しいですけれどもね。

小林　坂口安吾君なんか書きましたね。

江戸川　あの人は書きました。うまかったですよ。長篇と、捕物帳も書きましたね。ちょっとあれだけの本格長篇探偵小説を書いた人は今までないです。昔僕らが書きはじめたころ、谷崎、佐藤、芥川などの作家が探偵小説みたいなものを書きましたね。ポーの影響だろうと思うのですが、けれどもそれは純粋なものじゃなかったです。坂口君のはあなたと同じ考えで、フェアプレイをやろう、読者と競争する奴を書こうというので、純粋の探偵小説でした。『不連続殺人事件』ですね。

小林　読んでみようと思ったが。

江戸川　若い人には、つまり身辺小説でなく本当にフィクションを書くためには探偵小説的な筋というものは必要だ。探偵小説を読んだり書いたりすれば、そういう意味でプラスになるということを考える人があるのですが、そういうことについてどうですか。
小林　イマジネーションを養うために。
江戸川　そしてまた筋の構成というような点でも。
小林　そうそう。
江戸川　今日は、探偵小説の話ばっかりになってしまったね。
小林　それでいいんですよ。
江戸川　奥さんは読んでいらっしゃるんですか。
小林　ええ。近頃愛読者になったんです。静かだなと思うとたいがい読んでます、この頃は犯人がわかっちゃうなんていってます。
江戸川　お嬢さんは。
小林　本は好きな方ではないんです。読むのは「野球界」と「スポーツ報知」だけですよ。
江戸川　小林さんは御道楽はなんです。
小林　いまんとこゴルフです。
江戸川　うまいんですか
小林　カラッペタです。私なんか五十になってからはじめましたからね。身体が言う事をききませんや。

江戸川　僕らの仲間の水谷準君がアマではうまいですよ。
小林　うん、僕らの仲間では大将です。あれは「新青年」をやっていた人ですね。
江戸川　水谷君はハンディ六でしたか。
小林　六か五か知らないが。まあ素人がいく限度近くは行っているんでしょう。

後記

このあと、日本の酒、ヨーロッパの酒、シナの酒の話、そのほかいろいろの話題に及んだが、探偵小説についての問答は以上につきているので、水谷さんの名が出たのを最後として、あとは省略さしていただくことにした。

小林さんは探偵小説について感想を発表されたことはないと思うが、こういう形式で、この高名の評論家の、探偵小説観を聞くことを得たのは、一つの大きな収穫であったと思う。（乱歩）

（「宝石」一九五七・九／『江戸川乱歩推理文庫64』）

樽の中に住む話

佐藤春夫　城昌幸

前書

わたしたち大正末から昭和はじめに書きだした探偵作家仲間は、皆多かれ少なかれ谷崎潤一郎、佐藤春夫、芥川龍之介三氏の初期の作品に心酔し、その影響を受けているといっていい。森下雨村さんの「新青年」の西洋探偵小説紹介、千葉亀雄、馬場孤蝶、井上十吉、小酒井不木諸氏の探偵小説随筆、そして、それらと匹敵するほどに、前記谷崎、佐藤、芥川三氏の小説は、わたしたちを刺激したのである。

わたしが本誌を編集することになったとき、そういう意味から、現存の谷崎さんと佐藤さんに、それぞれお話を聞く機会を作りたいと考えたが、谷崎さんのほうは、まだその機会がなくて果たしていないけれども〔その後も実現せず〕、佐藤さんは城昌幸さんが師事している関係で、城さんから話してもらって、三人の鼎談《ていだん》をやることができた。

佐藤さんはあまり酒をあがらないほうで、しらふで話がはじまった。最初はこちらが話をしても、簡単なうけこたえをされるばかりで、話がはずまなくて困ったが、樽の話に入るころから、だんだんお話が面白くなってきた。

当夜の話題は、探偵小説の話、衣類の話、酒の話、新仮名遣いと当用漢字の話など多岐にわたったが、一番面白いのは酒樽の中に住みたいというお話であった。といっても、酒好きだからというわけではなく、いわば東洋のディオゲネス趣味である。それで、この樽ずまいのお話を中心として、探偵小説に関するお話を漏れなく収め、枚数の関係で、衣類の話、酒の話、新仮名の話などは省略させていただいた。佐藤さんにその非礼を深くお詫びする次第です。（乱歩）

探偵小説の定義

江戸川　まず皮切りにね。私どもの探偵小説を書きはじめます前に、大正の初期から中期にかかるころだと思いますが、文壇にポーとワイルドの好みが出た時代がありますね。そういうものを作品にお出しになった方が佐藤さんと谷崎さん、それから芥川龍之介――そのほかにもあると思いますが、私どもその三人が一番印象が深いのですが、そういうものを僕らは非常に愛読して、それと西洋の探偵小説と両方がゴッチャになって影響をうけたのですが、佐藤さんは日本の探偵小説にそういう意味で影響を与えた方で、あなた自身探偵小説といってもいいものをお書きになってますし、随筆もお書きになった。その点で僕が一番刺戟を受けたのは、「新青年」に、あれは御自分でお書きになったのかどうかわかりませんけれども、探偵小説の定義みたいなものをお書きになったでしょう〔「探偵小説小論」〕。その「新青年」を今日はもってきております。これは森下雨村さんのときですよ。佐藤さんの文章と思いますがね。

佐藤　ええ、これたしかに僕の文章です。自分で書いたもの。談話ではありません。

江戸川　この中に定義のようなのがあるんですよ。要するに「探偵小説なるものはやはり豊富なロマンティシズムという木の一枝で、猟奇耽異《キューリオスティハンチング》の果実で、多面な詩という宝石の一断面の怪しい光芒で、それは人間に共通な悪に対する妙な讃美、それからこわいもの見たさの奇異な心理の上に根ざして、一面また明快を愛するという健全な精神にも相結びついて成りたっているといえば、大過はないだろう」

　これが定義みたいに僕ら感じたのですが、一種の定義ですね。

佐藤　まあそうでしょう。――大ざっぱながら。

江戸川　これは僕はよく引用しましたし、何か非常に印象がつよいのですよ。これはやはりポーが非常にお好きだった時代と思いますがね。

佐藤　ポー、大ぶん前から――長い間好きでした。

江戸川　この定義の中にあるあやしい宝石の一断面とか、怪しい光芒というようなものは、むしろ探偵小説に必然のものでなくて、この定義には純探偵小説よりもポー全体の作品の特徴が出ているように思うのですが。

佐藤　そうですね。書いたことは忘れちゃったけれども、読んで頂いて思い出しました。それから私の定義もその後多少変って、その後に探偵小説というものは行動の文学であるということを考えはじめたのです。

江戸川　それはいつごろですか。

佐藤　これは戦争の直前か戦争中ぐらいですね。

江戸川　行動の文学というのは。

佐藤　つまり推理だけでは本当の探偵小説にならない、と。何か犯人があってそれを追っかけるという、つまりただ坐って頭で考えただけではいくら推理が本当でも探偵小説らしいものにはならない、と。無精ではいかんと。これは自分にいって聞かせているようなものですけども（笑）。無精でない、つまりもっと活動的な文学だ。犯罪という行動。それを追っかける行動。行動が主で推理は従ではないかというので。

江戸川　なるほど。アメリカにいわゆる行動派の探偵小説というのがあるのですが、例のハードボイルドですよ、結局。そういうものがいまはやっておりますが、あまり頭を使わないで、勘ですね。行動で全部判断しちゃうのですね。三段論法なんか使わないでね。そういうのがはやっております、戦争中からです。そういうものをお読みになったわけではないのですか。
佐藤　読んだわけではなく、自分で考えただけ。読書という行動はなかった。
江戸川　それで、ポーというものについてすこしお考えを伺いたいのですが、ポーを愛読された当時の思い出……、翻訳なんかもなさったですね。
佐藤　何だったか一つ。
城　「アモンチリャドーの樽」。
佐藤　「アモンチリャドーの樽」でしたね。
江戸川　ポーについて何かおっしゃることないでしょうか。
佐藤　特別新しくいうこともありませんけども。
江戸川　いまはどうです、ポー。
佐藤　いまも読めば好きです。ある種の文学の一頂点には相違ありますまい。
江戸川　どういうふうなものです、お好きなものは。たとえば。
佐藤　何でも読みさえすれば好きですけども、やっぱり詩を中心にして、詩的なものがあらわれているものがいいですね。だからその意味でポーの散文より詩の方がいまは好きです。
江戸川　そうすると散文ではどういう傾向のものですかね。「リジア」とかああいうものですか。
佐藤　まああんな散文詩風のもの。
江戸川　「アッシャー家」なんかも……。
佐藤　まああれは散文詩的な作品の代表的なものでしょうか、量も質も。好きなものです。外にグロテスクなものにも好きなのはあります。それから、「ランドアス・カテージ」のようなもの。
江戸川　城さんは佐藤さんと相当古いんだけれども、ポーのようなものは佐藤さんから教わったということなの。
城　そうでもないでしょうね。
佐藤　そうでもないでしょうね。僕は誰にも教えた事はない。いつも生徒の側だ。
城　先生の出世作といっちゃおかしいけれども、「田園の憂鬱」ですね。あれも「アッシャー家の没落」の匂いがすこしある。
佐藤　ああ、あのころから「アッシャー家の没落」は一番好きでした。
城　「田園の憂鬱」には大分怪奇味がありますよ。
佐藤　それは意識して書きました。
城　一種の妖怪——というといいすぎるけれども、つくりあげた不安ですね。そういった怪奇趣味。

佐藤　があります。
城　が、相当中に入っている。犬の鳴声で目をさましてゴタゴタして。
江戸川　やっぱり僕らは佐藤さんの探偵小説より前に、「田園の憂鬱」を読んだね。お書きになったより、すこし後だったけれどもね。本が出てすこし後に。
城　それはそうですよ。単行本になってから。
江戸川　あの中で蛾が出てくるでしょう。蛾が、一つ退治するとまた一つ別なのが出てくる。ああいうところなんか怪奇な味ですね。
城　いや、全体にあれは何か怪しい雰囲気が入ってますよ。ただそれが強調されてないけれども。
江戸川　それで、行動的な探偵小説というものをお考えになって、なにかお書きになったことはないでしょうかね。
佐藤　ええ、考えただけで書かないで、これも無精で、つまり行動を一向しないんですが、いまでも書きたいと思わないではありませんし、純粋に探偵小説というものを書かなくても、すこし長い小説の場合は探偵小説的な要素はきっと必要だと思います。これは探偵小説よりもさきに長篇小説にみなあった。その中の探偵小説的要素だけ抜き出して探偵小説というものができたんじゃないかと僕は考えます。
江戸川　ああ、そうですね。私もそういうふうに最初よく書いたんですが、古来の文学の中に探偵小説的なものはたくさんありますね。それだけを抜き出したのが探偵小説であると僕も思います。

佐藤　そうですか。僕もいつの頃からかそう思いはじめたのです。

江戸川　いまはあれですね。身辺小説風のものに対してフィクションでなければいけないという若い人の考えが非常に多いでしょう。若い人の間に探偵小説を書く人が出てきましてね。それはやっぱり普通の小説を書くのにも、探偵小説的な考え方が必要だということからもきているらしいですね。

佐藤　必ずしも、そう自覚しなくとも、自然と。

江戸川　あなたのお弟子の若い人で探偵小説を書いた人ございませんか。

佐藤　誰といっては、すぐ思い出せませんね。

江戸川　だれかないかね。城さんがお弟子とすれば書いているけれども。

佐藤　まあ、大坪砂男ですね。これも弟子といっていいかどうか。僕のところへは不思議で、自分で一人前に書いた人ばかりきて、僕はちっとも教えないでもひとりでにだんだん育っていって、見る見る僕よりみなえらくなるんですけれど（笑）、だから出藍《しゅつらん》のほまれをもっている弟子ばかりの師匠は果して名誉か不名誉かわからないというのです（笑）。

古典鑑賞

城　あれは芥川龍之介氏かな。小説を書くのだったら一ぺんは探偵小説を書いておくのが本当だ。そんなふうなことを……。

佐藤　誰に向ってだったか。そんなこともいったようでしたね。いったのは正しく芥川です。

城　それから小島政二郎氏に、シャーロック・ホームズを読まないのかといってすこし軽蔑したような顔をしたとか。だから龍之介氏はずいぶん読んでいたのでしょうね。それであのころの、ずいぶん僕は前の記憶なんだが、小説月評があったんだ。だれかほかの方が書いたんだ。これは短評でね。それにね、芥川氏はよろしく探偵小説を書くべしという、これは非常に皮肉にいっているんだけれども、そういう批評を読んだことがある。

江戸川　さっきいった三人の方の中で、本当に謎を論理で解いていく小説をお書きになったという意味では、やっぱり佐藤さんが一番本格的な探偵小説だったと僕は思うんだ。「指紋」とか「オカアサン」とか。谷崎さんとか芥川さんのものはそれほど本格的ではなかったですよ。

佐藤　僕のも本格とはいいにくいが。

江戸川　そうお思いになりませんか。

佐藤　自分でそういっちゃうのは少しへんかもしれませんけれども、僕のなかでは一番腰の据ったところがあるかな、本格とはいえなくとも。

江戸川　つまりデータを示して論理で明快に説くというのをやっているのは佐藤さんです。

佐藤　僕はもともと、非常に理屈っぽい頭で、こどものときからよく叔母を何かいってやりこめてね。叔母ににくまれて、弁護士になるといいと、しょっちゅういわれていたものです。が、この訥弁では弁護士にはなれない。もっとも喧嘩になると妙に雄弁になりますが。親父がまた理屈っぽい人ですから、僕を理屈でやりこめる。僕は親父の理屈を僕の理屈で反駁しては、親父に叱られたというわけで、親父が死ぬときでなかったけれど、死ぬ前に一度大病をした時、あんまりうるさいから、おとなしくなるようにいってくれといってお袋にたのまれたので、やかましくいってみても痛いのは治まるものじゃないから、すこし我慢なさいといったら、また理屈いいにきたといって、親父が叱りました。死にそうになっていてそういったのだから、これは辛かった。これで死なれては困るなあ。親父に一生理屈ばかりいう息子だと思われてと思ったら、その時は親父治りましたが、そういうふうに理屈ばかりいっていたので、この理屈好きを文学のなかに取入れたいという意欲は前からありましたね。

江戸川　それは評論なんかお書きになるときもその理屈が出るんでしょうね。

佐藤　まずそんなところでしょう。三つ子の根性が出るわけ。

江戸川　それから僕はこの間ね、小山書店から出ました『日本探偵小説代表作集』の佐藤さんの集で、そのうちの二つのお作の取捨を僕に任せるとおっしゃったので、実際を調べてお書きになった「女人焚死《にょにんふんし》」を僕はえらんだんですが、あれはよくお調べになってますね。

佐藤　ええ、あれは現地まで出かけて行きました。

江戸川　ああいう調べたものとして非常に面白いと思うのです。ああいうのはちょっとほかにありませんからね。あれは珍しいと思いましたよ。

佐藤　あれは私もいささか得意の作品です。執筆時間が足らずに書きナグッタが。せっかく現地に行っても現場には登って見ず、やはり骨惜しみして、ところどころ手を抜いてますよ。

江戸川　だけど非常によく調べた感じですね。あの山の風景は実地にいかれたときの感想でしょう。

佐藤　山にはのぼらず、下から見上げただけ、付近から想像しての描写です。

江戸川　「指紋」はどうなんです。やっぱり長崎の背景をごらんになって？

佐藤　いえ、「指紋」はこれこそ全く出たらめです。

江戸川　それで、いま大変翻訳ものが読まれておりますが、お読みになってませんか。

佐藤　いえ、ちっとも読んでおりません。実はこの間「ミステリー・マガジン」のバックナンバーの「燕京畸譚」というのがお前の作品に似ていると椿八郎君にいわれて、椿君の説だからどのくらい当っているかわからないけれども、とにかく読んでみようと思って読んでみたら、なるほど自分の作品に似ているらしいと思って、この作品は非常に気に入りましたが、それであの雑誌のナンバーを揃えて読んでみようと思って、大坪君に頼んでもらいました。バックナンバーを取りそろえ、それに新しいのも送ってもらうつもりです。

江戸川　あのマクロイの「燕京畸譚」は原本が出たときよみましたが、私もたいへん感心したものの一つです。それに田中西二郎さんの訳が手間をかけて、よくできていますね。唯美主義的な美しいものですね。

佐藤　いかにもシナ的な美しさと怪しさとがあっていいものですよ。それに非常に芸術的な感覚があって面白いと思いました。芥川に見せたらさぞ喜ぶだろうなと思いました。

江戸川　長篇はお読みになっていないのですね、あまり。

佐藤　ええ。何しろブショウ者で。この間からマゾッホの「毛皮を着たヴィナス」を読んで、あれは好色本ではなく、むしろ思想小説で探偵小説的（広義の）読み物として面白いと思っています。今に訳してお目にかけます。

［佐藤註、「群像」七月号に拙訳とその読後感とを発表して置きました］

江戸川　昔の古いものはお読みになっているでしょう。

佐藤　昔のものもあまりたくさん読んでおりませんけれども、うちを出るときにもいったのですけれども、うちの倅《せがれ》はファンでしてね。あなたのファンでもあり、外国のものも国内のものもよく読みますから。話だけは聞いていますが。それでまた思い出しましたけれども、あなたがこのごろ早川からお出しになった本があるそうですね。これがほしいというので、ほしければ買えばいいといったら、署名してほしいからたのんでくれというので……。

江戸川　それじゃもってくればよかったのですが、字引みたいなものですよ。「早川版『海外探偵小説作家と作品』のこと」

佐藤　そういうものらしいからぜひ署名してほしいというので、それじゃたのんでやるといって。

江戸川　贈りましょう。

佐藤　どうぞ。方哉《まさや》という名前です。

江戸川　おいくつぐらいの方ですか。

佐藤　今年二十六です。数え年。僕の四十の時に生れた一人子です。

江戸川　もう学校をお出になったのですか。

佐藤　今年慶応の文科の心理を出たので、大学院にのこっておりますけれども。

江戸川　私どもの息子もいま立教大学の心理学の助教授をやっております。私どもの息子は三十いくつです。立教は私のうちのすぐそばなんですよ。そうすると御子息も心理学の方をおやりになっているのですね。

佐藤　ええ、学問をやるつもりらしいです。探偵小説は相当な通ですよ。
江戸川　そういう人と一ぺんお話がしたいですね。
佐藤　そうですか。それじゃそのうち会ってやって下さい。これは変人ではにかみ屋だから、すぐその気になるかどうかはわかりませんけれど。
江戸川　御一緒にいらっしゃるのですか。お住いは。
佐藤　一緒に住んでおります。
江戸川　いまなかなかそういうふうに探偵小説の好きな人がふえてきましたよ。早川書房の翻訳ものも影響してますね。あれが無闇に出ているので、読むと面白いのがあるものですから。
佐藤　あれもいくつか気に入ったのを揃えているようですけれども、おやじの方は読まずじまい。
江戸川　それでふつうの小説でね。非常にミステリーの要素が多いのがありますね。ドストエフスキーの『カラマーゾフの兄弟』なんか、犯人をずっとかくしておいて、最後にわかるというのは、ちょっと探偵小説に似たところがありますが、そういう種類ので何かお好きなのはありませんか。
佐藤　ドストエフスキーには多いでしょう、『罪と罰』なども。ワイルドの「W・H・氏の肖像」といいましたか、シェイクスピアがソネット集を贈った相手の推定みたいなものですね。あれは僕は昔から好きですけれど。

［註、この「W・H氏の肖像」は「宝石」二十六年三月号に長谷川修二さんが訳していられる。私はそれをうっかり読みおとしていたので、この作について、なぜ訳が出ないのだろう、むつかしいからか、など二、三のやりとりがあった］

江戸川　ワイルドの文章は逆説でしょう。逆説というものは探偵小説となにか縁がありますね。

佐藤　ワイルドはたしかに探偵作家の要素がありますね。「ミスター・W・Hの肖像」にはそれがよく出ていたと思います。

樽の中の生活

江戸川　佐藤さんは放談をなさるときがあるでしょう。どういうときかに、ひとりで大いにお喋りになるときがあるでしょう。

佐藤　機嫌が悪いときに最も雄弁になります（笑）。夫婦ゲンカのときは最も雄弁で（笑）、毒舌は僕の一番得意とするところです（笑）。きょうのような親睦な空気では沈黙の金を楽しみ、雄弁の銀は散じません。

江戸川　そういうのが、きょうもすこし出ませんかねえ。

佐藤　きょうは機嫌がいいので（笑）。ケンカふっかければ……。僕は電話が嫌いで出ないのですが、ケンカするときだけ電話口に出るのです（笑）。僕は闘犬の種属で愛玩種ではないようです。

江戸川　お一人で長広舌をおふるいになることがあるということを、なにかに書いておられるのを読んだことがありますが、そういうときには非常に面白い話が出るのではないですか。

佐藤　話は面白い方ですけれど、今日は面白い話というと出ないもので、あなたの見える前に面白い話すこしましたけれど、あれをもうすこし探偵小説的の筋をからませてものにしましょう。小説の構想を……。

城　酒樽にお住まいになる話でしょう。

江戸川　本当ですか。

佐藤　住もうという、その室《へや》の設計は全部できているのだけれど、それをおく場所や金がないというので、目下場所を探し、金の工面を考え中なのです。どちらもなかなか無い。

江戸川　自宅の庭じゃないのですか。

佐藤　うちの庭は狭いし。どこかその辺のじっと動かずにいてもたのしめるような条件を備えていないといけないのですけれども、自分がそういうところへ住んでいるということを人に見てもらいたいという意欲も少しあるので、だから山里の中では具合悪いので、東京の真中で山のような感じがするという、いろいろ注文があるのです。

江戸川　人家の余りないところ。

佐藤　人家はあってもよい。より多く自然があれば。

城　（会場の庭を見渡して）大さにこの辺はいいじゃないですか。［註、会場は赤坂弁慶橋の「清水」］

佐藤　この辺はいいですね。ここにおかせないかな（笑）。いい水もあるしね。（池をみて）

江戸川　この辺の並びにあき地があるかね。

女中　本当のあき地っていうのはございません。

江戸川　売地はないの。呉清源《ごせいげん》の地所があるんじゃない。

佐藤　ほんのすこし、四坪ぐらいあればいいんだけれども。食べものが食べたくなると、すぐここ（清水）へくれば便利だし、ついでに入浴もできる（笑）。

江戸川　樽のなかで、食べものはどうするんです。

佐藤　広すぎる世界をできるだけ狭くして暮そうというのですから、最も簡単な方法で一番手がるな暮しをするから、パンと水とチーズぐらい食って、何か食べたくなれば悴のところなり、娘のところなりに行って、食べたいものを注文して食べる。必要に迫られて食べるのはいまのパンとチーズと水ぐらいのものでいいというつもりですが。

江戸川　それで樽は横におくのですか。

佐藤　横にして。

江戸川　縦にして住んでいる人は、どこかにありましたね。

佐藤　それは今までにもよくある人のまねみたいで面白くないから、横にして、ソファ兼ベッドのものがありますね。あれをこの丸くなっているこういうところの片方に置いて、その反対の側に腰かける。真中だけが低くて通行できるようになって、その両側にしゃがんだりねたりされ、高さはいらないから全部使えるというわけ。

江戸川　床張らなければならんでしょう。

佐藤　床を張り窓をあけるだけ。

江戸川　それなら見晴らしいいですね。縦の奴は見晴らしがわるい。こうやれば（横に）一方があけっぱなしだから。あれはしかし一番大きいのはどのくらいかしらん。

佐藤　それもまだ十分研究してないのですが、九尺の桶があれば申し分なしなのですが。

城　せいぜい三畳だろうと思うな。

江戸川　実質は三畳ぐらいだね。

佐藤　直径九尺、深さ九尺あれば三畳敷になります。もっとも僕は茶室風ではなく洋風に住みたいのですが。樽の寸法は今によく研究してきます。これは誰に聞いてもいい加減に非常に大きいですよという印象だけいうけれども、それじゃ直径どのくらい、高さどのくらいかといっても明確に答える人はまだないのですよ。明確に答えた人はまちがっててね。

それから大小いろいろあるでしょうといったら、いや、ひといろです、と、はっきりいう人がまちがっていて、あやしい人の方が本当なのです。何が何だかよくわからない。つまり皆見ていながら明確には見ていない。
江戸川　それは大小いろいろありますよ。これは僕は知っているんだ。この間埼玉県に「力士」という酒がありまして、そこの醸造元へいきましたらカラの樽がたくさんおいてありましたが大小ありますよ。直径一間ぐらいから、大きいのでもこの床の間ぐらいじゃないかと思いますが。
佐藤　六尺が普通、九尺ぐらいまではあるらしい、という人もあるのですが、僕もそれはありそうに思えるのです。直径も深さも六尺ぐらいだろうというのがみんなの意見ですけれども。
江戸川　それで樽の中はひとりぼっちでお住みになるのですか。
佐藤　そう、ひとりで住もうと思うのですが、ふたりで棲もうという人があれば二人でも差支えない。そこで隠棲したいと思っております。
江戸川　どこにでも自由にいけますからね。
佐藤　ええ。
江戸川　だけど身のまわりの世話というのは必要ないですか。やっぱり。自分ですっかりおやりになる？

佐藤　精々《せいぜい》手のかからぬ方法で暮してみたら面白いと思うのです。世界を狭くし、生活を単純化し、貝がらみたいにそれを残して死にたい。
江戸川　やっぱりタンスぐらいはいりますねえ。
佐藤　タンスに代る大ひき出しができるはずです。僕の設計では。最小限でも生活には間に合うだけの。

犬儒亭の記

江戸川　それはしかし非常に変った話だな。本当に御実行になる？
佐藤　やりたいと思います。やればできましょう。
江戸川　しかしそんなことをやったら、人がきて仕様がないですよ。新聞記者やなんかが（笑）。
佐藤　そうなれば観覧券兼面会券を発売します（笑）。
城　電話はお引きにならないんですか。
佐藤　電話は嫌いですから引きません。自分では引きません。他人が用意してくれる分には差支えありません。
江戸川　いま引いてないのですか。
佐藤　今引いてますけども悴の方がよく使います。僕は最初から電話口へは一切出ないという約束で引きました。
江戸川　城さんも引かないのでね。不便で仕様がない、こっちの方が（笑）。
城　電話と呼鈴というのはひとのためのものでね（笑）。
佐藤　自分のためには、ケンカするときだけ（笑）。それから断るときいいですよ。顔みているとと断れないが、電話だと、簡単に、ノーの一言ですみます。いくらねばってもノーで押しとおせばよい、そういうことがわかったら、もう電話では頼みにこなくなります。
城　しかし先生、樽のすまいへ誰もこないといっても、一日一回は奥さんが見まわりにいらっしゃるんでしょうね。
佐藤　これは見まわりにくるでしょうね。見まわりにくれば中に入れないで、窓から首出して応対しておけばいいんだから……。入れたい人だけ入れて、家内に限らずすべてのお客様に、手狭ですからこれで失礼しますといったら（爆笑）。いや、やがてもっと小さい桶の中に住む予習のためにこんな家に住んでみることも必要だし。今日の日本では九尺二間でも大きすぎます。僕のは九尺九尺、方丈以下です。
江戸川　ギリシャのディオゲネスが住んだのはどんな樽だったのでしょうかね。
佐藤　どうでしょうかね。――この家にはもう名前もついているのですよ。犬儒《けんじゅ》亭というのですよ。
江戸川　しかし、いざやって見ると、いろいろ苦痛があるでしょうな。

佐藤　いや人生苦痛はまぬがれませんよ。広すぎてもいろいろ苦痛があるんだから、狭すぎる苦痛と広すぎる苦痛とどっちがいいかという問題でしょう。

江戸川　ベッドをおいて、それで日当りがよければ存外、いいかもしれませんね。

佐藤　冬はあったかいが、暑いときだけちょっと苦痛だろうというので、藤棚かなんかの下にうまく入れるようにしなければなりませんね。それから僕が、樽を選んだ一つの理由は、金がかからないということが第一ですけれども、次に僕は風が一番嫌いなんです。雨よりも嫌いなんで、これは風には抵抗力があると思います。なお、いろいろな考案があるのですが天機は洩しません。今に作品にするか、実現するかです。

城　しかし先生、それを密閉した場合、空気が悪くなっちゃって何か変なことがおこるんじゃないですか。

佐藤　それは、空気の流通はつけますよ。さもなければ、論敵やさや当て筋が来て表から毒ガスか何かを撒けばそれっきりですからね（笑）。

城　ガスは引かないことですね。電気だけで。

佐藤　ガスなんか使わないで一切電化ですよ。近代のディオゲネスともなれば。それから、僕は枕許で原稿を書くので、これはどうしても一尺五寸ぐらいのゆとりがいりますからね。ベッドは七尺あれば大丈夫ですから合せて八尺ですね。枕もとへ一尺五寸ぐらいの出窓を造って書斎にする。窓だけをくり抜き、床だけを張る。家はそれだけ。それで問題はそれをおくところがほしいのですよ。入浴や食事は外でする。ただ便所だけはどうしてもこしらえなければならないが、これが一くふうです。――何とか案はありましょう、金を食うだけで。

これはどうも先生方は賛成だから、どうしても実現、せめては精《くわ》しく書かなければならないな。「犬儒亭の記（ア・ラプソディ）」と――題だけはできているんだけれども、筋はないのだから、そういうものを置く場所を二、三ヵ所物色して、おくところをいろいろ空想する話にでもするか。

江戸川　それをお書きになるのですか。

佐藤　それは今に書きたいと思っている。

江戸川　つくる前に予定を……。

佐藤　こういうものをこしらえたい。できれば書くこともないけれども、できそうもないから書いておきたいというわけ。

城　本当に場所ですね。やっぱり高いところの方がいいでしょうね。

佐藤　幾分高いところの方がいいですね、眺望があって。もっとも水辺で水に近いところであまり高くなく水に接して危険がなければそれもいいが。

城　望遠鏡を先生はおかれようというんだから、高くなければ望遠鏡が意味をなさない。

佐藤　望遠鏡の話はまだしませんでしたね。枕許に天体望遠鏡をおいて、老来不眠症でねむれない時のなぐさみにしようといっているのです。部屋は狭い代り視野はメッポウ広い。

城　佐久の別荘の方には日常道具はみんな備えられたのですか。

佐藤　疎開したままですから、日常道具といっても主なものは夜具に炊事道具ぐらいですが、佐久にはそういう六尺ぐらいの樽をおけるところがあるので、これを試みに一つやってみようと思って、この樽もくれそうなところがあるのでね――。もっとも六尺樽ですが樽そのものについていろいろな研究をして書くとすれば、酒樽に関するペダントリーをも作品の一要素にしたいと思いますが。

［註、当夜、佐藤さんは和服に袴をはいておられたし、城さんもいつもの通り和服だったので、服装の話から、佐藤さんの若いころの洋服のおしゃれの話、上物のネクタイを百五十本も持っておられた話、それにつづいて酒の話なども出たし、また、新仮名遣いについての御意見なども出た。佐藤さんは印刷にするとき先方で直すのは拒まないが、自分としてはあくまで旧仮名を守りたいというお話であった。それらを全部のせないと、当夜の情景が浮かばないのだが、「前書」にも書いた通り、誌面の関係で省略せざるをえなかったのは残りおしいことである］

「指紋」の思い出

江戸川　最初に「指紋」をお書きになった素地というようなものですね、少年時代からそんなような御趣味があったのですか。

佐藤　少年時代はありませんでしたね。むしろ冒険小説の方でしたね、あのころは。

江戸川　どういう冒険小説です。

佐藤　押川春浪の……。

江戸川　それは僕らも同じですね。

佐藤　軍艦「うねび」のゆくえというようなテーマの小説がありましたね。

江戸川　「海底軍艦」というのがありますが……。

佐藤　「うねび」という船の名前の出た話があるんですけども。あれと「海底軍艦」とは同じものだったかどうですかな。

江戸川　あの時分の「冒険世界」や、「武俠世界」で思い出したんですが、絵描きの村山槐多《かいた》御承知ですか。

佐藤　ああ、槐多知っております。

江戸川　あの人が「冒険世界」か「武俠世界」かに探偵小説を書いたんですよ。三つばかり書いたんですよ。それは大変面白かったですね。

佐藤　あれは変った人だから、なるほど書けば面白かったでしょうね。

江戸川　変な味のものでした。……それでは、探偵小説はどうして、どういうところからお入りになったのですか。やっぱりポーのものですか。

佐藤　ポーのものですね。それに鷗外の『諸国物語』に二、三篇、独乙《ドイツ》の作家のもので好きなのがありました。しらべて見なければ思い出せないが。書こうという考えもなかったのですけれども、あれは中央公論の滝田（樗蔭《ちょいん》）の編集プランで頼まれて書いたのが「指紋」でした。

江戸川　特集号ですね。［註、大正七年七月号「中央公論」秘密と開放号」文芸的探偵小説を書けといってきたんですか。

佐藤　必ずしも文芸的ともいわないが、最初谷崎に相談があって、谷崎が引き受けると外に誰かというので僕の名が出たとか。書いてみる気があるかと谷崎がいうから、書いてもいいといったら、では滝田にいおう。多分滝田がたのみに行くだろうといって、滝田が来たので、構想したのははじめ「チェロを弾く男」という題でした。チェロというものは大きいですからね。その中にいまでいうと時限爆弾みたいなものを装置して、会が一番高潮に達した頃あいに、公衆の面前でオーケストラの一人を殺してやろうというような考えで……。

江戸川　なるほど。演奏中にね。

佐藤　ええ、そういうことを考えたのだが、さてその時限爆弾装置を考え出すだけの能力がないのでね。そこをごまかしてしまうと意味がないので、それでまごまごしているうちに締切日が来て、これはあきらめて滝田にどうも具合が悪いといったら、どうしてもできないか、もう一日待つ、二日待つといわれて、さいごにあれを思いついて、あれは二日待つうちの一晩で筋ができて、それから書きはじめた。時間は一昼夜しかないんですがね。それで徹夜して、そうだな、翌日の午後二時ごろまでに書き上げてね。それからちょうど滝田が二時ごろくるという約束をしたので、これきたら渡してくれといい置いて、僕は眠くて仕様がないからといってねてしまった。そうして起きてみたらとりにきて渡しているという。

江戸川　非常に短時間に書かれたんですね。

佐藤　一昼夜はかかりません、多分二十時間ぐらいではありませんかね。

江戸川　あれは六十枚ぐらいですか。

佐藤　九十枚か百枚近いんじゃないですか。

江戸川　それは非常な速度ですね。そんなに早いんですか。

佐藤　あのころはね。それにごらんになればわかりますが、非常に粗雑な書きなぐりの文章ですからね。

江戸川　すっと書き流したような文章ですけれども、内容は非常に緻密ですからね。

佐藤　その内容を考えるために一晩考えたんですよ。くたびれないうちに考えておいて、書く段になって一瀉千里に書き飛ばしたのです。僕、一体そういうやり方です。――永く考えて速く書く。頭はのろま手はせっかちです。

江戸川　佐々木直次郎氏のポーの翻訳はどうですか。忠実は忠実なんだけれども、味が出ているかどうか。

城　出てないと思う。

佐藤　出ているものもあるし、出てないものも。あれは偏った人ですからね。だが大体として良いのではありませんか。

江戸川　いまのところじゃあれが一番でしょうね。

城　あれと谷崎精二さん。日夏先生があれを漢文崩しの口調で、つまり文語体でやってみようというから、それは大いに賛成したんだけれども。

佐藤　それは企画としては面白いんだがね。日夏君やって見ないかな。

江戸川　私は詩はわからないんですけども、ポーの詩ではどういうのをお好きです。

佐藤　僕は「アナベル・リー」が好きですがね。

城　死んだ女の子を歌った詩です。大変幻想的な。

江戸川　何か海の底の詩がありますね。

城　「海の底の町」。

佐藤　あれもいいですね。日夏のポーの詩の訳はいいね。

江戸川　散文詩では「影」。

佐藤　「影」などは漢文訳に最も適当でしょう。

江戸川　「レーヴン」はどうです。
佐藤　「レーヴン」は日夏君の奴もいいですね。
城　三度ぐらい書いて。
佐藤　彼が苦心した奴、よくできています。
江戸川　佐藤さんの詩の中にミステリー的な味の詩はありませんか。
佐藤　ありません。
城　佐藤先生の詩はむしろ恋愛詩が傑出してる。でも、「魔女」の中なんかにすこし。
佐藤　なるほど「魔女」を全部入れると幾らかそういう感じがあるかもしれませんが。
江戸川　どのくらいの長さですか。
佐藤　いくらもありません。あれは全部で二十五枚か三十枚ぐらいだったでしょう。僕の詩のリズムは、――いや日本語というものは、かも知れぬ、そういう犯罪詩だのミステリーなどにはあまり適しないのですね。僕のは恋愛詩、それに自然詩が本領でしょうか。
城　それから『佐久の草笛』みたいな。しかし僕は、つぶれちゃったが河出の、敢然と戦争詩をお入れになったの、いいと思うんですがね。このごろの連中は気が弱くなっちゃって、戦争中の詩ね。結構いい詩もあるんだから、あれだけの戦争だったら詩だっていいのでできてくる筈だよ。それを今度改めて書くときになって、それを省いちゃっているのでしょう。佐藤先生は敢然と入れられている。これは僕は結構なことだと思うんです。協力もへったくれもないので、そういう現象を目の前にみたことは事実なんだから。

江戸川　じゃこの辺で。どうもいろいろありがとうございました。

後記

速記はこれで終っているが、そのあとで、いろいろ面白い話が出た。その中でも、佐藤さんが近頃読まれたマゾッホの本の話、ひいてはサドの著書の話などは、速記者を帰してしまったのが惜しいようなお話であった。佐藤さんは、この両者とも決して単なるエロ小説でなく、文学として非常にユニックなものだと、その感動をお話しになった。鼎談中にもあるように、佐藤さんはそのとき話題にのぼったマゾッホの「毛皮を着たヴィナス」を「群像」七月号に訳されたから、興味のある読者は同誌によって一読していただきたい。（乱歩）

（「宝石」一九五七・十／『江戸川乱歩推理文庫64』）

本格もの不振の打開策について

花森安治

まえがき

「暮しの手帖」主幹、花森安治さんとは、前に創元社の『世界推理小説全集』の装釘《そうてい》をお願いしたとき、戸板康二《やすじ》さんなんかといっしょに座談会をやって、はじめてお会いしたが、非常によく探偵小説を読んでおられ、また、取っておきの長篇の筋が一つあるというお話を聞いて、大いに興味を感じた。

創元社の全集は、花森さんの気のきいた装釘で売れたといわれているほどで、雑誌の外観とか編集には、特殊の才能を持っておられるので、実は私が本誌〔「宝石」〕の編集を引受けるときにも、まっ先に花森さんのところへ智恵を借りに行ったものだ。そして、そのとき、一度座談会に出て下さるようにお願いしておいたのが、今度実現したわけである。

対談に出た話題は非常に多く、一ことと二こととの受け答えで、次々と話題が変って行くような部分も多かったので、例によって速記の三分の二ぐらいを削り、纏《まとま》った話のところだけを残すことにした。

いろいろな話題が出たが、なんといっても、この対談では、いかにして本格探偵小説の不振を打開するかという問題について、最も多くの言葉が費されている。花森さんは料理人の例などを引いて、非常に示唆に富む話をして下さった。トリックだけにこだわらないで、それを如何に料理するかである。よく調べて雰囲気を如実に描け。そうすれば、風俗作家の長所に、更に謎と論理の興味が加わるのだから、すぐれた本格ものには二倍の面白味がある筈ではないか。それだけに最もむつかしい小説形式ではあるが、その難関を突破すれば、いかなる小説も及ばぬ面白さを持つのだという考え方である。

そういうわけで、この座談会の表題もそこに絞って、「本格もの不振の打開策」とつけたわけである。非常に有意義なお話をして下さった花森さんに深謝するものです。（乱歩）

解決篇の競作

江戸川　花森さんが探偵小説に詳しいということは前から知っているのですよ。あなた取っておきの長篇の筋が一つあるのですってね。今は忙しくてだめだろうけれども、それをいつか書いてもらいたいと思っているのです。もっと手取りばやいことでは、いつか探偵作家が一つの小説を書いて、その前半を花森さんだとか二、三人の人が読んで、みんながてんでんに解決篇を書いて、もとの作者の解決篇と並べて発表したことがありましたね。「オール讀物」でしたか。あれを「宝石」でも一度やってみたいと思っているのですよ。花森さん、やる気ありませんか。

花森　あれは答えの方は問題をしぼってやればいいのだから……解く方ならいつでもやりますよ。いつか「オール」でやったのは、横溝さんのですね。あれは解答者三人とも外れたのだけれども、僕の解決法だって、どう考えても辻褄は合っているのだが。

江戸川　そういうことになるのです。比べて読んで見ると、作者自身の解決より面白い場合がある。作者はだから題を出すのになかなか苦労するわけです。

花森　あの時、誰かがいってましたが、お前のでも成り立つってね。読んで行くとお前の方が心理的に自然だというのですよ。

江戸川　「宝石」でやりたいのですが、今、横溝君や高木君の手がふさがっているので、出題者を誰にしようかと考えているのですが、いずれお願いしますよ。

花森　本当はその謎解きをみんなが書いたあとで、出題者と話し合って原稿をとると一層面白いと思う。こっちから答えを出したのに対して、あなたのような人が講評係りになって、作者が「君の解き方はこの点を見落している」といえば、僕の方でも「作者の書き方のここのところがインチキである」というようなことをね。そうするとこの遊戯に醍醐味が出てくるのじゃないか。ちょっと新らしい案でしょう。

江戸川　それはいいですね。書いたあとで座談会をやって、同時に発表するんですね。

花森　解答者は何人でもいいから、その人達と、あなたが司会してね。

江戸川「オール」のは、あなたのほかに誰々でした。

花森　小説家が一人いましたね。よく覚えてないですがね〔横山隆一、飯沢匡〕。

江戸川　探偵小説好きの連中ね。

花森　好きな連中ばかりだ。あの出題はまた難しい奴だった。横溝氏がね、一説によると、解答者のメンバーを聞いてから書き直したというのですよ。

江戸川　そりゃ答えるよりは、出題の方が骨が折れますからね。探偵作家で謎ときの本格物を書く人が少いでしょう。適任者がなかなかないのです。鮎川という若い作家がいるのですが、この人はガッチリ本格派です。講談社の書下し全集に『黒いトランク』というのを書いた人で、なかなか評判がいいのです。クロフツ流でね。

花森　鮎川何といいますか。

江戸川　鮎川哲也、新人ですよ。前から書いているんだけど、講談社に応募する時に名前を変えたのです。

花森　それでよくなったわけね。

江戸川　前よりは進歩してますね。そういう若い人の出題でもいいかしら。

花森　その方が面白いのじゃないかな。ああいうのは内容ですからね。なぞが面白くないとね。必ずしも大家がうまいとは限りませんよ。

神戸と探偵小説

花森　ところでどうです。こういう分け方はおかしいけれども、一ぺん聞いて見ようと思ったのは、探偵小説の好きな奴、関西と関東と分けたら、関西が多いのじゃない？

江戸川　探偵小説のねちっこいところは関西的だね。

花森　そういう風土みたいなものがあるのじゃないかな。

江戸川　僕等出発した時は、佐藤春夫、谷崎潤一郎なんかのミステリ小説を愛読していたのですが。佐藤さんは関西ですし、谷崎さんは江戸っ子だけれども、文章になんだか関西的な感じがありますね。われわれの仲間では僕や横溝君が関西派ですよ。

花森　横溝さんなんか神戸で外国探偵小説が手に入り易かったしね。それが手本だから。

江戸川　あなたは何処ですか。

花森　僕は神戸。横溝さんと同じですよ。僕は当時先生に会ったことがないが、うちの母方のおじいさんが、先生の中学校の校長だったのですよ。……今日お会いするので、ちょっと思い出して見たんだが、小学の五、六年の頃に教師が持って来て、「新青年」という雑誌を初めて見たのですよ。その時に「新青年」を何故見せたかというと、南米移民の海外雄飛の特集をやっている。だからいい雑誌だというので先生は奨めたらしい。こっちは南米移民なんか興味がなかったから、つまらん雑誌だと思った。結局僕に「新青年」というものを印象づけたのは「二銭銅貨」じゃないかな。

江戸川　あの頃はいくつ位ですか。

花森　中学の二、三年かな。「二銭銅貨」はしかし単行本で読んだのかもしれん。赤い表紙の春陽堂の本で……。

江戸川　あの本の表題は「心理試験」ですよ。

花森　「屋根裏」ものっていた……。

江戸川　「屋根裏」はその次に出した本です。

花森　中学で探偵小説の好きな奴があってね。それと裏山に行ってはいろいろなぞ解きをやったりね。長田の奥、鷹取山があるでしょう。鵯越《ひよどりごえ》の下ですよ。

「新青年」にアイディヤを投書

花森　あの頃の編集長は森下氏でしょう。水谷氏に編集が変って、読者として大いに憤慨したことがあるのです。

江戸川　森下さんの次は横溝君ですよ。彼が「新青年」をモダンな味にしてしまった。
花森　なんか変ってしまって、こってりした探偵小説味フンプンたるものがなくなったね。
江戸川　範囲を広くして、新生面を開いたけれども。
花森　後で肯定したが、変った半年位はえらく憤慨したもんですよ。……それから中学の四、五年位のころ、元町のガードの下へ行って古本あさりをやった。「ストランド・マガジン」が一冊十銭で買えた。
江戸川　あんたも探偵小説好きな訳だね。横溝君や西田君も、やっぱりその組でしたよ。
花森　「パンチ」や「ニューヨーカー」も売っていたでしょう。それでだんだん病みつきになった。
江戸川　探偵小説好きは、それからずっとつづいているのですか。
花森　中学の四年位に探偵小説を自分で書いたのですよ。今考えたら幼稚なものだけれどもね。
江戸川　「新青年」に投書しなかった？
花森　投書はね、僕は一ぺんしたのですよ。それは横溝さんの時になってから、扉に気のきいた案があってね、それを投書したら採用したけれども、稿料をくれなかったのですよ。
江戸川　その頃の「新青年」なら、くれる筈だがな。
花森　二円か三円送って来るだろうと思っていたら、なんにもくれないので憤慨してね。

それっきり投書はやらない。

江戸川　小林秀雄さんもポーを翻訳したら、翻訳料貰わなかったのだというのですよ。当時の博文館は稿料の不払いなんかなかったはずなんだけれどもね。

花森　だから僕は、雑誌を作るようになって、投書に対するお礼は神経質だね。作家の方は雑誌が出てからということになることもあるが、投書の人に送るのは早くするように気をつけてますよ。

江戸川　「暮しの手帖」には投書を使うのですか。

花森　最近は余り使いませんが、よくアイディヤを投書してくれるのですよ。それによく払うのです。アイディヤだから、つい原稿料を送る時に落すことがあるので、それには充分注意してます。

好きな作家たち（1）

江戸川　ところで、あなたの好きな我国の作家はだれです。

花森　初めは余り誰が好きということでなくて、無我夢中だったね。中学校から高等学校の初め頃までは。……それからやっぱりドイルは嫌いになったね。拵え事で、余りにもオーソドックスだし、あんまりスーパーマンでしょう。だからちょっといやな時期があったね。

江戸川　年取るとまたよくなる。

花森　最近よくなったね、それからクロフツになって、それからカーかな。これは同時には好きにならなかったがね。僕はクロフツ党になったのですよ。

江戸川　そうするとああいうメモでも作らんと分らんような難かしいのが好きな訳ね。

花森　綿密に読まないと分らないようなのね。初めは『樽』に感心して、それから、あれの間違いがわかって……。

江戸川　いつか小林秀雄さんがいっていたあの間違いね。

花森　あれに引っかかってしまったけれども。……沢山書いているのだから、ああいう間違いを書くこともあるだろうけれども、だが、一つでもああいう間違いがあるといやになるね。一生懸命謎を解こうとして読んでいると、元が間違っているのだから、いやになっちゃう。それからクリスティの『アクロイド殺し』ね。筆者が真犯人だったというやつ。

江戸川　あなたは、ああいうのも癪にさわる方だね。

花森　ベストに入るくらいだから、代表作にはちがいないが、やっぱりこういうことをして貰いたくないと思うね。それから日本でいえば、あなたが好きなのだけれども、中途で木々先生が好きになった。『人生の阿呆』と連続短編、あれでびっくりしてね。それからちょっと過ぎて、大下先生が好きになって、やっぱり今は横溝先生だな。

江戸川　横溝君は支持者が多いね。苦労して書くからね。大変ですよ。天気がよければ外に行って歩かないと想が浮かばないのだよ。岡山に疎開していた時、行きつまると、何度でも家をとびだして、畑の真中を歩くんだね。百姓があの先生がまた歩き出したといって驚いていたという話です。雨が降ると座敷の中を歩き廻る。「宝石」の続きものも、毎月歩きまわるのです。電話をかけて、もう机の前に坐りましたと聞くと安心する。

花森　室内旅行しているわけだね。僕等でも雑文を書く時には歩き廻る癖がある。

江戸川　外を散歩する？

花森　散歩したり、夜だったら家の廊下を往き来したり、家の者が弱るらしいですよ。

江戸川　あなたも「暮しの手帖」には熱を入れてやっているからね。大変な仕事ですね。

花森　やっぱり地獄ですね。

江戸川　地獄と思いますか。楽しいでしょう。

花森　いやどうも地獄ですよ。それならやめたらいいじゃないかというけれども、やっぱり好きなのですね。好きだけれども仕事はえらいでしょう。

江戸川　絶えず新案を出したりね。そういう努力をしてるから、あの雑誌も売れるんだけれど。

花森　探偵小説もそうだと思いますね。

江戸川　そうですよ。僕等古くなって創意が浮かばないから書けないでいるが……。

花森　トリックなんかでも同じものの焼き直しじゃ駄目でしょう。そうすると恋愛小説の方がよほど楽だ。

江戸川　経験を書く小説はいいですよ。だけれども探偵小説は作らなければならないでしょう。詩は若いときの方が創意があるし、数学の学位は二十代で取る人が多い。創意のある探偵小説も、やはり若いときのものですね。しかし、本格でない風俗的探偵小説というようなものは年取る方がいいね。大下君などは風俗派だから、年取る程いいものを書く……。

好きな作家たち（2）

江戸川　ところで、あなたのとっておきの長篇はいつ書くのですか。

花森　あなたが死なんうちに書きますよ。

江戸川　僕は若くないんだから、早く書いてもらわないと。

花森　いや書きますよ。

江戸川　そういう取っておきの筋というのはきっといいものですよ。坂口安吾の『不連続』がやっぱり取っておきの筋で、書く前にあなたと同じようなことといってたですよ。

花森　あれはよかった。あれ一つにしておけばよかった。あとはどうでもいい。

江戸川　明治物の捕物帖も悪くないけれども……。

花森　あの方は文章の面白さだね。

江戸川　長篇の本格探偵小説というものは一生に一ぺん書けばいい。探偵小説の職業作家になるのは問題だね。外国でもそうだが、純文学の作家が一生に一ぺんか二へん書いたものは、やっぱりいいですね。でも、クリスティだけは、本格派のくせに、年とるほどかえっていいものを書いている。彼女だけは例外だね。

花森　最近の作を読んでも、文章が若いですね。……戦後の作家で僕が買っているのは日影丈吉。

江戸川　あれはいいね。ぐんぐん伸びて来た。本格じゃないけれども。

花森　大下流にいきそうだね。

江戸川　本格派では鮎川哲也が書いている。しかし、ああいういわゆる味のあるものでは日影君がいいですよ。

［註、この間に花森さんは近読のものではハルの『伯母殺し』がよかった、クレイグ・ライスは余り好まない、ハードボイルドではハメットはいいが、スピレインは流行したけれども、とつづけて］

花森　僕等はチャンドラーの方がいいね。ハードボイルドは天地鳴動があるでしょう。そういうの僕はよくないね。アイリッシュはハードボイルドじゃないんだね。あれなんか下手したら友人が犯人だという『アクロイド』のような嫌味が出て来ると思いますね。本格的でないから逃げられたのですよ。やっぱり僕等本格が好きだけれども、『幻の女』は別の意味でいいね。
江戸川　ガードナーはどうです。日本でもアメリカと同じように大いに受けているが。
花森　僕はいつも、ガードナーは「銭形平次」だといっているのですよ。平次がのり込んでいって、最後に法廷で引っくり返す、安心して読めるのね。
江戸川　ガードナーは口述筆記だというが、口述筆記であれだけいけば偉いね。
花森　それだけ大量生産が出来るのね。ただ先生で感心するのは、野村さんに悪いけれども、「銭形平次」より発端に苦労している。発端のシチュエーションに奇想天外なところを狙おうとしていますよ。
江戸川　僕はガードナーをほとんど読んでないのだが、読まなくちゃいかんかな。
花森　僕等の経験では、ポケット・ブックで読んだ時に、ガードナーだけはすらっと読んでしまうのね。次から次へ、夜中二時三時までかかって読むのね。やはり口述のせいかしら。
江戸川　口述から出たよさというものもあるんだろうね。
花森　語りものを聞いているようにね。そこにいくとチャンドラーなんかスタイリストだね。妙にハイカラなスタイルで原文は読みにくい。
［註、この間にシムノンとグレアム・グリーンの話が出たが、深くは入らず、話題をかえて］

新人発掘について

花森　どうしてドイツに探偵小説がないでしょうかね。ないですね。
江戸川　怪奇小説は伝統的にあるんだけれども……探偵作家もいるらしいが、多くは英米の真似ですね。だから、ドイツでは英米ものの翻訳の方が余計売れている。イタリーでも、フランスでさえ、そうですよ。自国の探偵小説よりも、英米ものの方がはるかに多く読まれている。ところで、日本ですがね、僕等書き出した昭和のはじめ頃は、翻訳なんかあまり読まれないで、創作の方がずっと売れていたのですよ。翻訳よりも創作が中心だった。それが最近では翻訳中心に戻ってしまった。日本の現状はドイツやイタリーに似て来たのですよ。だから「宝石」がもっと確《しっ》かりして、日本のいい作家を生み出さなければならないと、僕なんかも産婆役の方で努力しているわけですよ。
　ところで新人の問題ですがね。戦争直後に香山、島田、山田、高木などの作家が出て、この人達は皆、一般ジャーナリズムに受けいれられているのですが、その後は一向いい人が出なくなった。どうしても新人の偉いのを生み出さなければならない。その点について何か名案はありませんかね。
花森　確かに他の世界に比べたら新人の輩出が切れ過ぎていますね。
江戸川　それは「宝石」が久しく無力だったせいもありますがね。やっぱり探偵小説は若い人ではむつかしい。

花森　そうね、三十、四十で社会人として曲りなりにも飯を食っている人に、何とかして書かせるとか、商事会社の係長をしているというような人……。

江戸川　香山滋君は大蔵省なのだけれども、そういうところにまだいるかもしれないが、どうも分らないのでね。この問物理学者の連作というのをやりましたが、これはもう堂々たる大家ばかりなんだが。

花森　あれはちょっともたついているね。だけれども、ああいう企ては一概に駄目だといって諦めることはない。一回で当てるということはむつかしいが、だんだんやっているうちに、なんかにぶつかりますよ。

江戸川　既製作家でも、ちゃんとしてやっているのは、皆他の方面で相当のところまで行っていた連中ですからね。

［註、この間に、戦前戦後の作家の、作家になるまでの職業しらべのようなことをやったが、多くはよく知られていることなので省く］

本格行詰りの打開策

江戸川　そこで、探偵小説は今後どういう方向をとるかということですね。世界的な傾向は本格ものが衰えて、余りトリックのない犯罪心理小説というようなものが多くなっているのですね。日本は昔からそうだけれども。……かえって戦後に横溝君や高木君の本格長篇が出て来たような始末ですが、まだ本格派が少い。もっと本格派の優れた人が出て来てもいいと思うのですがね。

花森　僕も本格物が好きだけれども、あなたがトリックの分類表を作りましたね。あれはいけないですよ。新しい訳が出て、読んでみると、ちゃんとあの表に入っているトリックなので、ああ、あれかというわけで興味がうすれてしまう。

江戸川　そういうことはあるでしょうね。あの表は実は玄人のために作ったもので、普通の読者はああいうものを念入りに読まないだろうし、読んでも、一つ一つ覚えてやしないだろうと、たかを括ったのですが。そんなに覚えているとすると、一般の読者はあの表は読まない方がいいですね。もっとも、あの本は二、三千しか出てないのだが。

花森　しかし、僕なんか読んでいるんだから。ところで、将来のことをいうと、やっぱり本格ものをもっと盛んにする気風を作ることが第一ね。

江戸川　僕はその気風を作ることでは、多少努力したんですがね。

花森　あなた一人でしょう。ところが何となしにね。

江戸川　広い読者層は必ずしも本格好きじゃない。

花森　それは何故かというと、今の本格ものがどうも幼稚なんだね。書く人の人生経験とか、いろいろな知識とか、筆力とかね。そこで本格ものは単なるパズルのようなものになってしまう。ボナンザグラム〔欠字当てクイズ〕みたいになってしまうから、もう少し社会的に経験のあるものが本格を書く気風を作らねばならない。

しかし、トリックはほとんど使いつくされているので、AとBとの折衷というようなものが多くなるでしょうが、それは仕方がないと思う。化学を例にとっても新しい元素というものはなかなか発見できないが、そんなら元素が発見出来ないから化学は行きづまったかというと、そうじゃないでしょう。その応用となると無数にあるわけだ。トリックの原型の分類などにこだわらないで、応用をうまくやればいいと思う。

江戸川　クリスティなんかそうですね。必ずしも新しいトリックでないが、すでにあるものをうまく利用している。

花森　これは料理と似ていると思うのですよ。料理人はそうそう新規なものでは困るでしょう。お客様もただ新しいからといって、マタタビの何とかというような、とっぴな新材料ではかえって困るでしょう。やっぱり料理人によって同じ材料でも味がちがっているというところを買うわけでしょう。それには包丁の腕がないといけないわけだ。ただあれとあれをつき混ぜて人のやらんことをやろうといっても、食えもせんものを作ってはだめなわけですからね。本格探偵小説は同じミステリ小説の中でもちょっと別なものですよ。それが外の傾向のものに移って来たというのは、純粋の探偵小説が亡びて来たことだと思いますね。

江戸川　いや、まだ諦めることはないですよ。結局作家の個人力ですね。本格ものをこなす大きな個人が出てくれれば、それにつれて亜流も出る。そして本格ものが盛んになる時が、今後ないとはいえないですよ。

花森　戦後の人心不安というか、生活の混乱というか、これは日本だけでなくアメリカでも、ドイツでも、イギリス、フランスでも同じでしょう。そういう時に本格探偵小説をじわじわメモを取ったりね、そんなことはしていられない。だから手っ取り早く、窓から女の部屋にとびこんで、自分も裸になって、ピストルを押し当てたまま女と一緒の床に入っていると、そこへ警官がやって来るというような、スピレイン風なものが、手っとり早くていいというわけでしょうね。

江戸川　探偵小説はやっぱり、平和な時代のものね。

探偵読者の孤独性

花森　それから、どっかの先生は、探偵小説は子供に害があるといっておるでしょう。これはもっての外ですよ。子供の読みものなり、絵の本なりを、良書だ良書だと押しつけるでしょう。そうするとそんなものを読んでいると、子供の本能的なものを何処かで発散しなくちゃならなくなる。子供というものは野蛮なものでしょう。だから、はけ口がなければ、それを実際にやってしまう。

江戸川　だから、冒険小説とか探偵小説とかは、子供にとって一種の安全弁なんだね。ところが、何か実際の犯罪事件が起ると、探偵小説の影響だなんて新聞記事が出る。
花森　誘導訊問もあるだろうし、子供も馬鹿じゃないから、そういっておけば責任が他所に行くでしょう。僕が小学校三年の時に読んだ『ロビンソン・クルーソー』、あれはどっか探偵小説の味がありますよ。別になぞを解くわけじゃないが、スリルがあるのですよ。無人島で人間の足跡を発見するところだとか、フライデーに出会うところだとか、スリルだからね。
江戸川　『ロビンソン・クルーソー』は人間が心の中に持っている孤独性にアッピールするところもある。
花森　探偵小説好きにはそういう孤独を愛する性格があるのじゃないかな。密室事件を好むということなんかもそうですよ。どこにも出入口のない密閉された部屋というものを愛するのは孤独を愛することですよ。それから、探偵小説は一種の頭脳的ゲームだけれども、これぐらい相手の要らんゲームはない。負ければ自分一人で負けるんだ。孤独で遊べるおもちゃですよ。昔、終りの方が封じてあって、それを破らなければ、解決がわからないという探偵小説の本がありましたね。
江戸川　いろいろな証拠品が、ハトロン紙の袋に入れて本の中に綴じこんである。髪の毛だとか、汽車の切符だとか、こまかくやぶいた写真だとか。そして挑戦のところまで行くと、そのあとは封じてあって、破かなければわからない。
花森　そう、あれはおもちゃですよ。
江戸川　あれがはやったのは戦争前でしたね。
花森　『ヨットの殺人』というのがあった。飜訳も出ている。

モンタージュ映画

江戸川　あなた、映画はよく御覧になる。
花森　最近はあまり見てないけれども、僕、八ミリをやっているでしょう。劇映画じゃないけれど、不思議な探偵小説的な映画を作ろうと思っているんですよ。
江戸川　あれは時間がかかるでしょう。切ったり継ぎ合せたりして編集するのに。それから、字幕を作ったりすると大変時間がかかる。
花森　僕はそういうことが好きなんだよ、時間がかかったって。……最近凝っているのはテープレコーダーでね。誰も人の手伝いが要らなくて、自分一人でこちょこちょやって、しかも、何かを作る仕事なんだからね。そういうものが好きなんですよ。
江戸川　そりゃ面白いことは面白いけれども、僕なんか近頃時間がなくて……。
花森　僕は時間がなくてもなんとかしてやっている。
江戸川　そんな時間があるなら、探偵小説も書きなさいよ。

花森　僕は文章を書くのがつらくてしようがないのですよ。それで探偵小説もノートには筋を書いたり、シチュエーションを書いたり、人物を書いたり消したりなんかしているんだけれど、書くのは余程ヒマができないと。

江戸川　僕は昔パテーベビーをやって、それから八ミリをやって、今は十六ミリをやっていますけれども、編集する時間がないので、最近はあまり写さなくなった。八ミリをやっている時にね、探偵作家クラブの荻原〔光雄〕君（今は映倫事務局次長）が、一つ劇のようなものを撮ってみろといって、彼が監督して恋愛と追っかけの笑劇みたいなものをとったことがあるが、八ミリのマガジン三、四本撮るのに半日たっぷりかかっちゃった。リハーサルなんかやるので、とても時間がかかる。劇映画なんて大変な仕事ですよ。

花森　僕のはいつ出来るか分らんけれども、出来たら見て下さいよ。

江戸川　俳優を使うの？……

花森　人間は使うけれども、芝居はしないの。

江戸川　モンタージュのうま味を出すわけだね。

花森　時計だけ撮るとか、目だけ撮るとか……。

江戸川　それ、もうはじめてるんですか。

ラジオ・ドラマ

花森　いや考えているだけだよ（笑声）。気は多いのですよ。ＮＪＢ放送というのがあったでしょう。そこに吉村君というマネージャーがいて、スリラー劇の台本書けというのですよ。僕も好きな方だから、ついのんでしまったわけです。それからどうしようかと思って、音のトリックというものは、まだ誰も考えていないだろうと思ってね。映画なんかでは目で見るトリックだけれども、耳で聞くトリックがないじゃないかということを考えた。耳から入って頭で考える場合には錯覚があるわけだね。そういうトリックを一つだけ見つけたのですよ。これは今いいませんがね。ラジオなれば、ただ時間の音をボン、ボンと鳴らすだけで、説明は要らないが、文章だと、時計が何時を報じたと、ちゃんと書かなければならない。それではわざとらしくなって、読者がことさら注意するからね。一例をいえばそういうことですよ。そういう式でやろうと思って、ラジオ・ドラマの筋立てを作ったけれども、その時に盲腸の手術をしたのですよ。それで盲腸が癒っても当分工合が悪くってね。とうとう書かなかった。しかし、僕はまず今いった素人映画を真先にやりたいね。それからラジオ・ドラマね、それと一大長篇探偵小説。これは筋を持っている。

江戸川　すると、あなたにはいつか長篇探偵小説が書いてもらえるわけだね。それからモンタージュ映画もスチルをグラビヤに使わせてもらえる。こうして話しているといろいろ収穫があるよ。

本格ものの弱点

江戸川　ところでもう少し探偵小説に文句をつけてもらえませんか。

花森　そうね。この頃の探偵小説に欠けていることは（一般の小説もそうですけれども）ガードナーがうける一つのあれね。発端のつかみ方が上手いことね。それだけでなく、シチュエーションの設定に苦労しておりますよ。外国の作品はね。日本のは観念的でね、都会というと銀座のバーが出て来たり、どれでも道具建てがきまっている。バーといってもいろいろな種類がある筈なのに、紙芝居のように典型的なものばかり出て来てね。その点で横溝さんの作は個性を出している。一頃は瀬戸内海ばかり出たが、この頃はそうでない。そういう特殊の雰囲気を調べたり、苦労をせんといかんね。なんかお化粧が疎《おろそ》かなのね。

江戸川　知らなければ実際に当って調べて書くということですね。

花森　自分が知らなければ、人に頼んでバーへも連れて行って貰うとか、それで名をなそうという人が、映画に出て来る場面なんかでごまかしておくのは困りますね。どうも探偵小説には映画の場面から取ったような情景が多いでしょう。

江戸川　そういうことは風俗派の探偵作家は割合に考えているのだけれども……。

花森　本格派にそれが少いから押されるのですよ。その勉強が必要ですよ。例えばコップ一つにしても、ほんとうのコップを念頭に置かなければね。ただコップといっても、ブドー酒のコップもあればジンをのむコップもある。風俗派が世界的に多いというのは、風俗派の方が勉強しているか、ものを知っているかですよ。しかし、本当は本格の方が面白いのだから、筋だけでなく、そういう風俗的なことも、もっと調べて書かなけりゃ。探偵作家ではないが、井上靖が評判がいいでしょう。あの人はとってもよく調べる人ですね。あの人は足で書く作家といわれているでしょう。探偵小説も「密室」を書くからといって、書斎の「密室」に閉じ籠っていてはいけないな。築地の道路を舞台にしようと思ったら、雨の降る夕方ということだったら雨の降る日その頃に一ぺん行ってみるとか、そういうことで、トリックに一層うま味が出るわけです。

デッサンをたしかに

江戸川　松本清張君が、やっぱりそうですよ。推理小説を書く場合にも、地方を背景にするときには、ちゃんとそこへ旅行してしらべる。探偵作家では島田君なんかも、よく旅行して材料を仕入れる。それから、挿画家はいつでもスケッチブックを持ってて、電車の中でも、駅でも、ホテルでも、これはという対象があると、すぐにスケッチしておくのですね。作家もあの心構えが必要だ。

花森　忙しくって売れっ子だといっても、これだけは必要だ。その用意があって初めて小説になるのですよ。探偵小説は前衛小説や抽象小説じゃないんだから、スタイルはどうあろうと、やっぱりリアルなものじゃないですか。絵かきがデッサンをやるように、動物園へ行って写生したり、そういう心がけね。

江戸川　クロフツはそれをやったのですよ。現場の写真をたくさん撮って来て、それを見ながら書くのですよ。そういう意味で、クロフツにはリアルな味がある。

花森　それから先のことは才能次第だが、少なくともそれ位の努力はして貰いたいね。だから年齢が若い人がいけないというわけじゃないですよ。作家は若くてもいいが、若い人は余計にそういう苦労をせんならんというわけだ。

江戸川　だけれども、探偵小説はいわゆる文学青年ではいけないね。

花森　むしろ文学ではなくてもいい。刑事が出て来ていろいろ調べるような探偵小説あるでしょう。そういう場合に、その刑事がやっているのと同じぐらいの努力はしなくちゃね。

江戸川　探偵作家は多くは近所のお巡りさんなんかと知り合いになって、捜査の順序なんか聞き出したりしているが、それだけでは足りないところもあるね。

花森　まだ足りないね。その捜査の手順とかいうことを聞くには、お巡りさんにも聞かなければならないけれども、犯罪の現場や捜査の現場も少しは見ておかなければ。殺しの現場にまで立会わなくても、そこの場所ね。どういう風に逃げて来て、こっちに入ってどうしたということを、実際の場所について考えてくれれば、もう少し骨組みが確かりして来る。芝居の舞台にしても、ちゃんとした道具を組んであれば、本当の家のように見えるけれども、役者が歩く度にふらふらするのでは困る。トリックが嘘になってしまう。何も調べたことをひけらかせとはいわないけれどもね。夢野久作先生なんか知っている強味ですね。だから風俗作家は勉強せんならんけれども、本格作家は机の前でものを考えていればいいとはいえませんね。そういう作り方が本格小説なら、これは押されて行きますね。

江戸川　これは非常にいいお話です。そういう実地調べも、作家によってはやっているけれども、大体はだめですね。

花森　だから本格の方が難しいわけだ。風俗小説と同じ勉強をして、そこに、トリックその他の組立ての勉強をせんならんでしょう。だから本格の方が読んで面白いわけですよ。殊に「二十五人集」なんてのは筋書きだけだからね。

江戸川　「二十五人集」なんかは、長く書くべきプロットを五、六十枚にちぢめたようなのが多いのでね。だから筋書きになっちゃう。しかし、みな一生懸命に考えたプロットだから、プロットだけは面白いのもあるので、読む方は一応読むらしいけれども、本当の小説じゃないですね。

花森　それはなぞ解き、犯人当てパズルだってあるのだから、そういう意味では面白いかもしれないが。

江戸川　だから、ああいう中にも、勉強する作家があれば、出てこられないとも限らんのだがね。

花森　若い人でも勉強すればいいのですよ。しかし、探偵小説ばかり読んでいたのでは駄目だ。

江戸川　そう、普通の文学、外国文学も一応読破してね。それから探偵小説にとりかかる。「二十五人集」の投稿家の多くは、探偵小説なら筋があればいいと、安易に考えてしまう。あの中には、もっと小説を勉強すればと、惜しいように思うのもある。

アメリカ前線文庫の思い出

花森　しかし、そういうと僕の話も出て来るか知らんけれども、探偵小説というものが本として綺麗になったのは進歩ですね。

江戸川　ピストルが出たり、血の流れているような表紙ね。アメリカでは未だああいうものが多いけれども、あなたの創元社の『世界推理小説全集』の表紙も画期的なものだったし、早川のクイーン雑誌ね。クイーンの雑誌は十数カ国で、その国の言葉に訳した版が出ていますが、日本のクイーン雑誌が世界一立派ですよ。クイーンも驚いているだろうと思う。

花森　ああいうことは日本人は大したものですよ。詩の雑誌でもあれだけのものはなかなかない。

［註、この間に、花森さんが、創元社版はもちろん、早川ミステリも、全部とっているので、一間幅の本棚が六段一杯になってしまって、もう場所がなくて困っているという話があり］

花森　僕は一頃外国探偵小説のノートを作っていたんだが、あなたこの間早川から出したでしょう。

江戸川　『海外探偵小説作家と作品』という本ね。あれは便利でしょう。

花森　あれがあったらノートは要らん。それで近頃はノートを作らなくなった。あれは便利ですよ。しかし戦争直後はアメリカのポケット・ブックでしたね。ほかに読むものが何もなかったから、アメリカの「兵隊文庫」を露店で買って来てね。アイリッシュの『幻の女』を読んだ時の驚きはなかったですね。僕が読んで驚いたら、すぐにあなたが書いておられた。どっちが先に読んだのか分らんけれども、ほぼおなじ頃ですね。

江戸川　書いたのは、読んで間もなくですよ。あなたが売払ったやつを俺が買って読んだのかな（笑声）。

花森　僕は売らないですよ。

江戸川　『幻の女』は神田の厳松堂《がんしょう》でやっと探し出したのです。そういう作品があることは知っていたけれども、いくら探してもなかなか見つからなかった。

花森　僕は探偵小説と名のついたやつは、十冊でも十五冊でも買って来て、当時読みものがなかったので、一晩で一冊は読みましたね。一生を通じて一番読んだのは、終戦直後の二、三年だね。
江戸川　僕なんかもそうですよ。
花森　ところがだんだん世の中が治まってくると、外の仕事が忙がしいでしょう。
江戸川　僕もこの一、二年読む時間がなくなって困っているんです。
花森　終戦後二、三年ですね。横浜へ探しに行ったりしてね。そういうポケット本は表紙が剝がれたり汚れたりして、いやだったがね。
江戸川　靴でふんだあとのついている本もあったりしてね。それから闇で流した何十冊がボール箱に入ったやつね。
花森　セットになっているやつね。
江戸川　だけれども「前線文庫」には実にいろいろな作品が入ってたね。あれで読んだ探偵小説が半分位ある。横綴じのやつね。活字が裁ちおとされていたりして、ぞんざいな製本だったが、いいものが沢山はいっていた。
花森　本格、変格もあれば、空想科学小説もあれば、怪奇小説もあってね。
江戸川　純文学も目星しいものはたいてい入ってて、範囲が広かった。
花森　あの編集者は大したものだね。……それから、戦後「兵隊文庫」とか「ポケット・ブック」で収穫のあったのは、探偵小説を読むだけで、実に向うの風俗、習慣が分る。そういう副産物があった。だから、われわれはアメリカに三月行ったやつよりも、シカゴ、ニューヨークのことを知っていたのじゃないかな（笑）。オー・ヘンリーの後を継ぐやつがいるのも分ったりして、あの文庫は役に立ちましたよ。

江戸川　ラニヨンね。

花森　ダーモン・ラニヨン。あれはオー・ヘンリーの後継ぎ……オー・ヘンリーほどじゃないが、サトウ・ハチロー位かな。

江戸川　ラニヨンは日本ではほとんど訳してないですね。スラングがむつかしいのかな。

花森　あれの短篇なんか、昔の「新青年」なら毎号喜んで載せるようなやつですよ。嘘があってね、本格じゃないですけれどもね。あれは下町でしょう。だから訳すのが難しいですよ。しかしあれも幾つか読んでいると、辞書がなくても類推で分って来るでしょう。あのスラングの意味を見つけるのも、一つの探偵ですよ。

江戸川　そう、語学を字引なしでやるのは、まさに探偵ですよ。『蘭学事始』のようにね。

花森　字引を引いてもない言葉があるけれど、幾度も同じような使い方がしてあると、自然に分ってきますね。

江戸川　話はつきないが、ではこのへんで。今晩はいろいろ智恵をさずけて下さって、ありがとうございました。

（「宝石」一九五八・三／『文藝別冊　花森安治　増補新版』二〇一六）

参考資料
同性愛文献虎の巻

江戸川乱歩

文献は内外共無数にあるので、同性愛文献史の如き内容を持つもの数種のみを挙げる。同性愛研究者が典拠として用いる虎の巻の類である。

＊古代ギリシア
プルタルコス『比較列伝』
アテナイオス『宴会における学者達』十五巻
ディオゲネス・ラエルチオス『哲学者列伝』十巻

＊西洋近代
ウルリックス（独）『同性愛全集』十二巻
ターノフスキー（露）『欧州の同性愛』一冊
リチャード・バートン（英）英訳『千一夜物語』

付録論文

J・A・シモンズ（英）『ギリシア道徳の一問題』一冊
J・A・シモンズ（英）『現代道徳の一問題』一冊
カーペンター（英）『中世論』一冊
カーペンター（英）『友愛佳句集』一冊
ハンス・リヒト（独）『古代ギリシア性生活』二冊
アンドレ・ジイド（仏）『コリンドン』一冊

他にクラフト・エビング、ハヴロック・エリス、ヒルシュフェルト、ブロッホ、カーシュ・ハーク等いずれも好参考書なれども周知なれば省く。

＊中華

『淵鑑類函』第三百十三巻「寵幸」
『情史類略』第二十二巻「情外類」
『五雑俎』第八巻「人部」
他に『戦国策』『史紀』『漢書』『宋書』『魏書』等の佞幸伝又は恩倖伝。

＊日本徳川期

北村季吟『岩つつじ』二冊
楳條軒『よだれかけ』巻五及巻六
喜多村信節『嬉遊笑覧』巻五の下及巻九の下
柳亭種彦『好色本目録』一冊

＊日本明治以後

藤岡作太郎、平出鏗二郎『日本風俗史』（各時代の同性売色）
阿部弘蔵『日本奴隷史』（各時代の同性売色）
中山太郎『売笑三千年史』（各時代の同性売色）
平出鏗二郎『近古小説解題』（仮名草子その他）
水谷不倒『列伝体小説史』（浮世草子）
石川巌『軟派珍書往来』男色篇
岩田準一『本朝男色考』（往年「紀泉科学」に二年に亘って連載せられたもの。室町時代まで中絶しているが、そこまでで三百頁ぐらいの本になる分量がある。綿密正確、日本同性愛文学史として先例のない業績である。岩田君は惜しくも戦争中病歿したが、この稿はどうかして一本に纏めて残しておきたいものである）

同性愛史の類は大正以後沢山出ているが、多くは孫引きの一夜漬けである。部分的なものは別として、纏った典拠は大体以上に尽きている。

（江戸川生記）

参考資料
論なき理論

大下宇陀児

探偵小説の定義

　わたしの意見を、いま大坪君（論争座談会司会者）はあんまり聞いたことがない（笑）と――大坪君だけじゃない。ほかの人もみんなそういっているのです。僕はあまり喋らないものだから……。わざと喋らないんじゃないのでありまして、わたしは探偵小説理論をもっておりません。とくにいうべき理論はないのです。理論よりはまあ自分でできる仕事をやってみようという気でありまして、理論なしでやってきたといってもいいくらいなものです。

　ただし探偵小説に対する期待とか、こうしたいという希望、そういうものはもっております。そういうものなら申せるのですが、それも実はきわめて単純でありまして、そうくわしく御説明申し上げるまでのことはないのであります。

　また本日のこの会を招集するについて一番はじめのテーマをみますと、「探偵小説とはなにか」ということになっておりまして、何かこういう命題の下では、探偵小説の定義でも申しあげなければならんという気がいたします。私は私なりに、あるいは乱歩さんは乱歩さんなりに、木々さんは木々さんなりに、探偵小説の定義をここで説明するというふうにも思われるのですけれども、考えてみますと、どうもこれはすこし滑稽だという気もするのです。

　ほかのジャンルの文学におきましては、たとえば恋愛小説にしましても、家庭小説のジャンルにおきましても、時代小説のジャンルにおきましても、その小説の定義について甲論乙駁するというようなことはまず滅多にないのであります。

大衆小説と純文学という命題についてならばしばしば議論がありますけれども、他の小説それ自身のジャンルにあってはその定義について議論をするというようなことは滅多にない。ところが探偵小説に限ってはこれが実にもう三十年の昔からなお未だエンエンコンコン尽きずしてこの議論がある。おこりうる余地があるということがちょっと妙なことだと私は思っています。

一体なぜそういうふうになるかということをちょっと考えてみましたが、そもそも探偵小説の定義というものは、読者にとっては問題でないと思うのです。作家側にとっては、この定義が問題になるけれども、読者からいわせれば探偵小説の定義なんていうものは本当は問題じゃないと私は思うのです。

読者は面白ければよろしいのでありまして、何もこの探偵小説が定義に合っているからよくないとか、定義に違っているから悪いとかそんなことをいうものじゃありません。読者は定義なんか知らないのです。知らなくて結構、面白ければよろしい。だから、面白いという小説には存在価値がありますけれども、定義に合っているからといって存在価値があるということにはならないのです。従って、定義を論議するということはそう重大な問題でないのではないでしょうか。

しかるに、作家のほうからいうと事実上しばしばこれが問題になる。なぜそうだかということは、わたしはここではっきりいえないけれど、もしかすると、定義の範囲内においての行動なら非常に仕事がし易いけれども、定義を逸脱しての仕事は自分には非常に不得手であるという場合に定義があると楽だということもあるんじゃないかと思います。

前説が長くなりましたが、探偵小説の定義といいますと基本的なものは乱歩さんが『幻影城』とかあの一連の著作のうちに十分、十二分に書いてあるものでありまして、基本的なものはそれ以上に僕は附加するものはないと思うのです。ただ問題はこの基本的な定義のうちに、われわれが縛られていていいかどうか。さきほど申しました通り定義ということは作家についての重大問題であるということを申しましたが、それについていていうのですが、その定義のうちに縛られていていいかどうかということだと思うのです。

定義というものは、これは憲法とは違いますから（笑）、憲法ですら自衛隊の問題で（笑）解釈が非常にアイマイで逸脱したがるおもむきがあるのですから、探偵小説の定義などというものは憲法とは全く違うもので、いかに逸脱しても、わたしはよろしいと思う。そういう考えをわたしはもっております。

本格探偵小説

一体日本の探偵小説ばかしでなく、外国の探偵小説もそうですけれども、探偵小説の基本的な定義、あるいはこれを鉄則と申しますか、あの鉄則をつねに逸脱しまいと考えていたならば、探偵小説はもう成長しないという心配を僕はもっております。多くの探偵小説を私は――そうは読んでおりませんけれどもお素人衆よりは多少読んでいるわけでしょう――読んでみまして、それを痛切に感じるのでありますが、探偵小説の鉄則に則ってできた小説というものは、かつてポオがつくり、ドイルがつくったあの線を凌駕することができない。大体においてあの線の中でやっている、と。したがって成長が認められないと私は思います。たまたまそれはあります。あの線の中においてすら、われわれを瞠目せしむるような作品がごくまれに出てくるけれども、しかしそれはごく数が僅かでありまして、あの鉄則の中にのみ縛られたらどうしても成長しない。

そもそも探偵作家の、これは本格派に対して大変にくまれ口みたいになるのですけれども、それはちょっと誤解をしないでおいて頂きたい。

本格派の小説というもの、つまりあの鉄則に準じた小説というものをわたしは決して軽蔑してはおりません。

かつて探偵作家クラブ賞のときに「赤い密室」〔鮎川哲也〕という作品が候補に上りました。これは大変本格的な探偵小説でありましたが、それを受賞作品の候補として最もつよく支持したのは僕でありました。この間もまたここで恒例の犯人あて小説で渡辺〔剣次〕君のこしらえた小説をわたしは大変ほめました。またドイルのもの以外でも、たとえば乱歩さんがほめているノックスの小説とかああいうものはわたしは感心して読むのでありまして、面白いと思います。

だからわたしは本格探偵小説をきらいというのではありません。したがっていま申していることは悪口ではありませんから、悪口をいっているなとお考えにならずに聞いて頂きたいのですが、このナゾをこしらえて、ナゾを解くという小説は、本当にわれわれを納得せしむるような解き方であればよろしいのです。ところがあまりにも怪奇な問題を提出して、そしてこれは読者を面白がらせるという、つまり商品価値の上でそういう手段が生じてきたのですが、はじめに非常に怪奇な問題をもってくる。ためにその解決は無理を生ずる。そして理論の遊戯だとかいわれるようなものであるならば、非常に理論的に筋道が通っていなければならんはずのものが、よく読んでみますと非常に非理論的であるということがいえる。しばしばそういうものがある。

悪い作品を例に出しては面白くないので、名作といわれているようなものについてわたしは申したいのですが、たとえばヴァン・ダインの作品というのはみんな非常にいいといわれております。ところがヴァン・ダインの『ビショップ・マーダー・ケース』ですが、ああいう作品も読んでみますと僕らを納得せしめないところがあるのです。非常に重大な点においてそれがある。

犯人が相当な学者でありますあれだけの学者が人を殺すのに、何が故に、わざとあんなにみせびらかすような、わかりやすいような方法を用いて殺したかということです。それがすでにウソであると私は思う。

ヴァン・ダインのものを僕は敬服しているのです。『グリーン・マーダー・ケース』なども好きです。非常によく書けていると思いますが、あの『グリーン・マーダー・ケース』でも探偵フィロ・ヴァンスには犯人の目星がもうついている。ついているにも拘らずそれをすぐアレストしない。捕まえる道を講じないから最後の殺人がおこってしまう。あんなに立派そうな探偵がそんなヘマをやるというのはまことにおかしいと思うのです。

そういうところにいくと、なにかわたしは自分の考えていることを裏切られたという感じがしまして、馬鹿々々しい。この馬鹿々々しいという感じが本格探偵小説にしばしばつきまとうのは困りものだと思う。

乱歩さんはよく申します。不可能を可能にみせる、それが探偵小説だ。ところが、不可能を本当に可能にみせればいいのですが、どうも可能にみえない。密室事件などもずいぶん使われております。さっき申しました「赤い密室」ですか、あれも密室事件でありましたが、その密室もどうせしまいは密室じゃないことがわかるんだという、もうわれわれの頭にそういうものが入っておりまして、そうすると結局小説を読む興味はどこで作者がこの密室じゃないことを暴露するかというだけのことに止まってしまう。何をか苦しんでそんな作者のつくったウソッパチな話を血道を上げて読書しなくちゃならんかという気持が私はするのです。全部の読者がそうだとはいいませんが、多くの読者のうちに私と共鳴するものも相当あるだろうと思うのです。

本格探偵小説が好きだという、いわゆる探偵小説の鬼の諸君、これは探偵小説家にとってはありがたい人だというべきですけれども、この人たちは稀代にこれが飽きがこない（笑）。よく読んでくれます。どんなに七難しい、ときにはウソッパチのようなナゾをこしらえましても読んでくれる。だからこれはありがたいのですけれども、われわれはありがたいといって、そういう読者がいるからといって安心していますと、探偵小説にゆきづまりがくるんじゃないか。こういうことをわたしは恐れる。

新しい型の小説

探偵小説のまた定義に戻りますと、ナゾをつくり、そのナゾを解明するというのが一口にいえば探項小説の定義でしょうが、これを広義に解釈しますと、大変なことになるでしょう。

人生すべてナゾでありまして、どんなことでもナゾにできないものはない。恋愛問題であろうが、生活問題であろうが、政治問題であろうが、宗教問題であろうが、すべてナゾとして扱うことができるわけで、これを解くのが探偵小説ということになりますと、これは大変なことでありまして、木々さんはもしかするとそっちへいくんじゃないかとわたしは心配しているのですが（笑）、そこまでいったら、もうこれは探偵小説なんて特別なジャンルはいらないことになりますが、まあわれわれの扱いうるところでは、大体において犯罪のナゾを解く。そこらがまあ妥当なとこでしょう。

で、犯罪のナゾを解くという、その犯罪に、くり返して申すようですけれども、あまりにも怪奇なものをもってくるために、作者は苦しめられる。一体探偵小説の作者ってものは僕は損だと思います（笑）。ここにお集りの方は探偵作家がたくさんいるし、また作家志望の方もおいででしょうから、身にしみてこれはお感じになっているはずだと思うのです。

探偵小説を書くとなると、ほかの小説のようなズボラなことはできません。恋愛小説などだと、ここに二人の男女がありまして、その男女が恋愛を成就しようがしまいが（笑）、第三者が入ってこようがこまいが、しまいには彼は彼女のうしろ姿を見送ってタメ息をついたというようなことを書けばいいのです（笑）。しまいはどういこうと……（笑）。

ところが探偵小説というのは必ずしまいに割切った解決をつくらなければならん。甲乙丙丁を出しますと、甲はどうした、乙はどうした、丙はどうした、丁はどうしたということをキチッと書いて、その作中人物の関連から行動から全部説明して割切ってしまわなければならない。この割切るということが、どうしてどうして大変なことでありまして、書いていく途中で、作者の興味がのってくるときは、作中人物が自由に活躍しはじめるわけであります。大体は、ほかの小説ではそうです。

ところがせっかく作中人物が勝手な行動をとろうとしても作者の心の中にあるところの、終いの割切りの答をみますと、勝手な行動をとらせることができないのです。どうでもこうでも右にいこうといっても左にひっぱっていかなければ探偵小説は完成しないというようなことがしばしばありまして、このために私は長年、もう三十何年苦しんでおります。その逸脱の程度をどこで食い止めるかというようなことは技術上の問題になりますが……。あと、まだ僕はここに書いて持ってきたものを一つも喋らないのです（笑）。実は、わたしは自分のいいたいだけを喋って、つまり乱歩と木々高太郎の悪口をいって、サッと帰ろうと、そう思っているのですけれども……。

大体におきまして探偵小説はもうすこし横のひろがりをもたねばならないということをわたしはいいたいのです。早くそこの結論にいきたいのですけれども、途中にいろいろ余分なものが飛び出してきまして困っているのですが、かつてわたしは探偵小説について「馬の角論」ということを甲賀三郎と議論いたしました。ちょうどここに甲賀さんの息子さん〔春田俊郎〕がみえておりますが、甲賀三郎華やかなりし頃というか、まだ血気壮んだったころに、わたしは本格探偵小説をけなしたことがある。

そのあと木々さんが引受けたのですが、わたしと甲賀三郎との議論は、やっぱりいまわたしがいったようなことをいったら、甲賀三郎がいけないというのです。そういうことをいえば探偵小説でなくなる。そんなものを書いたって仕様がない。探偵小説は探偵小説でいこうじゃないかというのです。

わたしは探偵小説にはもっと人間が書けているとか、もっと小説的な渋味がほしいということをその当時はいったものです。そうすると甲賀三郎は、探偵小説はそういうものがなくてよろしい。あった方がいいともいいませんでした。なくってよろしい。ナゾがあって、スリルがあって、そのナゾを解きさえすればいい。大下君のいうことはちょうど〝馬に角がないからといって馬を非難する〟ようなものだ。こういったのであります。

わたしはそれに答えて、馬に角がないのは当り前だけれども、馬に角があったら都合がいい場合には角を生やす研究もいいじゃないか（笑）。こういったのですが、それっきりで議論は尻切れトンボになったと思います。僕は未だにこの議論は負けたと思っておりません。甲賀三郎という人は非常に議論の上手な人で、面と向って議論すると到底わたしは太刀打ちできません。非常に早いのです、敵の言葉尻をとらえてくることが（笑）。非常に早い。息子さんはどうだかしらんけれども（笑）。非常に早くて太刀討ちができなかった。議論ではかないませんが、書くのは面倒臭いのでグズグズしている中に今度は木々高太郎があらわれてきて、木々高太郎と探偵小説の一年生の問題から議論がはじまって、のちに甲賀三郎が死んだあとで、木々高太郎が相手がないものだから江戸川乱歩と議論をはじめた（笑）、こういうわけであります。

しかし、馬の角というものは、わたしは馬に角があった方が、ある場合にはいいんじゃないかと思います。そういう馬があってもよろしいんじゃないかと思うのです。その角とは何かといえば、探偵小説にもうすこしほかの小説と同じような味をつけたいということです。

これはわたしは本年の「宝石」の一月号に書いたことでありますから、みなさんはもう御承知と思いますけれども、探偵小説はどうも小説としての主食ではない。主食になる要素に乏しい。しかしもうすこし主食的な味をつけた方が探偵小説を広くする道ではないかというわけです。

具体的にいえば探偵小説というものは事件を主として書きまして、人間を書きません。それが探偵小説のいままでのゆき方でありますけれども、そうするがゆえに探偵小説は非常にドライなものになっていく。もうすこし人間や社会をとり入れた探偵小説をつくったらどうかと思うのです。事件もそう何も驚天動地的な人の眼をおどろかすような事件をもってこなくてもよろしい。地味な自分の身辺におこりうるような事件をもってきて、それを解剖し、分析していくことによって十分小説に作りうる。ナゾのある小説になしうると、こう思うのです。勿論非常に難しいことです。本当は非常に怪奇なナゾを思いつき、そしてそれに解釈がつけうるならば、むしろ怪奇な事件を扱った方が楽でありますす。そうでないものは、小説的な技術というものがまず第一問題になりまして、それがないとできないのですが、しかしわれわれは文学的な修練をもっともっと積んでもいいのでありまして、その意味においてわれわれはまだ今後身辺によくあるような問題をもってきて、そしてそれに探偵小説的な手法をもって新しい型の小説をつくりあげる。こういう道に進んだ方がよくはないかと思うのであります。時間がまいりましたので、この辺で御免を蒙ります。なおあとで江戸川さんや木々さんは相当に議論があると思いますから、あと五分ばかりここにおる時間がありますから、なにか御質問がありましたら……。（拍手）

木々　私は大下宇陀児生涯の労作が『石の下の記録』から全然違ったものに入ってるというこ

とを感ずるのです。そして、彼が三十年の労苦の後にいよいよ俺の本領を発揮する地盤に立つことができた。この道をまっすぐにいけば、あるいはこれに鋤を加えてさえいけば、自分の生きていた理由はそれで十分である、と思う、その大きな大地に踏みこんだ。こう思っております。私は「石の上の記録」以後……。

大下　「石の下」ですよ（笑）。

木々　ア、ときどき『石の上の記録』と『猫の下の記録』とまちがえまして……（笑）。しかしこの『石の下の記録』以後の作品は私は非常に珍重しますが、これに比較いたしますと『蛭川博士』などという作品は愚作ですよ、これは（笑）。なぜ愚作かというと、これは従来の探偵小説の型をそのままやっていこう。しかもその従来の型を何とか驚天動地の問題でひっぱろうという、もう本当の手管なら非常によろしいのですが……。そういう意味で、私はこれについて大下さんの御返事を……。

大下　『蛭川博士』が愚作だという話でありますが（笑）、実は私もそう思うのです（笑）。ところが一番売れたのが『蛭川博士』なんです。ここに問題があるのですよ。いまでも『蛭川博士』を出させてくれという本屋さんがときにあります。一番あれが売れたのでありますここに問題があるのです（笑）。煩悶のタネもそこにある。しかしいま『蛭川博士』をいくら売れるからといっても僕は書けません、もう。馬鹿々々しくて（笑）。そういうことだけちょっと申し上げておきます。

（「宝石」一九五六・六。本書所収の座談会「探偵小説新論争」と同時掲載／『大下宇陀児探偵小説選2』論創社、二〇一二）

探偵小説に関する江戸川乱歩の主な座談・対談一覧

一九二五（大正十四）年
探偵小説合評会／大下宇陀児、川田功、甲賀三郎、巨勢洵一郎、城昌幸、延原謙、山下利三郎／「探偵趣味」六月
一九二八（昭和三）年
霜月座談会／大下宇陀児、甲賀三郎、巨勢洵一郎、久山秀子、水谷準、森下雨村、横溝正史／「探偵趣味」一月
合作長篇を中心とする探偵作家座談会／小酒井不木、国枝史郎、長谷川伸、山下利三郎、横溝正史／「新青年」二月
一九二九（昭和四）年
ポオ「アッシャー家の末裔」合評座談会／大下宇陀児、甲賀三郎、延原謙、水谷準、森下雨村、横溝正史／「新青年」五月
小酒井不木氏追悼座談会／谷口腆、田村利雄、永井潜、長谷川伸、服部綾太郎、日比野寛、古畑種基、水谷準、森下雨村／「新青年」六月
探偵小説座談会／大下宇陀児、甲賀三郎、浜尾四郎、森下雨村／「文学時代」七月
一九三五（昭和十）年
持ち寄り奇談会／海野十三、大下宇陀児、小栗虫太郎、木々高太郎、甲賀三郎、城昌幸、浜尾四郎／「新青年」七月
一九三六（昭和十一）年
一問一答／杉山平助／「探偵春秋」十二月
一九三七（昭和十二）年
明日の探偵小説を語る／海野十三、小栗虫太郎、木々高太郎／「ぷろふいる」一月
一九四六（昭和二十一）年
タトル大尉を囲む探偵作家座談会／海野十三、大下宇陀児、木々高太郎、角田喜久雄、水谷準、渡辺啓助／「宝石」六月
探偵小説と映画／大下宇陀児、木々高太郎、野

口鶴吉／「松竹」十二月
一九四七（昭和二十二）年
新春探偵小説討論会／岩谷満、大佛次郎、城昌幸、武田武彦、野村胡堂、水谷準／「宝石」一月
新文学樹立のために／伊藤整、井上友一郎、大林清、木々高太郎、坂口安吾、平野謙、福田恆存、山岡荘八／「新小説」一月
海外探偵小説四方山話／木々高太郎、水谷準／「黒猫」四月
推理作家おのれを推理す／大下宇陀児、木々高太郎、城昌幸、角田喜久雄、守友恒／「サンデー毎日」十月十二日
一九四八（昭和二十三）年
その道を語る　同性愛の（後「E氏との一夕」に改題）／稲垣足穂／「くいーん」一月
探偵小説の泉／大下宇陀児、木々高太郎、角田喜久雄、水谷準／「Gメン」一月
探偵作家二十の扉／大下宇陀児、木々高太郎、角田喜久雄／「Gメン」二月
新人コンテスト合評会／岩谷満、木々高太郎、城昌幸、武田武彦、水谷準／「宝石」十一／十二月
一九四九（昭和二十四）年
探偵小説を語る／横溝正史／「宝石」九／十月
一九五〇（昭和二十五）年
探偵作家幽霊屋敷へ行く／大下宇陀児、岡村雄輔、香山滋、島田一男、城昌幸、高木彬光、武田武彦、逸見利和（管理人）／「宝石」二月
翻訳小説の新時代を語る／岩谷満、城昌幸、武田武彦、水谷準／「宝石」四月
探偵小説このごろ／野村胡堂／「毎日グラフ」四月十日
海外探偵小説放談／木々高太郎、木村登、城昌幸、長岡弘毅、野村胡堂、橋本乾三、水谷準、渡辺紳一郎／「宝石」八月
アマチュア探偵小説放談会／岩谷満、木村登、櫛田光男、城昌幸、長岡弘毅、原安三郎、藤山愛一郎／「別冊宝石」八月

中国の探偵小説を語る／魚返善雄、辛島驍、島田一男、城昌幸、武田武彦、椿八郎、ロバート・ファン・グーリック／「宝石」十二月
一九五一（昭和二十六）年
クラブ賞をめぐって探偵小説のあり方を語る／大下宇陀児、木々高太郎、島田一男、城昌幸、水谷準／「宝石」七月
海外探偵小説を語る／植草甚一、大井広介、木村登、清水俊二、城昌幸、長谷川修二、双葉十三郎／「宝石」十月増刊
一九五二（昭和二十七）年
空想を追うニヒリスト／竹山恒寿／「旬刊読売」一月二十一日
炉辺百物語／奥野新太郎、橘外男、水谷準／「オール讀物」
探偵小説三十年／大下宇陀児、萱原宏一、水谷準／「探偵実話」三月増刊
スリラー映画とスリラー小説／筈見恒夫／「探偵倶楽部」九月
怪談恐怖談座談会／徳川夢声、水谷準／「探偵実話」九月増刊
一九五三（昭和二十八）年
日本探偵小説界創世期を語る／城昌幸、永瀬三吾、保篠龍緒、松野一夫、水谷準、森下雨村／「宝石」一月
江戸川乱歩先生とのトリック問答／渡辺剣次／「別冊宝石」五月
幽霊インタービュウ／長田幹彦／「オール讀物」十一月
一九五四（昭和二十九）年
探偵小説あれこれ／喜多村緑郎、渡辺紳一郎／「探偵実話」二月特別増刊
黒岩涙香を偲ぶ座談会／木村毅、鈴木珠子、白石下子、野村胡堂、柳原緑風／「宝石」五月
問答有用／徳川夢声／「週刊朝日」十二月十二日
乱歩氏を祝う――五十六十は、はなたれ小僧、人生は六十からという話／木々高太郎、城昌幸、戸川貞雄／「宝石」十二月

一九五五（昭和三十）年
戦後十年の探偵小説／島田一男、中島河太郎／「探偵実話」十月増刊
楽しき哉人生／徳川夢声／「別冊講談倶楽部」十一月

一九五六（昭和三十一）年
先輩後輩対談／木々高太郎／「週刊サンケイ」二月二十六日
ヒッチコックを囲んで／植草甚一、岡俊雄、双葉十三郎、淀川長治、アルフレッド・ヒッチコック／「映画の友」三月
新らしい読者層を開拓した東京創元社版「世界推理小説全集」／戸板康二、花森安治／「出版ダイジェスト」四月三日
探偵小説新論争／大下宇陀児、木々高太郎、角田喜久雄、中島河太郎、春田俊郎、大坪砂男（司会）／「宝石」六月号
ひやりんこん夏の夜話／大下宇陀児、木々高太郎、高木彬光／「労働文化」八月

一九五七（昭和三十二）年
法医学と探偵小説／古畑種基／「探偵実話」一月
探偵小説とスリラー映画／楠田匡介、日影丈吉、双葉十三郎／「宝石」七月
幸田露伴と探偵小説／幸田文／「宝石」八月
文壇作家「探偵小説」を語る／梅崎春生、曽野綾子、中村真一郎、福永武彦、松本清張／「宝石」八月
ヴァン・ダインは一流か五流か／小林秀雄／「宝石」九月
樽の中に住む話／佐藤春夫、城昌幸／「宝石」十月
現代のスリルを語る／石原慎太郎、谷川俊太郎、黛敏郎、山村正夫／「宝石」十月
評論家の目／荒正人、大井広介／「宝石」十一月
「新青年」歴代編集長座談会――横溝正史、大いに語る／城昌幸、延原謙、本位田準一、水谷準、松野一夫、森下雨村、横溝正史／「宝

石」十二月

一九五八（昭和三十三）年

女性と探偵小説／池島郁子、扇谷正造／「宝石」一月

探偵と怪奇を語る三人の女優／淡路恵子、川路立美、重山規子、高木彬光／「宝石」二月

本格もの不振の打開策について／花森安治／「宝石」三月

スリラー映画の三人／井上梅次、島耕二、渡辺剣次／「宝石」四月

財界の巨頭探偵小説を語る／長沼弘毅、原安三郎、水野成夫／「宝石」五月

推理小説早慶戦／磯野英樹、川村尚敬、木々高太郎、桑田穣一、鈴木幸夫、田中潤司、寺島正展、持丸容子／「宝石」六月

これからの探偵小説／松本清張／「宝石」七月

二通人の翻訳縦横談／植草甚一、渡辺紳一郎／「宝石」七月

シムノンの人と映画／植草甚一、双葉十三郎／「宝石」八月

狐狗狸の夕べ／芥川比呂志、杉村春子、松浦竹夫、三島由紀夫、山村正夫／「宝石」十月

スピード・科学・ミステリー／桶谷繁雄、木々高太郎／「宝石」十一月

旅と俳句とミステリ／戸塚文子、中村汀女／「宝石」十二月

一九五九（昭和三十四）年

推理小説と文学／平野謙、松本清張／「宝石」五月

江戸川乱歩の巻／池島信平／NHKラジオ「文壇よもやま話」七月三十一日

新人作家の抱負／樹下太郎、斎藤哲夫、佐野洋、城昌幸、多岐川恭、竹村直伸、星新一／「宝石」八月

一九六〇（昭和三十五）年

大学教授とミステリ／大内茂男、加納秀夫、成田成寿、福田陸太郎／「宝石」一月

（参考：光文社文庫全集版『探偵小説四十年』、中相作編「乱歩文献データブック」その他）

解説　〈語られる作家〉から〈語る作家〉へ

――江戸川乱歩の座談・対談・鼎談

小松史生子

乱歩は二〇二四年に生誕一三〇年を迎えた。これを契機に各種の研究書や解説本、雑誌特集などが華々しく組まれているが、それは何も、今回のような記念の時ばかりに生じることではない。乱歩に関する特集やアンソロジー・解説本の類は、実に年がら年中、市場に出回っている感がある。それだけ江戸川乱歩について語りたい欲望を持つ人々は、この世にたいへん多いということだろう。一般読者はもちろんのこと、作家・評論家・学者といった乱歩と同種の活字畑に属する人間をはじめ、画家・建築家のような芸術方面の関係者、或いは医科学分野に携わる研究者や、また俳優・劇作家・演出家・映画監督といった芸能領域の著名人、ポップカルチャー・コンテンツの創作者などなど、多方面・多領域にわたる人々が乱歩について一家言持っているようだ。多様な属性の人々がそれぞれ好きなように乱歩を論じ、そうした乱歩語りの現象は果てしなく繰り返されて、今日に至るまでいっかな飽きられるということがない。

その理由の一つに、曰く〈乱歩体験〉なるものの存在がある。どうやら、実に多くの人々が各自の〈乱歩体験〉というものを有していて、それを語りたがる傾向が見られるようなのだ。〈乱歩体験〉とは如何なるものであるか——二〇〇〇年代版「少年探偵」シリーズ（ポプラ社）の装丁を手掛けた画家・藤田新策氏が端的に言い表した言葉を拝借すれば、それは「どこか懐かしい」という感覚に尽きると言っても過言ではなかろう。


乱歩の小説はページの中に様々な暗がりが書き込まれている。

井戸。地下。洞窟。倉。そして夜。

不安をかき立てるがどこか懐かしくもある闇。

人が一日の終わりに疲れて毛布に包まりたくなるように。

乱歩の小説はいつになっても我々が時々恋しくなり包み込まれたくなる闇であり旧友なのかもしれないと思えてきた。

（藤田新策「どこか懐かしい闇の世界」／『文藝別冊　江戸川乱歩　誰もが憧れた少年探偵団』一一九頁、河出書房新社、二〇〇三年三月）


藤田氏の〈乱歩体験〉は氏個人の〈乱歩体験〉であろうにもかかわらず、その他多数の人々が感覚的に覚えている〈乱歩体験〉とほとんど一致を見ている現象——これこそが〈乱歩体験〉の特徴だ。実のところ、「懐かしの乱歩」という惹句は乱歩生前の頃からあった。休筆の多い作家だった乱歩は、インターバルを経て再び小説を発表するたび、「懐かしの乱歩！」という語彙で作品を宣伝されることがしばしばだったのだ。だから、当時の「懐かしの乱歩」と今日の「懐かしの乱歩」では、じゃっかん意味合いが異なるわけだが、それにしてもやはり「懐かしの」と冠される時点で、なにがしかレトロスペクティヴな味わいが、乱歩作品には早くからみとめられていたらしい気配はある。

前置きが長くなったが、つまり江戸川乱歩は極めて多くの人々によって懐古的に語られることの多い作家であるということだ。しかし本書では、多くの人々によって語られる面の強い作家であった乱歩が、意外にも多くの人々と未来を語る作家でもあったことに焦点が当たる。もしかしたら本書を読んだ読者の中には、従来のイメージとは些か面貌を違《たが》えて立ち現れてくる乱歩像に戸惑いを起こす向きもあるかもしれない。時にマンネリズムに陥る気味がありつつも自身の作品世界を飽くことなく連綿と紡ぎ続けた作家（その意味では、乱歩は泉鏡花と相通じるタイプの作家でもある）という解釈から導かれる孤高なイメージは、本書ではどちらかというと後景に退いているからだ。その代わり本書に収録された各座談・対談・鼎談から見えてくるのは、探偵小説の未来について多様な創作営為を持つ人々と広く意見を分かち合い、対話でもってジャンルの行く末を志向していく場を用意する、優秀なホストとしての乱歩像である。

もっとも、初期の頃の探偵小説座談会（「文学時代」一九二九年七月）における乱歩は、明らかに他の参加者より寡黙だ。一九二九年は、乱歩にとって作家人生の大きなメルクマールに相当する。都会のモダン青年を読者層に据えた「新青年」（博文館）を主なメディアとしていた乱歩は、この年から地方の一般大衆読者をも抱え込む講談社系雑誌に作品発表の舞台を移した。メディアの移行により創作スタイルも転回し、新奇な着想《トリック》を凝らした短編中心主義から、より大衆読者の関心を惹くサスペンスフルな連載長編志向へとテクスト構造を変じた。そうした乱歩の一九二九年当時の創作営為を念頭にこの座談会を読むと、乱歩の最初の発言「今、探偵小説が流行しておりますが……本当に探偵小説の、さあなんと言うか、真髄を摑んで面白がっている人は少ない」といった箇所に、乱歩自身が葛藤していたアンビヴァレントな立場が透けてみえてくるようである。

「本当の探偵小説の真髄」とは、後年乱歩が定義するところの「難解な秘密が、論理的に、徐々に解かれて行く径路の面白さを主眼とする」（「探偵小説の定義と類別」『幻影城』一九五一年五月）の意に違いあるまい。しかし一九二九年当時の乱歩は、自らの本格探偵小説志向はさておき、大衆娯楽に応えるサスペンス・ストーリーを書くことで逆説的に探偵小説の読者の裾野を開拓しようとしていた矢先にあった。浜尾四郎の「今の読者が将来高級になるでしょうか？」という問いに、「本当に私どもの好きな探偵小説は非常に少ない読者を以て満足すべきじゃないかと思う」と答えてしまう箇所からは、乱歩の矛盾した心境と苦渋の気持ちが読み取れよう。一方で、座談後半、編集部の加藤武雄に「江戸川さんは全然大衆を相手にしないのですか?」と尋ねられて「そんなことはない」と短く答え、続けて甲賀三郎が「あなたは大衆性があるじゃないか」と言うと、「僕には幼稚なところがあるから、大衆的だと思うね」と頷く乱歩といった対話からは、直後に「講談倶楽部」連載の「蜘蛛男」で大ヒットを飛ばす予兆がうかがえようか。

大衆性という問題は、その対極に芸術志向性が措定されているわけだが、明日の探偵小説を語る（「ぷろふぃる」一九三七年一月）における木々高太郎と乱歩との対話は、例の探偵小説純文学論争の経緯を背景に読むといっそう興味深い。乱歩は「文学少女」の方法を敷衍して探偵小説に文学味をもたせようという木々の試みの表明に対しては、「探偵作家が真面目になれば木々高太郎式の考え方をしなければやり切れないと思う。七分三分戯作者気質で通せば宜いけれども、そうでないような気持になると、木々君のような考え方をしなければ救われないと思う」といったように、正しく木々の立場を理解している。しかし、「やはり面白いということがまあ第一」という主張は譲らないわけだ。むろん、ここでいう「面白さ」は知的面白さの意であって、勝手ながら筆者はこのくだりでいつもアガサ・クリスティーの言「探偵小説が〝逃避的文学〟だとするなら、（それであって悪い理由はないでしょう!）」（「著者の前書き」『ナイルに死す』一九三七年／加島祥造訳）を想起する。

クリスティといえば、ヴァン・ダインは一流か五流か（「宝石」一九五七年九月）で、クリスティ『アクロイド殺し』をアンフェアとみて激しく非難する小林秀雄に対峙して、本作を懸命に擁護する乱歩の主張は、探偵小説の面白さとは何かを論じた意見として貴重だ。特に、「あれは必要なデータを何行か抜かして書いてあるんですよ。（中略）綿密によめば、抜けていることが読者にもわかる」と、小林秀雄のいう一般読者（小林の発言では「常識のある人」ということになるが）なるものの粗雑な読書行為にやんわりと釘を刺しているところなど、探偵小説ファンならばニヤリとさせられるだろう。この対談からは、探偵小説と大衆性との関係にもう一つ、マニアな読書行為と非マニアのそれとの対比が加えられて、探偵小説を論じる上での位相の複層性を暗示している。

それにしても、少々酒が入っているとはいえかなり言いたい放題の小林秀雄に対して、乱歩の対応の一貫した忍耐強さは注目されよう。ホストとしての対応に徹したが故ではあったろうが、それほど気の置けない探偵作家仲間との座談会の場でも、乱歩は総じてあまり自説を声高に述べたてるタイプではないらしい。だからこそ、探偵小説新論争（「宝石」一九五六年六月）における探偵小説の定義についての長広舌が、本書の中ではひときわ目立つ。ただ、その長広舌もひとしきり述べた後は、他の参加者に意見開陳の場を預け渡しているる感がある。

こうした乱歩の忍耐強さをうかがわせる座談・対談・鼎談の差配ぶりは、一般文壇作家から探偵小説に関するエピソードを引き出す際に有効に働いたと思しい。多少なりとも探偵小説に関わった経験のある作家相手の文壇作家「探偵小説」を語る（「宝石」一九五七年八月）や本格もの不振の打開策について（「宝石」一九五八年三月）はまだやりやすかっただろうが、幸田露伴がかなりの探偵小説通だったエピソードを娘の幸田文から次々引き出した誘導手腕が光る幸田露伴と探偵小説（「宝石」一九五七年八月）、若い頃の乱歩に多大な影響を与えた「探偵小説小論」の作者でありながら最新の探偵小説動向にはあまり興味がなさそうな佐藤春夫相手に（おそらく）四苦八苦しつつ、佐藤の関心に寄り添う形で辛抱強く探偵趣味的話題へと繋げていく樽の中に住む話（「宝石」一九五七年十月）は、並々ならぬ乱歩のホストとしての才覚をかいまみさせるものだ。そこには座談の名手なる使い古された常套句には収まりきらない、一九五〇年代を迎えてもはや戦後ではない日本の世相において、探偵小説ジャンルの新しい内実と世間認知レベルの向上を求める乱歩の強い執念があった。

一見懐古的な身内の団欒のように読める乱歩氏を祝う（「探偵倶楽部」一九五四年十二月）や「新青年」歴代編集長座談会（「宝石」一九五七年十二月）、徳川夢声に自己の来歴を語る問答有用（「週刊朝日」一九五四年十一月）などにさえ、飽くことなくミステリ・ジャンルの未来を希求する、まさしく探偵小説の鬼たる乱歩の姿が彷彿としてくるのである。

一方、探偵小説を中心にしながらも、そこから派生する他領域への乱歩の関心の度合いを詳らかにする対談としては、稲垣足穂相手に同性愛（男色）を語るE氏との一夕（「くいーん」一九四八年一月）、長田幹彦と心霊現象論を戦わす幽霊インタービュウ（「オール讀物」一九五三年十一月）が面白い。鳥羽の民俗学者・岩田準一と乱歩が共同で行った近世男色文献収集は、今日のアカデミズム文学研究においても貴重な調査として高く評価されている。また、怪奇小説家ともみなされていた乱歩が心霊現象にかなり冷めた目を持っていた点については、本書には収録されていない三島由紀夫参加の座談会（「狐狗狸の夕べ」「宝石」一九五八年十月）も合わせて参照すると、探偵小説作家としての感性の立ち位置が主張されているようで微笑ましい。探偵小説と怪談の相関性について緻密に論じた「怪談入門」（『乱歩随筆』一九六〇年七月）は、洋の東西を視野に入れた怪談文学史として必読だが、それが心霊現象をみとめない探偵作家としての乱歩の近代主義を基盤にして生まれた意義は大きいだろう。

（こまつ・しょうこ　日本近代文学・大衆文化研究）

参加者一覧

稲垣足穂（いながき・たるほ）一九〇〇—一九七七　作家
梅崎春生（うめざき・はるお）一九一五—一九六五　作家
海野十三（うんの・じゅうざ）一八九七—一九四九　作家
大下宇陀児（おおした・うだる）一八九六—一九六六　作家
大坪砂男（おおつぼ・すなお）一九〇四—一九六五　作家
小栗虫太郎（おぐり・むしたろう）一九〇一—一九四六　作家
木々高太郎（きぎ・たかたろう）一八九七—一九六九　作家
甲賀三郎（こうが・さぶろう）一八九三—一九四五　作家
幸田文（こうだ・あや）一九〇四—一九九〇　作家・随筆家
小林秀雄（こばやし・ひでお）一九〇二—一九八三　評論家
佐藤春夫（さとう・はるお）一八九二—一九六四　作家
城昌幸（じょう・まさゆき）一九〇四—一九七六　作家・詩人
曽野綾子（その・あやこ）一九三一—　作家
角田喜久雄（つのだ・きくお）一九〇六—一九九四　作家

戸川貞雄（とがわ・さだお）一八九四―一九七七　作家・政治家
徳川夢声（とくがわ・むせい）一八九四―一九七一　弁士・作家
中島河太郎（なかじま・かわたろう）一九一七―一九九九　評論家
長田幹彦（ながた・みきひこ）一八八七―一九六四　作家
中村真一郎（なかむら・しんいちろう）一九一八―一九九七　作家
延原謙（のぶはら・けん）一八九二―一九七七　翻訳家・編集者
花森安治（はなもり・やすじ）一九一一―一九七八　編集者・随筆家・デザイナー
浜尾四郎（はまお・しろう）一八九六―一九三五　作家
春田俊郎（はるた・としろう）一九二三―一九九六　教育者・昆虫学者・甲賀三郎子息
福永武彦（ふくなが・たけひこ）一九一八―一九九七　作家
本位田準一（ほんいでん・じゅんいち）一九〇三―？　編集者
松野一夫（まつの・かずお）一八九五―一九七三　画家
松本清張（まつもと・せいちょう）一九〇九―一九九二　作家
水谷準（みずたに・じゅん）一九〇四―二〇〇一　作家・編集者
森下雨村（もりした・うそん）一八九〇―一九六五　編集者・作家
横溝正史（よこみぞ・せいし）一九〇二―一九八一　作家

編集付記

一、本書は、江戸川乱歩の対談・座談を独自に編集したものです。文庫オリジナル。
一、各篇の初出誌・底本は、それぞれの末尾に記しました。
一、底本中、旧字旧かな遣いのものは新字新かな遣いに改め、明らかな誤植と思われる箇所は訂正しました。本文中の〔 〕は、本文庫編集部による注記です。
一、本文中、今日では不適切と思われる表現も見受けられますが、著者が故人であること、刊行当時の時代背景と作品の文化的価値に鑑みて、そのままとしました。

本書中、「『新青年』歴代編集長座談会」の本位田準一氏の発言部分は、令和六年八月二十一日に著作権法第六七条の二第一項の裁定を受け収録したものです。

中公文庫

江《え》戸《ど》川《がわ》乱《らん》歩《ぽ》座《ざ》談《だん》

2024年 9 月25日　初版発行
2024年10月10日　再版発行

著　者　江《え》戸《ど》川《がわ》乱《らん》歩《ぽ》

発行者　安 部 順 一

発行所　中央公論新社
〒100-8152　東京都千代田区大手町 1-7-1
電話　販売 03-5299-1730　編集 03-5299-1890
URL https://www.chuko.co.jp/

D T P　ハンズ・ミケ
印　刷　三晃印刷
製　本　小泉製本

Published by CHUOKORON-SHINSHA, INC.
Printed in Japan　ISBN978-4-12-207559-7 C1195

定価はカバーに表示してあります。落丁本・乱丁本はお手数ですが小社販売部宛お送り下さい。送料小社負担にてお取り替えいたします。

●本書の無断複製(コピー)は著作権法上での例外を除き禁じられています。また、代行業者等に依頼してスキャンやデジタル化を行うことは、たとえ個人や家庭内の利用を目的とする場合でも著作権法違反です。

中公文庫既刊より

各書目の下段の数字はＩＳＢＮコードです。978－4－12が省略してあります。

ホ-3-3
ポー傑作集　江戸川乱歩名義訳
Ｅ・Ａ・ポー　渡辺温　渡辺啓助 訳
全集から削除された幻のベストセラー、渡辺兄弟のゴシック風名訳が堂々の復刊。温《おん》について綴った江戸川乱歩と谷崎潤一郎の文章も収載。〈解説〉浜田雄介
206784-4

お-99-1
小沼丹推理短篇集　古い画《え》の家
小沼　丹
「私小説の名手」が作家活動の初期に書き続けた、スリルとユーモアとペーソス溢れる物語の数々。巻末に全集未収録作品二篇所収。〈解説〉三上　延
207269-5

つ-35-1
推理小説作法《さくほう》　増補新版
土屋隆夫
推理小説の作法とは何か？　発想法、メモの取り方、プロット作り……鮎川哲也と共に戦後の本格ミステリを支えた巨匠による実践的創作指南。〈解説〉円居　挽
207469-9

た-43-3
ぼくのミステリ・マップ　推理評論・エッセイ集成
田村隆一
戦後詩の第一人者にして翻訳推理小説隆盛を導いた編集者。その比類なき経験から語る古典ミステリガイド。〈巻末対談〉生島治郎／都筑道夫〈解説〉押野武志
207323-4

さ-77-3
不連続殺人事件　附・安吾探偵とそのライヴァルたち
坂口安吾
日本の本格ミステリ史上屈指の名作と、その誕生背景にあった戦時下の「犯人当て」ゲーム。小説とモデル人物たちの回想録を初めて一冊に。〈解説〉野崎六助
207531-3

ち-8-11
開化の殺人　大正文豪ミステリ事始
中央公論新社 編
佐藤、芥川、里見に久米。乱歩が耽読した幻のミステリ特集が、一〇四年の時を超えて甦る！「犯罪と怪奇への情熱」に彩られた全九篇。〈解説〉北村　薫
207191-9

ト-10-1
スミルノ博士の日記
ドゥーセ　宇野利泰 訳
天才法医学者スミルノが名探偵レオ・カリングと遭遇した殺人事件、そして不可解な謎の真相は？　世界ミステリ史上に名を刻む傑作長篇。〈解説〉戸川安宣
207543-6